20th

1998-2017

太阳鸟文学年选

2017中国最佳杂文

主　编｜王　蒙
分卷主编｜王　侃

辽宁人民出版社

图书在版编目（CIP）数据

2017中国最佳杂文／王侃主编．—沈阳：辽宁人民出版社，2018.1
（太阳鸟文学年选／王蒙主编）
ISBN 978-7-205-09140-8

Ⅰ．①2…　Ⅱ．①王…　Ⅲ．①杂文集—中国—当代
Ⅳ．①I267.1

中国版本图书馆CIP数据核字（2017）第272067号

出版发行：辽宁人民出版社
地址：沈阳市和平区十一纬路25号　邮编：110003
电话：024-23284321（邮　购）　024-23284324（发行部）
传真：024-23284191（发行部）　024-23284304（办公室）
http://www.lnpph.com.cn
印　　刷：辽宁星海彩色印刷有限公司
幅面尺寸：170mm×240mm
印　　张：15
字　　数：235千字
出版时间：2018年1月第1版
印刷时间：2018年1月第1次印刷
责任编辑：赵维宁　艾明秋
装帧设计：丁末末
责任校对：赵　晓　常　昊
书　　号：ISBN 978-7-205-09140-8

定　　价：45.00元

太阳鸟文学年选
编辑委员会

此处“冷雨”且“热风”

王 侃

谈及杂文，大多数人都会不自觉地将其与“骂声”联系到一起，当下的许多杂文创作更是以“骂”为乐。“骂”固然是杂文的重要特质之一，然而，“冷言冷语”背后的“滚滚热流”才是杂文真正的可爱之处。批判是杂文的生命力，“冷水”泼得多了，总不免会让读者心寒起来。但阅读优秀的杂文作品却能让人在经历“瓢泼大雨”的洗礼之后，还能感受到被阵阵“热风”轻抚的温情。这“热风”或源于文章的思想深度，或源于作者的赤诚真情，始终激荡在杂文的字里行间。杂文的文字或许是冷的，甚至可能寒冽到令人发抖，但杂文作者的心一定是炙热的，一个冰冷、麻木之人定写不出这般充满战斗性的文字。即使被喻为专门报告坏消息的“乌鸦”，杂文家们依然不辞辛苦地投身于杂文创作中，因为无论外界环境如何“寒冷”，他们的心里始终留有“温热”。正是杂文家们的这份执着，使杂文变得“可恨”又“可爱”。

文学艺术是时代的晴雨表。诗歌、小说、散文、戏剧……是如此，杂文亦是如此。相比于其他文体，杂文对于社会动态的反映更为敏感、迅速，思想表达更为直接、简练，因而杂文具有更加鲜明的时代特征。处在这个信息爆炸时代里的人们需要“经典长篇”，也需要“投枪”与“匕首”，因为这“投枪”“匕首”发挥着传递时代声音的奇效。基于此，杂文的大胆、泼辣、犀利，正好投合了人们的喜好，成了当仁不让的“急先锋”。然而，当下的杂文创作或许是太“急”了，只知道抓起“投枪”“匕首”胡乱地投刺，却忘了对我们身处的社会、历史和文化做一番深入的考察，结果只能是伤人伤己。这样的杂文既已脱离了“感应的神经”，自然也就难以成为“攻守的手足”。还有些杂文创作，仅仅是为了发声而发声，只为夺人眼球，却无营养注入，更毫无善意和热情可言，成了名副其实的冷嘲之作。更有甚者，利用杂文的辛辣、犀利，将“银针”当成“暗器”，拿起“解剖刀”就停不下来，看起来冠冕堂皇，实际却恶意中伤他人，以达成自己的私利。

当然，杂文是时代的号角，应当起到激浊扬清、匡正人心的社会效果，万不可沦为个人发泄、炫耀甚至复仇的工具。倘若徒有其表却无内里的“冷嘲”之作都能大摇大摆地登堂入室，恐怕杂文早晚是要从“高尚的文学楼台”里被赶出来的。我们的杂文需要“冷雨”，更需要“热风”。在这个新旧交替的时代，我们确实是需要杂文的，我们需要它来为我们窥探时代风貌、树立社会正气。而杂文的日趋繁荣，也说明了它有着顽强的生命力和战斗力。诚如鲁迅所言：“我以为凡对于时弊的攻击，文字须与时弊同时灭亡，因为这正如白血轮之酿成疮疖一般，倘非自身也被排除，则当它的生命的存留中，也即证明着病菌尚在。”（鲁迅：《热风》）在“细菌”滋生的困境下，我们需要杂文强大的杀伤力来为我们清除那可恶的“细菌”。但如果杂文自身都被“细菌”侵蚀，那杂文的意义何在？我们的历史又该如何前进呢？

值得庆幸的是，在这洋洋大观、经纬万端的杂文浩海中，编者还是惊喜地遴选出了许多令人拍手称快的佳作。杂文可以是对历史的深沉反思，或是对社会丑恶现象的厉声挞伐，当然也可以是家长里短的娓娓道来，但它们都应当有一个共同的品格：真性情。鲁迅曾坦言：“我以为如果艺术之宫里有这么麻烦的禁令，倒不如不进去；还是站在沙漠上，看看飞沙走石，乐则大笑，悲则大叫，愤则大骂，即使被沙砾打得遍身粗糙，头破血流，而时时抚摩自己的凝血，觉得若有花纹，也未必不及跟着中国的文士们去陪莎士比亚吃黄油面包之有趣。”（鲁迅：《华盖集》）编者在编选这本《2017中国最佳杂文》时，不是盲目地“以名取文”，而是将是否具有“真性情”作为第一评选标准。认真阅读并仔细感受本书所选杂文的读者定会发现，这些杂文不仅有着文学的情趣、理趣，更透露出作者洞悉世事的练达和昭告世人的警醒。本书收录的杂文题材广泛、样式众多，与广大群众的甜苦相牵、哀乐相连，充分体现了杂文的灵活多样。或许一篇杂文只能剖析生活的某一片段、某一局部，但是众多佳作汇合起来，定能让读者从中窥探出时代的风貌，把握到时代的脉搏。

倘若深究，杂文，首先讲究一个“杂”字。杂文的“杂”不仅在于内容的广博、作家队伍的庞杂以及写作笔法的纵横捭阖，“还”有降等意味，用“更关键”修饰不妥还在于杂文作者的博学多闻。杂文作者只有充分了解和洞悉世事，才能直击问题的核心，以达到警醒世人的目的。否则，隔靴搔痒的“冷嘲”之作，也只能是无关痛痒的旁敲侧击，“冷雨”再栗，却无“热风”。其实，每一篇杂文都代表着当下发生的一件件特殊的事件，在那些鲜活的文字里记录了很多特别的事情，关于人和人之间的情感，或者关于人与社会的共同发展，抑或上升到关于整个世界的前行方向，等等。但是在这些特殊性之下，这些杂文又营造了一个具有普遍性的文学场域，尤其在选编的过程中虽然它们仅仅是整个社会的一个小小的缩影，但也不难发现杂文的视角还是越来越开阔的，在各种文体的多样发展下有着自己的一席之地。

针对今年这些被编入选集的文章，虽然有缺憾，但是更多的还是惊喜。具体而言，想在杂文中吹起“热风”，光靠作家的知识储备当然是不够的，还得有根“定海神针”，即文章的思想情感。虽说“嬉笑怒骂，皆成文章”，但若文章杂而无感，则失去了杂文的灵魂。池莉的《一生只做一件事》，从简单的养花一事，却体悟出“用去一生，搞好了一件事，那也就够可以了”的人生哲理，且明确地知道自己这一生要做的就是“写作”这件事。可是，有多少人是用去一生，也没有搞好一件事的啊！刘诚龙的《路之缘》，以“路”作为文章的线索，为自己的特殊情感穿针引线，在他细腻却饱含情感的叙述中，读者也会沉潜其中，跟着作者去思考：“一生看来貌似漫长，你走过的路，又有几条？拿着扫把与簸箕，从几条路上扫过，便把在人间的足迹，扫了个干干净净，不留一点痕迹。”韩浩月的《怀念杨洁，为什么》，则是用情真意切的文字将《西游记》导演杨洁的敬业与艺德书写出来。的确在当下，身处新媒体浪潮裹挟中，人们多少都面临着经典沉没、精品缺失所带来的焦虑与恐慌，杨洁去世所带来的话题，为这种焦虑与恐慌提供了一个释放点。我们怀念杨洁，其实也是在怀念她的时代，怀念敬业与艺德。知名小说家毕飞宇在杂文领域也颇有建树，在此选编的这篇《胆怯的意义》，表达出了他对“胆怯”的另一层认识，但作者的真知灼见在于认识到“既然每个生命都是有局限的，那么，心平气和地告诉自己吧，举头三尺有神明。而一个好的社会，应该动用一切社会的资源，让它的人民免于恐惧，而不是无视恐惧并藐视恐惧”。而翟杰的《人生没有太晚的开始》、逸茗的《心灵素简才不慌乱》以及刘江滨的《让“我”消失一会儿》等都展现出作者敏锐的观察和深刻的思考。

杂文之所以吸引人，想来很大程度上要归功于其独特的“杂文味”。优秀的杂文不仅明快恳切，而且能在海阔天空地恣意纵谈之下，透露出一股谈笑风生的幽默。赵汀生在《“波澜”与“淡定”》一篇中，用从容淡定的言语对人生是否该“知足”做了另一番风味的解读。刘诚龙在《国学的走样与走样的国学》中巧用闲笔，看似波澜不惊，实则鞭辟入里地刻画了某些人学习国学的种种丑态。陈鲁名的《遭遇“著名”》，仅有千把个字，却出现了近50次“著名”，既然这么多的“著名”，那看来“著名”也就不一定那么“著名”了。路来森的《风雅“毛边书”》，将阅读毛边书的悠闲自在和盘托出，让人看了实在是有些心痒难耐。其实何止阅读“毛边书”是一种享受呢？或许真正爱读书之人都是一拿起书就难以放下的吧！艾莜薇的《我想嫁给爱情，请不要嘲笑》，关注的是普通个体的当下遭遇。在现代社会中这一问题已经变得很普遍，但作者也恰恰在这样的平凡视角中展现了自己对这一问题的反思和思考。当然，同样的以轻快的笔调传达人生趣味的文章还有介子平的《理工男》、张金刚的《粗糙生活，也是一种智慧》，以及韦祎的《你的寝室有几个微信群》等。这些作家没有用杂文展现宽广的生活和丰富的视角，而是在烟火气十足的平常生活里发现了妙趣横生的现象，并且真正地深入进去，得出了一些发人深省的结论。

杂文作为文学的“轻骑兵”，更加贴近人民群众的日常生活，并且常常与时事热点相结合，流露着一股浓浓的人情味。刘瑜的《要守住内心的火焰》通过品评电影《末日危途》，“直指人类在生存困境面前的道德虚空”。在真正的生存困境面前，善和恶的本质区别是什么？人“内心的火焰”又来自哪里呢？作者虽未做出解答，却也足以令人深思。林永芳在《“王者”限玩：“纸老虎”挡得住“中山狼”?》这篇文章中，精准地将焦点放在了近来大热的《王者荣耀》游戏上，并对游戏制作团队推出的“以‘限玩’为主的‘防沉迷措施’”进行了犀利的批判。在林永芳看来，这款游戏的制作团队，有制作游戏的能力，却没有能力提出真正管用的“防沉迷系统”，面对斥责，还有什么资格大叫“委屈”呢？赵贝佳的《“限塑令”别沦为“卖塑令”》，从日常生活出发，对“限塑令”势行不动的现象进行了深入的分析，体现出作者对于人类生存环境的深切关怀。严峰的《令人揪心的两分钟》，关注的是一女子在众目睽睽之下走向死亡的两分钟，残忍的画面或许只是令人揪心一时，那一个个看客的冷漠却令人长久揪心。刘雪松的《给巴黎19区华人抱团的姿势挑挑“毛病”》，也是从时事热点切入现实生活，对当下社会出现的这一类现象进行了仔细的分析。他认为“中国在强大，在进步，中国人走到哪里都应该把群体进步提升的素质同步跟进。华人法治的素养硬，才是真的硬”，这话着实发人深省。此外，张东锋的《吃穿山甲吃出来的何止炫耀》、梁晓声的《大学生都变成手机党是一种悲哀》以及江雪的《〈二十二〉，为历史留住证人》，都是对时事热点进行了全面详细的观察分析。

大部分杂文都把“矛”掷向他人、投向远方，但高明的作者却会时不时地搬起“石头”，砸一砸自己的“脚”。杂文作家若是能在拔出“毒瘤”的过程中，还能记得时不时地警醒自己，定能成就一篇有温度的好文。司马牛的《慎己所好》通过“皇帝吃菜不许过三匙”“公仪休爱吃鱼却拒鱼”等故事指出慎己所好的重要性。可是人要真正关注自己怕是有些困难吧，作者对此想必也是深有体会，才会如此苦口婆心地写下此文，用以警醒他人和自己。王天定的《并非每个人都能逃离雾霾》，表面看上去就是一篇有关环境保护的杂文，但实际上却是对于公民责任和义务的探寻。的确，逃离是一种选择，但当我们无法逃离时，让我们选择用行动寻求改变。我们不期速成，但相信恒能生金，每个人的觉醒，都是对雾霾最有力的抵抗。王志锋的《向“洗稿式原创”说不》，则是对当下流行的一种“洗稿式原创”现象进行的鞭辟入里的剖析。在一个知识共享的时代，如作者所言，“信息越是丰富，资讯越是多样，人们对于原创优质内容的需求就越强烈，这就需要从技术识别、法规约束和行业自律等各方面着力，堵住洗稿和抄袭的漏洞，为原创写作创造出更好的环境”。的确，对于创作的规范以及学术的求真态度，作者直抵问题的核心，也给出了很好的解决方案。当然，李洪兴的《储备不贬值的人生财富》、刘兆林的《慢点生活》以及袁方的《人生也需要留白》等都善于剖析自身，带着一把刀子直击自己的内心，从而得出很多关于人生的感悟。

其实，任何一种文体都有其自身的发展轨迹。但是不可忽视的是，在这背后都会涉及一种文化话语或者说历史话语。它们不仅为文学的写作提供了语境和氛围，而且那些特定的精神背景和文化内涵也使得文学关注的对象得以延伸出去。在这次编选的杂文中便有一些这样的文章，向历史故事或者文化传统领域进行挖掘，使得文章呈现出了一种别具风味的基调。邹世奇的《“扬钗抑黛”的人是怎么想的》便是从经典名著《红楼梦》出发，意在对其中的林黛玉和薛宝钗的人物形象和评价进行新的思考，新意在于作者从一个复杂而引人注目的文学现象，反观其中的深刻哲理，认为这个世界除了现实与当下，还应该有爱、有美、有诗、有梦想。郑劲松的《年味，为什么淡了》，意在从文化传统的视角去探讨文化如何更好地传承下去，其中还涉及当下在西方文化冲击下我们如何保留自己优秀的文化传统。我们有必要重建一些文化仪式，对传统、对天地万物多一份敬畏，多一份期待，多一份温馨。这样，我们才能真正回到自己的故乡。吴相洲的《古诗词永远是生活的高尚元素》，其实也是从另外一个角度谈论文化传统问题，具体而言作者是从中央电视台《中国诗词大会》节目热播入手，从当下的视角去评析古诗词的再激活和再繁荣。如作者所言：“中国是文明古国，号称‘礼仪之邦’，从诵读经典开始，从文明言说开始，自觉抵御低俗言说，可以提升国人形象，对精神文明建设有益，对民族文化复兴有益。”在这个角度上，无论何时何地，对文化的敬仰和传承都需要积极付诸实践。杨自强的《白居易为何不买房》则是用幽默的语言将历史人物的喜怒哀乐展现出来。虽然作者的叙述中对当下的“买房热”只是一笔带过，看似轻松，想必还是会引起读者对这一热点现象的深刻思考。吴澧的《背诗词是国人的标配》、董宏君的《正被“改造”的中文》以及刘诚龙的《国学的走样与走样的国学》等文章，都果断地从原本的窠臼中挣脱出来，用自己的历史解读权去敲打文化的方方面面，为读者提供了别样的价值标准与审美境界。

现如今，杂文在我国已经日益茁壮成长，呈现出一派空前繁盛的景象。面对灿若繁星、浩如烟海的杂文佳作，编者实在是有些应接不暇，在编选的过程中难免会与一些经典之作失之交臂，留下遗憾。但本书所编选的很多篇章，都曾以其鞭辟入里的剖析和风趣幽默的言语打动过编者，每一念及皆如数家珍。

但愿这部《2017中国最佳杂文》能如一位亲朋挚友，受到读者的喜爱。如若读者能时常翻阅并细细品读，定能在其中察出智慧之光，闻到浮动的暗香。

若是本书的出版能够稍稍挪移那些“冷嘲”之作的“霸屏”地位，让它们不再如此公然地招摇过市，那将是编者最大的欣慰。毕竟还是有那么多的热心人士依然毫无畏惧地在杂文领域里赴汤蹈火。我们依旧坚信，当代杂文创作的队伍必将在今后更为壮大，也会有越来越多的新锐力量参与进来。不仅仅投出自己的“矛”，不仅仅亮出自己的“盾”，更会在“冷雨”和“热风”的交汇中永葆初心。我们又有什么理由怀疑未来会出现更多的杂文经典传世之作呢?

“扬钗抑黛”的人是怎么想的

◎邹世奇

据说，民国时期一群文人聚在一起谈《红楼梦》，假设可以求做妻子，各人从十二钗正册中挑选一位，结果有两位女子落选，一位是王熙凤，一位是林黛玉。大家一致觉得：对于前者是“惹不起”，对于后者是“配不起”。注意，令他们觉得配不起的只有黛玉，没有宝钗。

宝钗的美，是鲜艳妩媚。黛玉的美，是风流婀娜。单从字面意思看，品位高下已分。鲜艳妩媚是皮相，风流婀娜是气韵。人世间万艳千红，鲜艳妩媚者何其多也，文采风流、飘逸婀娜则已近于仙。其实宝钗也是品位奇高的女子，她有着可与黛玉相颉颃的文学才华，通哲学、懂绘画，学问甚至更胜黛玉一筹；她有着很高的审美境界，崇尚的是少即是多、大象无形、淡极始知花更艳，可见绝非凡俗脂粉可比。黛玉能与她“金兰契互剖金兰语”是有精神基础的，她俩在许多方面足以惺惺相惜。当然了，曹公的安排，差一点的女子怎么配做黛玉的对手。

这两人的分野在于价值取向：一个是深味人生的大悲哀、任情率性的诗人。黛玉写了那么多悲叹年岁不永、芳华刹那的诗：“侬今葬花人笑痴，他年葬侬知是谁。一朝春尽红颜老，花落人亡两不知。”“一声杜宇春归尽，寂寞帘栊空月痕。”“助秋风雨来何速，惊破秋窗秋梦绿。”……她的灵魂里有与生俱来的草木香气，最能从自然节序中感知命运的无常、生命的脆弱。鲁迅说：“悲凉之雾，遍被华林，然呼吸而领会之者，唯宝玉而已。”明明还有宝玉的知己黛玉啊，有她的诗为证。另一个是随分从时、正能量满满的入世者。“珍重芳姿昼掩门”“不语婷婷日又昏”“好风凭借力，送我上青云”。若不是命运的安排莫测，令宝钗生于末世，而是，比如生在当代，宝钗会是一个可怕的职场对手，因为她目标、动力、技术都到位，智商、情商、颜值全在线，七百二十度无死角。从这个角度讲，黛玉的优秀在于性灵层面，宝钗的优秀在于现实层面，这样的两个人在现实中相遇，世俗的胜负已没有悬念。

其实宝钗的强项，黛玉未必学不来。处世圆滑的人用的手法，拆开了看都并不高深。比如宝钗在自己的生日宴上专点甜烂之食、热闹戏文以迎合贾母；比如分送薛蟠带来的土仪时面面俱到，不落下任何人，包括赵姨娘这样的角色。这些普通人都不难想到，只要能放下身段、长期坚持去做，便能成就大方、懂事的好人设。黛玉是如此聪慧的人：凤姐赚了尤二姐进大观园，在人前极力表演贤淑，园中人大都被迷惑，唯有“宝黛一干人暗为二姐担心”。对于荣府的经济状况，黛玉这样对宝玉说：“我虽不管事，心里每常闲了，替你们一算计，出的多进的少，如今若不省俭，必致后手不接。”这样一颗七窍玲珑心，你能说宝钗那些心机她看不到、想不到？非不能也，乃不为也。大观园里有两个最伶牙俐齿、诙谐有趣的人，一个是凤姐，另一个就是黛玉。潇湘子雅谑补余香，是连宝钗都要称赞的。黛玉有忧郁善感的一面，也有轻俏明媚的一面。幽默是智慧的闪光，颦儿那些雅谑，正是在不经意间闪烁的小而晶莹的性灵之光，她才是水晶心肝玻璃人。只要她愿意，随意挥洒便是红楼诸芳中最夺目的那一个。这样的她怎会不通世故？她只是禀性高洁、不屑迎合。

黛玉的好处，宝钗是确乎学不来。看黛玉与宝玉的二人世界，讲故事、说笑话、吃醋、吵架、赌气、赔不是、和好、葬花、读禁书……何等温馨旖旎、活色生香。再看宝钗呢，快人快语的晴雯说宝姑娘“有事没事跑了来坐着，叫我们三更半夜的不得睡觉”，可见她去怡红院的次数多、单次时间长。宝钗与宝玉单独相处时什么样，除了在午睡的宝玉床前绣鸳鸯那次之外，曹公并没有正面着墨，让读者有推想的空间。第二十二回，宝玉自以为了悟，填了一支偈子，宝钗见了，便大大科普了一番六祖慧能的典故，令宝玉赞她博学。这便是宝钗：端庄，娴雅，完美得有些枯燥。而同样面对偈子事件，黛玉笑问：“宝玉，我问你：至贵者宝，至坚者玉，尔有何贵，尔有何坚？”举重若轻，机锋而俏皮。多么纯粹的女孩子，多么灵气四溢的恋人！两相对比，高下立判。对宝玉来说，即使抛开人生观之类大题目，仅就性灵可爱而言，只要黛玉曾出现过，宝钗去怡红院串门再多也没有用。

这世间最珍贵、天然的东西，第一眼看上去往往是不甚完美的。黛玉这样的女子，不懂她的只看见她“小性儿、行动爱恼人”，殊不知那只是爱情中少女的敏感、紧张，是清净女儿未受污染的率真天性。在处世上，可能也因此在婚姻上，黛玉固然是输给了宝钗，但是在爱情世界里，黛玉却赢得永恒彻底。输是因为意不在此，赢是因为她与宝玉的灵魂是一样的，他们是灵魂伴侣。其实所谓输赢也只是俗人心中的藩篱，黛玉则只是一任她的生命自然地展开。

曹公赋予黛玉诗性的灵魂，她整个人就是一首诗：她是绛珠仙子下凡，“前身本是瑶台种”；她的出身，父亲是世代簪缨、探花及第的清贵要员，母亲是金尊玉贵的荣府千金、史太君的最小偏怜女；她的品质是“质本洁来还洁去，不教污淖陷渠沟”；她的生命过程，是感自然造化、任性天然、诗意地栖居；她给予宝玉的，是至真至纯的少女之爱，表现方式是凄美至极的“还泪”，为此不惜以生命相殉、令芳魂缥缈。曹公让黛玉写出了《红楼梦》里最多也最好的诗，甚至借她的笔抒自己的情怀：“孤标傲世偕谁隐，一样花开为底迟？”可见曹公最重黛玉，有时甚至让她做自己的代言人。金固然大气浑然、雍容包举，却失之匠气、落了凡俗；玉虽是“世间好物不坚牢，彩云易散琉璃脆”，可那一段生命光晕、灵性天然，世间无匹。德容才貌俱佳的女子如宝钗，每个时代都会有；而黛玉只有一个，佳人难再得。就品格而言，如果说宝钗是人间上品，黛玉无疑就是仙品。

庸常世界，众生皆被肉身羁绊，只是有人时时仰望星空，有人只顾埋首于当下，后者眼中能照进的世界也都是属于当下的。比如“副宝钗”袭人，她能照料宝玉的生活，给他尘世温情，满足他肉身欲望，这很“当下”；宝钗，她是淑女典范、贤妻样板，对外能令丈夫面上有光，对内可以相夫教子、勉励上进，这是比袭人要高级的“当下”。而黛玉，人只看见她体质孱弱、多愁善感、口齿锋芒的世俗“缺点”，至于她的灵魂之美，一些人根本看不见；另一些人看见了，可是对他们来说，那太奢侈、太形而上了，他们还顾不上。鲁迅说：“焦大是不会爱林妹妹的。”不要说焦大，就算是许多读书人，务实的男子，假如让他在宝钗与黛玉中投票，在发迹之初他多半也会投给前者，等他经历过软红十丈、万千繁华过眼，也许才能有余裕的心态、澄明的心性，欣赏后者那惊心动魄的生命之美。《红楼梦》的读者向来分“扬黛抑钗”和“扬钗抑黛”两派，我猜对于后者，一味“活在当下”也许是他们不大愿意承认的逻辑起点。

可是这个世界除了现实与当下，还应该有爱、有美、有诗、有梦想。如果没有这些，就如同暗夜中抬头永远没有了灿烂星空，人类的世界该是怎样的荒芜可怕。所以，文章开头提到的那些文人是有见识和眼光的，毕竟他们懂得：有一些人，是来照亮和升华这无趣的现实世界的；有一些美，是属于远方，是用来憧憬和怀想的。

（《文汇报》“笔会”，2017年1月24日）

底层原生的趣味

◎杨小彦

关键是，存在着底层原生的趣味吗？

当然，我不打算讨论什么是底层，那是正统社会学家的事。我姑且相信，的确存在着一个大多数，他们普遍收入差、地位低，远离权力与主流，说他们是底层未尝不可。底层终日忙碌，没有闲暇学习与欣赏高尚趣味。如果说他们没有趣味，这肯定不对，因为所有人都有趣味，底层也会有底层的趣味。你听你的交响乐，我哼我的无聊小调，萝卜白菜，各有所爱。但是，硬说底层趣味是原生的，似是而非，似非而是。如果承认趣味没有先验，那也就意味着没有原生的趣味。说原生的趣味是存在的，只能指民间代代相传的审美传统。从这一点看，人的出生地就是趣味原生地。你一出生，就自然拥有这一地的趣味。广东人一出生就吃粤菜，粤菜于是成为广东人的原生趣味。湖南人一出生就吃辣椒，吃辣椒也成为湖南人的原生趣味。后来，麦当劳进来了，不管广东还是湖南的小孩，全都从小喜欢吃，于是，麦当劳就成为新生代的原生趣味。在这里，我们首先要明白，先于个人而存在的是粤菜、湘菜和麦当劳的传统，它们本身就是由来已久的文化积淀。

但是，长期以来，我们似乎相信存在着一种原生的底层趣味，甚至还论证说，艺术要进步，就必须认真仿效这样的趣味。那时有一个通俗的说法叫"深入生活"，仿佛自己的生活就不是生活，而是反生活。革命时期我们刻意塑造的英雄形象，其实是很审美的。比如，吴清华穿的衣服尽管破烂，如何破烂却很讲究，还以为是一种专门风格。李玉和被敌人毒打后，白衬衣上的斑斑血迹竟然有笔墨感，入眼难忘，至今印象深刻。革命美学解释说这是"高于生活"，我们也相信这一提高的意义与价值，只是，一提高，和原生就有了距离，更遑论底层趣味。

由此可见，大凡宣称所说的是底层的原生趣味，就要小心了，弄不好，那只是些被修饰过的吴清华的破烂袖口和李玉和衣服上的红色笔墨，看着是挺好的，只是和真实的生活差得太远。

（《羊城晚报》“人文周刊·七杯茶”，2017年1月15日）

我想嫁给爱情，请不要嘲笑

◎艾莜薇

我给《中国青年报》写了一篇小文《我是我妈眼里一只停牌整顿的股票》，想寻找一个问题的答案："90后真的到了非婚不可的年龄了吗?"

我才24岁，已饱尝被催婚的苦恼。发表时我小心翼翼地请求："能不能让我用笔名，因为不想让全国人民都知道我还单身这件事啊!"

文章发表后，很快收到朋友的截图，上面显示某条微博阅读量超过2000万，获4万个点赞，转载和评论过万次。读者不无夸张地写道："我要给文章的作者点赞，你说出了我们的心声，撑起一片天!"

这是我意料之外的，我从没想过，受此困扰的青年男女那么多。人民日报法人微博、新华社微信公众号、中国青年报微信公众号及法人微博等都做了传播。

有年纪相仿的热心网友在微博上发私信和留言，他们在一句一句鼓励我："90后真的不用着急，因为我是80后，我周围还有一小部分的同学还没有嫁出去，所以真的不用着急的，我们以后的生活是过给自己的，不是过给别人看的，一些老人的观念还是很陈旧，我们无法改变他们的想法，可以礼貌性地敷衍，不必听从或顺从。选择对的人结婚，年龄真的不重要，顺其自然，一定可以等到对的人出现。"

有"过来人"的劝诫："儿女在父母眼里永远是一只潜力股，儿女最好还是尊重父母的安排，因为他们虽然老但是有见识，可以帮助你们从盲目和激情中清醒起来，而不至于走上邪路。"

也有人诉说和我一样的经历。我在字里行间体会着同龄人因为共同标签而面对着的困惑、窘迫和难堪。他们自嘲是"95年的空巢老人""93年的大娘""90后老奶奶""91年的超级剩女""80后老祖母"……面对这个话题，一把辛酸一把泪。

留言中不无各种黑色幽默式的"反抗"。"到了结婚的年龄不结婚怎么了?

活过了平均年龄难道就该去死吗?”“剩女就是，你没做错什么，却要接受惩罚。”

从那些字里行间，可以看到各式各样的家庭、各式各样的父母。他们身上有我父母的影子，也像同伴家庭的翻版。“我妈理智的时候基本不催我，偶尔被三姑六婆说一下她也会急。但多数的时候她都说，你不要为了结婚而结婚，感情是你自己去体会和感受，日子是你自己去过，我的着急和抓狂都不重要。我其实内疚。”这条留言获得1951个赞。

相亲似乎成了很多大龄男女青年步入婚姻的必经之路，留言的读者中，最小的相亲对象是1998年出生的。她说：“相了好几次亲，我觉得还是受氛围影响，现在男生太多女生太少了，竞争很激烈，而且一过这个年龄段就不会有人再介绍了。所以家乡每个人的家长都在张罗，已经有好几个同龄人生出下一代了。这里是……”

和我年龄相仿的人用自己的经历安慰我，说大城市结婚普遍晚，这好歹是个借口，而自己学历一般，毕业后就回了老家的人，爸妈一天到晚就知道让相亲。

临近年终，单身的人“一年比一年压力大”，总结起来“又是失败的一年”，回家，成了一件需要勇气的事。有人说：“过年了，我只想安安静静地替所有同事值班，这是一件幸福的事。”“1991年的我，今年过年都不敢回去了，他们这样说，家里给你介绍了也不少，你这也不喜欢那也不喜欢，自己谈又谈不到，年龄摆到这儿了……”“我是1992年的，我妈已经不再带我回乡下老家了，说还嫁不出去，丢人。”

但父母又何尝不困惑！一位读者说：“我妈看过我所有的相亲对象之后，她说，为什么我这么优质的女儿还得相亲?”很多人表示，催的其实都是不相干的三姑六婆，有时候说话比较难听，把父母给说急了。

这让我想起了年初刚刚结婚的学姐提到的，除了父母，没有人真正会关心你嫁得好不好，她们大多抱着看热闹的心态，好像你没结婚，你们家就有一个天大的笑话一样。

“不是不想结婚，是因为结婚对我们来说太重要了。”这条评论获得了网友3953个赞。

“我想嫁给爱情。请各位同龄人及过来人不要嘲笑我。”在这条评论的107个回复中，有“80后过来人”认同“你的愿望完全正确，嫁给爱情是通往幸福婚姻的唯一途径”。但也有人表示悲观，“以前我也这样想，渐渐的年龄大了，觉得这个想法多可笑，对的时间遇上对的人太难了。”

“人生和选择都是自己的，你对父母也没有非要结婚的责任。将就的婚姻害的是自己的一辈子。不要害怕和别人不一样，与其在不幸的婚姻生活和家庭中挣扎，还不如用这个时间提升自己。健身旅游多读书，去学插花学跳伞学滑翔翼学任何自己感兴趣的东西，把人生活成自己期待的样子。”这是获赞最多的一条回复。

其实我们这代人，大多接受过良好的教育，道理都懂，但我们心疼父母，想要照顾父母的感受。在期待爱情和体谅父母中被撕裂，是90后不得不面对的痛。

在留言里，有一个人提到，自己羡慕遇到真爱才结婚的人，然而最后懦弱地选择了“合适”。“今年26岁结婚，不是嫁给了爱情，是嫁给了年龄。”

很多公众号转载了我的文章，我和闺蜜觉得配图最好的是舒淇主演的电影《剩者为王》片段的截图，里面是“剩女”父亲的话：“她不应该为父母亲结婚，她不应该在外面听什么风言风语，听多了就想结婚。她，她应该想着跟自己喜欢的人，白头偕老地去结婚，昂首挺胸的，要特别硬气的、憧憬的，好像赢了一样……”

这段话打动了很多人。但也有人道出另一种现实：“这是电视里的爸爸。现实是，我爸要求我二十五六岁的时候必须结婚。”

（《中国青年报》“青年之声”，2017年1月6日）

礼　物

◎晓　燕

礼物两个字本身就自带神秘感，未拆封时会让人产生对未知的期许和对未来的希望。

要说送礼吧，男人一般会稍微逊一点，瞧我收到过的男性朋友送来的礼物，小到能放大毛孔的镜子、会发光的挖耳勺，大到好几万的乐器（然而我还没有学会怎么演奏），每一样都只在答案揭晓前有那么几秒让人跃跃欲试、兴奋好奇，拆箱之后不久便开始了被束之高阁的命运。当然，也许是没遇到过送奔驰的土豪朋友，我对男性不会选礼物的判断纯粹基于个人经验。

还可以作为佐证的是老公有次送了我一箱围巾，是的，量词是“箱”，是他在某宝的品牌店里自己一件件挑了放进购物车的，或许是我一直感慨他陪我逛街买出来的东西品质特别高，他就产生了没有我在旁边他的审美也很棒的幻觉，当我把整个箱子里每条围巾都查阅试戴后，我默默地把它们送给了家里的阿姨妈妈，后来她们的反馈是，这是谁买的围巾？怎么这么老气？据购买者后来老实交代，他是花了好长时间仔细比对了月销量、好评率等诸多因素后精心挑选的。不得不说“烂大街”这个词真是时尚界里发明出来专门和月销量做搭档的。

有了这次失败的教训，每逢佳节到来前我都要给老公一番暗示。最近我就说了，你选礼物可以挑你擅长的领域嘛！比如最近我们一直在打羽毛球，我觉得我的水平进步了，装备也该提升一下了，这时我心里的小丸子在偷笑着嘀咕：“他到底会给我买多高级的羽毛球拍呢？太贵了可不行哟！”可是我拆开礼物的时候顿时傻眼了，是一只名牌书包，据解释是为了装羽毛球拍做准备的，故曰：装备。

春节前，我忍不住往购物车里放了好多想要的东西，反正借着过年的名义买啥都可以算年货，并在笔记本上反复更新着心愿单，可能是吸引力法则发挥了作用，陆陆续续地，居然收到了口红、面膜、水壶等清单上的东西，可是到底是别人送的，颜色、款式等不可能和心里预设的一模一样，我竟然还得寸进尺地想着要是哪个闺蜜能送给我小羊皮系列的几号色就好了。最后当然还是我自己，在拿到年终奖后，清空了购物车——通过付款的方式。

我自以为是个挺会给朋友挑礼物的人，不过我送出去的礼物也被打回票。那是一顶经典羊毛呢帽，造型大方，做工考究，我戴上它好像也成了《唐顿庄园》里精致的人儿，于是我想和我一样喜爱这部英剧的女朋友收到这顶帽子时应该会雀跃，然而我没料到的是她喜欢绒线帽子……后来这顶帽子我送给了一个帽子达人，她简直高兴得飞起来，戴上就去找镜子臭美，瞪大眼睛问我哪儿搜寻来的宝贝。

当然我也收到过令我动心的礼物，怎么定义好礼物呢？好礼物是拆开包装后的欣喜，是不谋而合的天造地设，是在往后的日子里每次见到都会想起那份心心相印、心有灵犀。

前两天老爸和我说："我要送件新年礼物给你，具体什么先保密，但肯定符合你提出的礼物要实用的要求，而且肯定比你平时用的还要高级！"呀，有这么好的事？不过可千万别送我自行车，我最近迷上了共享单车，但真要自己拥有一辆自行车放家里占地方骑出去怕贼惦记，闹腾得慌。这时老妈很得意地脱口而出，他要送你一辆碳纤维专业赛车！（噎住的表情包在哪儿？）

一直觉得尼古拉斯·凯奇在《倾城佳话》里获得女主角好感的神来之笔并不是那张中奖的彩票，而是一件花费不多却很实用的礼物。女主角是纽约街头咖啡馆里忙碌的服务生，她时常为找眼镜而抓狂，尼古拉斯·凯奇扮演的热心警察观察到了这一点，第二天他再来喝咖啡的时候给她送去了一条能把眼镜脚拴起来挂在脖子上的小链子，女主瞬间被萌化，真是编剧的心机啊！

《绝望主妇》第八季大结局那集，紫藤街四美的好朋友麦卡伦斯基太太肺癌复发转移，生命快要走到尽头的时候，收到了一份礼物，那是她很想要的绝版唱片，当她听到那美好的旋律时，终于可以没有遗憾地离开了。现实生活中这位老爱和大家耍贫嘴又发自内心爱护他人的老太太在拍完此剧后不久也因肺癌去世了，她的荧屏形象终结在被礼物宠爱的安详满足里。

我们都期待收到的礼物在意料之外又能让我们满足其中，可谁都不是谁肚子里的蛔虫。所以当我收到了哪怕并不是我想要的礼物，我还是感恩，或许它历经周折，或许曾让人绞尽脑汁，即便是信手拈来，也都在提醒着我：有人想到你啦！偷着得意吧！

（《新民晚报》"夜光杯"，2017年1月25日）

路之缘

◎刘诚龙

人生短短几个秋，你能走过几条路？双脚履过的大道与小径，无数无数，仿佛一碗饭里来数米粒数。爬过的山，蹚过的河，走过的桥，拐过的弯，谁给自己数过？可是，亲爱的，一条路走过3次的，你有多少？一条路走过百次、千次、万次的，君有几条？

一

我给自己算了，走过100多次以上的路，没超过100条。最初的路，是一条阶檐，很短，跨过门槛，便到阶檐，跨过阶檐，便到家里。这条路，不是走的，是爬的。母亲屋背后田里，土里，菜园里，插秧去了，窖洋芋去了，摘茄子辣椒去了，便把我丢在屋里。我望着纵横交错的条条阡陌，无限神往，从谷箩里（谷箩里垫了稻草，垫了烂絮被，那便是我的襁褓）爬出来，再爬过门槛，把爬过去是10米、爬过来是10米的阶檐，当成了人生第一条路。

我知道，这不叫路，只叫阶檐。真正的第一路，或许是求学路吧。我背起书包，父亲拉着我，蹦蹦跳跳，往一个叫东岭的学校蹦跳去。路不长，两三里地，上一个小坡，拐过几道弯，先走一条土路，再走一段沙石路，便到了学校。这条路，最初是新鲜的，每日清早，背上背个书包，袋里兜个烤红薯，便上路了。什么路，经得起重复走呢？我不想拐弯了，拐弯是因为路上有个山包。江南丘陵，平地起个包，便叫丘陵。我从丘陵上，穿过茅草丛，走出一条新路，算是不拐弯了。不拐弯吗？其实是将“C”字路走成了“几”字路。

路不长，两三里地，我却感觉始终没有尽头。一天一天，一周一周，一月一月，一年一年，一条路无限重复，你不会觉得这条路太遥远？怎么走，似乎都走不过。很多次，我走到中途，不走了，在一处丘陵窝窝里，前不见来人，后不见去客，我躲在这处窝窝里，捉青蛙，扯一根茅草，茅草带刺，我当刀片，割青蛙之肚，当解剖。至今我偶尔回家，仍有叔伯笑话我：叫你读书，你把青蛙当阉猪。

这条路没有尽头吗？那时绝望，如一只蚂蚁爬爬爬，始终原地踏步踏；如一只飞蛾飞飞飞，始终在一个玻璃窗上撞撞撞。好像命运就在这条短短路上打圈圈打转转。这条路，我能走过吗？多年后，小学同学在微信上喊，呼唤，连连发号召，叫着嚷着再去东岭学校，寻一张书桌，按照原先座位，再一起坐一次，就一次，坐45分钟。没去了。去不了。纵使去了，所有同学都能来吗？好几位老师已作古了，千请万请，也请不到他来讲台上了。多少年没再走过那条路了？有30多年了。一条路，就这样消失在人生之中。

二

还是一条读书路。这条路，不用背书包了。这条路多长？从家里走去，不是脚丈量的，是一列火车运我过去的。或许在人生里，从此地到彼地，千万里地，千万条路，但不是你走过的，是车托运你的。那还是路吗？

我是在一个小县城读的师范，那已不能叫上学路上。我回想起的，是一条环城路。每到下午，6点钟吃完晚饭，便绕着城转。县城叫梅城，挺好听的名字，只是混过3年，我都没见过一朵梅花。梅城里，最堪忆的是一条青石街。水泥街道与青石街面，那是全然不同的两种感觉。青石泛着古香古色，路面被人踏得玉石一样光滑。青石街的韵味不是光滑，而是袅娜女子穿着一双带掌钉的皮鞋，袅袅娜娜打街头走过；嘚嘚嘚嘚，嘚嘚嘚嘚，那声音金声玉振，很多年过去，依然让人遐想。梅城街道不宽，街两边是木板楼，支起很多很多的窗格子。梦里头多次有过一幅场景，穿着碎花格子衬衫的一位宋时女子，吱呀一声，支起窗格子，忽然失手，那木质的支棍，砸在我头上。走啊走啊，我无数次地从青石街走过，什么都没发生。我无数次打江南走过，嘚嘚的落窗声，没发生美丽的错。

梅城坐落在资江边，资江边有一条古道，古道多古？不晓得。古道临水，水边一排排，一溜溜，一道道，生长着柳树，杨柳依依，雨雪霏霏。是的，每个下午，我和何君、廖君、谢君，总是一次不漏，走过小巷，走过青石街，绕到资江边古道上，绕城一圈。毛毛雨无须带伞，年轻真好，淋点雨，都不擦，由着江南细雨湿衣衫，也不感冒。雨落大了，带着一把伞，依然是重复着来时路、去时程。转到资江杨柳处，睁着迷蒙的眼睛，望辽阔的水面，望落日山头，出神。偶尔，见柔条千尺，也折一枝柳。送谁？好像有人可送，好像无谁可送。

也是很多年以后，有一位女同学问起我：你还记得我曾经向你要过诗吗？我忘了，怎么回事？她说，你给我递过来的句子是“衣带渐宽终不悔，为伊消得人憔悴”，可惜诗不是你的。

诗不是你的，人也就不是你的。

三

生命中有一条路，你无数次走过，你是不是会以为，你永远会徜徉在这条路上？忽然，这条路将彻底地从你生命中消失。或许是，这条路还在，你不再在这条路上。资江边这条千尺柳条的古道，再走过不？没了。

我娘嫁到铁炉冲，铁炉冲便是她的家，她的娘家呢，是我外婆家。自我娘从水竹冲嫁到铁炉冲，这条路便注定成为生命中无法绕过的。路程有点远？不算远，20多里地。恰恰好。太远了，路不再是路，那是车次；太近了，路也不再是路，那是对门。这条路，我将重复多少次走？这条路，拐过很多弯，几乎所有路元素都有，有好些田埂路，有水泥路，有沥青公路；有好几座桥，木桥，石桥，貌似还有一条藤编桥吧！噢，有点记不起了（离我记忆多久了?），山道，水程，土路，石板路，开满鲜花的花径，弯弯曲曲的，笔笔直直的，羊肠小道的，一条路，集聚了所有的路元素。

这条路，我走过多少次？与每天重复的路不一样，去外婆家的路，那是一条走亲戚的路，所有走亲戚的路是这样的：走，不天天走；在，不天天在。在暑假，在寒假，偶尔你必须走；还有的是，或者外婆生日了，得去拜寿；或者我家杀猪了，得去送肉；或者，我娘打我，我想吓我娘一跳了，便或慢腾腾，或急匆匆，走在这条路上去了。

这条路，始终摆在大地上，你什么时候，开始不再走了？20年前，我外婆过世了，这条路，从一条月路——每月要走一次的啊，顿时变成了一条年路，一年才走一次吧——那是因为外婆不在，舅舅还在。可是舅舅若也走了呢？余生，你还会起心从这条路上再走一次吗？从我家山背后，翻过一座山，山路弯弯，山路上鲜花开，山路上鸟声开，那曾经是一条亲情通道，山那边是我姑姑，常常往我袋里塞糖粒子的姑姑，现在也多年未走了。我姑姑作古了，这条路在我生命中，貌似作废了。

有一条路，我曾经走得最多的，那是我老婆娘家的路。要想老婆到，脚板底下要起泡。没有无限次地重复一条路，你哪能缩结一段情？路与情是正相关的。让人家笑话的是，那条路是我踩烂的。白天走，晚上走；春天开满鲜花走，夏日烈日炎炎走；秋高气爽，正好走路耍子；冬天一路雪花飘，也阻挡不住我往还这条路上的热情。好多好多次，伸手不见五指，我骑着一辆自行车，顺脚溜路，路下面是一条小河，河岸乱石横陈，我从没将自行车溜进河里，那条路，好像是我掌心的纹路，生长在我生命上，熟视无睹，熟视无须睹。

走过了很多次，依然在走。我小孩出生了，我走得更勤。从抱在手里走，到让她骑在脖子上，到她蹒跚着学步走。想着这条路，想起我那臭小孩，骑在我头上，忽然间脖子滚热滚热，她尿了我一身，从后脖流，流了我一背。

这条路，现在还走吗？岳父岳母还在，却是搬家了，路还在，20年后，我再与小孩走过一回。那是坐轿车走的，小孩从外地回来，我去接，特地绕路，绕到这条路上，再也找不到那条路的感觉了——我坐的是车，不是走路。

四

而我现在走着的这条路，或是履历里，最无聊的，从家里到办公室是千把米，从办公室到家里是千余米，下个电梯，脚落小区坪里，拐过几栋楼房，转入街道，街道有什么呢？闹嚷嚷的，好像什么都有，好像什么都没有；嘈嘈切切，咚咚啪啪，比以往任何一条路都热闹，都繁华，置身其中，却是最为寂寞。

路不远，过了一条直肠也似的街，到得一家公司前坪，再过一盏红绿灯，便是我安身立命之所；走过去是千余米，走过来是千余米，来来回回走的，是千余米，是千余次。一条千余米的小路，何止走千余次？我在这里重复了多少次？望望四周，我看到高墙，没看到铁丝网；没铁丝网，全是铁丝网——我想路上踢一粒石子，敢踢吗？我想路上吼几句，能吼吗？我姐嫁到山外青山外，我走去看我姐，有歌唱歌，没歌乱吼，不吼了，操起一粒石头，往山林掷去，惊起一只山麻雀，唧的一声，从这丛灌木飞向那丛竹蓬。

这条路，无灌木，无竹林，无麻雀，有的，只是我的同类。人，在异类那里，可以得到自由；人，到了同类这里，得到的都是拘束。每一脚，每一步，都是一样尺寸，都是一样姿势。我蹦过吗？我跳过吗？我飞起一脚，转过圈吗？都没有。这条路上，走了那么多步子，每一步子都是一步之无限次重复。

是的。我暴走过。无须上班之余，我绕城暴走，提着一把水壶，我从街东飞脚至街西，5里，10里，20里，乱走。我悲哀地发现，我暴走的线路，又是一个圆圈，老圆圈，几乎是每次走的，都是同一条线。店子或变了名，路遇或变了人，那路程变吗？有10多年了吧，上班路没变，我暴走的这条臆想中要改一改变一变的道路没有变。

这是路之缘，还是路之怨？如我小时候读书走过的那条路，这条短短的路，感觉是那么悠长，悠长得没有尽头；是人生真的短路了？一个人与一条路结缘太久，是人之乐，还是生之悲？道路若太重复，前程或缺质量吧——世上本没有路，走的人多了，便成了路；世上本来有路，走的次数多了，便没了路。

五

翻开地图，你看到的是，世界上纵横交错全是路；站在山顶上，瞭望大地，人世间沟沟坎坎全是路。你屈指算，人一生能走多少条路？走过一次的，数不清吧；走过三五次的，有几条？童年时候，听过一个传说，人死后是要算账的；我老家如今还坚持这样的习俗，老人入土几日，还得给他打个帐篷，帐篷下面放一只算盘，叫他把人世间得失算一次，不过是给两天时间噢，他在人间几十百年的账便算了一清二楚。

也是这两三天啊，他还得到人间去收脚迹。收脚迹，或许是生者想到的最浪漫的事吧，是不是如林黛玉一样，背着一只香囊，拾花又葬花？我曾经替魂魄担忧，人，天天在外面跑，走过那么多路，他要多长时间才能收回脚迹？

如今想来，这或是蛮轻松的活，一生看来貌似漫长，你走过的路，又有几条？拿着扫把与撮箕，从几条路上扫过，便把在人间的足迹，扫了个干干净净，不留一点痕迹。

（《中国青年》，2017年第1期）

从头开始

◎李　动

到啥地方剃头？这是单位同事小曹多次问我的问题。过去都是单位里的同事阿汤帮我俩剃头，没有感到剃头是个问题。如今他退休了，剃头便成了问题。许多东西平时不知珍惜，一旦失去才感到其珍贵。

我想起小时候理发也是个难题。那时新村附近没有理发店，要理发需走两站路，感到很麻烦，平时都是一位叫大块头的阿姨，提着小木箱上门理发。那时流行留长发，随着年龄渐长，开始要臭美了，就嫌她剃得太土，所以她给我理发时，有种清朝末期被剪掉辫子似的难受。

有次老爸叫来大块头阿姨，我趁机溜走，老爸扯开山东嗓门儿责令我回来剃头。我置之不理，老爸牛脾气上来了，追赶了上千米，给了我一顿生活，我才哭哭啼啼地理了发。还有次邻居会理发的林祥提出要帮我理发，我欣然接受。第二天上语文课时，班主任薛老师下课后，把我叫到了办公室，严肃地问："谁给你理的发？"我纳闷地说："是8号楼的阿黄。"薛老师说："这是个流氓头，叫平角。"我也不懂这种两鬓理成平的头是流氓头，感到很无辜。薛老师却不依不饶，认为这是阶级斗争新动向，立刻打电话给正在上班的老妈。老妈请假赶来，特意带我到天山一条街"春光理发店"重新理了发。之后同学小三学会了理发，从此我的理发就包给了他，才解决了这个不大不小的难题。

春节将至，需新剃头迎新年。午饭毕，见到那家豪华的理发店却不愿进去，不是担心被宰，而是上次进去理发，被一小青年理了个"马桶头"，上白下黑，中间没有过渡，我表示不满意，他却说现在时兴这种发型，但我却不习惯，又不能让他将理去的头发插回去，只能自认倒霉，再也不敢造访。

但头发长了每个月还得理，后来在单位附近发现了一家小理发店，虽然店小，店内简陋，但理个发也不必讲究。我关照小青年，不要理成"马桶头"。他很拎得清，理完发，我坚决不让汏头，不是像侯宝林那样怕挨打，而是担心毛巾不干净。理完发照下镜子，感觉不错。一问单剪发15元，价廉头美。

这次还是去这家小店理发，见几位中年妇女正在烫发，便告辞。下午3点看了一大堆稿件，换换脑子，顺便理个发，没想到走进小店，见更多的烫发老阿姨，一问需要等一个半小时，等不起，赶紧走人。

没想到又遇上了理发难题。虽然“流氓头”没有了，“公鸡头”“寸寸头”“马桶头”等随便什么发型都可理，但我却只要理个部队里流行的雷锋头，三七开，两鬓有个斜坡，但却难觅。那天午饭后散步，蓦地发现小区的墙边坐着一位身穿蓝色长褂的老头，他坐在折叠椅子上，正在收听沪剧。他主动问我：“要理发吗?”正中下怀，但我感到马路边理发太不雅观，也不上档次，但理发迫在眉睫，便问：“怎么理?”老头站起来，收起折叠椅，拉着小滑轮上的马桶布包来到小区里的花坛边，放好椅子，让我坐上去。理发时，我问理发师傅：“这么冷的天坐在马路边等生意，很辛苦的。”他说：“不辛苦，在家也没事干，感觉身体还可以。”我问：“理一个发多少钱?”他笑着说：“6块钱，马上过年了，给7元吧。”我说：“没问题。你一个月多少收入?”他笑着说：“每天四五十块，一个月1000多块。”

理发师傅告诉我，他今年75岁，退休工资300多块，退休前是理发店的，退休后在家没事干，便出来靠老本行赚点小钱，理发对象大多是中老年人，且很受欢迎。但那些市容执法队员不让在马路边摆摊，他只能采取这种坐在马路边候生意，有了对象就到小区理发的办法。执法队员也人性化执法，不再驱赶，要求他离开时扫干净。最后他感叹地说：“过去在马路边理发，说是资本主义尾巴；现在说是影响市容。不管哪种说法，人都需要理发，我也想赚点钱补贴小孙子。”听罢感觉这个理发师傅颇有办法，既增加了个人收入，也解决了中老年人的理发难题，又解决了影响市容的问题，可谓一举三得。临别，我给了他10元，大方地说：“不要找了。”他操着扬州口音打躬作揖道：“祝老板新年身体健康!”

（《新民晚报》“夜光杯”，2017年1月26日）

学生的笔记

◎华明玥

木心于1982年来到美国纽约，去美国后一直没有找到合适的工作，只能在港台地区的报刊上卖文为生。这个当年从乌镇走出来的少年，到了此时已55岁，急于将满肚发酵的学问和见解倾吐出来。但他当时在美国的出版界毫无人脉，想去大学谋一教职，又没有博士学位。在谋生之路如此逼仄的情况下，在地铁上偶遇陈丹青，陈丹青及其朋友们出手救助了他——应大家的邀请，木心开讲有关世界文学史的课程，轮流在学生家的客厅里，为旅居纽约的中国人上课。这一上就是5年。学生们付的听课费，成为木心主要的生活来源。

陈丹青手快，5年的课堂笔记工工整整。他坦白听课的感觉，一是无穷的愉快，一是智力的“不支”。往往连讲四五个小时后，所有同学都面露倦色，只有年纪最长的木心还能谈笑风生。

多年后，陈丹青将五大本笔记整理成《文学回忆录》，把木心带到大陆读者面前，让他们有当头挨了一棒的震惊：这样的人物，之前为何我们完全不知道？可能，晚年的木心自己也没有料到，他盘腿坐在纽约某户人家花团锦簇的地毯上讲述的内容，居然成了厚重的文学读本。他是那种不合时宜的性情中人，当年讲到激动处不由得哽咽，令现场学生陷入长久的静默，现在，这心情澎湃的片刻闪烁在字里行间，也让读者长叹一声。

倒退30年，这种“我把毕生所学献给你”的课堂互动，还出现在钱穆先生创办的新亚书院。20世纪50年代初，钱穆因为走上了与“新文化运动”倡导者相反的学术道路，被台湾学界排挤，遂在香港一家纺织厂的楼上创办新亚书院，就是今日香港中文大学的前身。

当时的新亚书院，包围在纺织厂的机器轰鸣、佛堂寺庙的木鱼唱诵、潮州饭店的叫卖揽客和小舞厅的靡靡之音里，非得有无比的定力才能潜心向学。为了节省外聘教员的开销，钱穆自己先后开了十几门史学课程。他为自己开的工资仅是每月100港币，这在当时仅够举家食粥。香港大学以数千港币的月薪聘请他当教授，钱穆断然回应：不去！

学生叶龙说，老师是怕自己一走，新亚书院的主心骨一塌，涌来的难民学生越发没有书读。叶龙是绍兴人，曾在国民党部队里当过少尉书记官，写得一手快字。他选修钱穆的课程后，因为听得明白钱穆那口无锡官话，笔记记得准确又全面，很容易就将钱穆臧否文学人物的“奇谈怪论”悉数收录。比如钱穆评价唐代诗人，认为王维是居士，李白是喜欢讲神仙、武侠的江湖术士，杜甫才是深郁沉痛的读书人。李杜虽然齐名，但钱穆认为杜甫为高，因为他的人格精神与时代的浮沉打成一片，他的诗才与历史发生了大关系。

钱穆哪怕讲同一门课，给下一届学生上课时，手上提示思路的小卡片也永远是新写的，他总有新例证、新发现。这使得追随他的叶龙不断补充自己的听课笔记。后来钱穆移居台湾，叶龙还将听课笔记中有疑问的地方分批辑录，寄给老师。钱穆竟也回信10多次，饶有兴致地解答这100多个疑问点。

2013年，叶龙出版了他的听课笔记《中国经济史》，此时老师已去世13年，学生也已86岁；2016年，第二部听课笔记《中国文学史》也顺利出版。钱穆要当一名文化“通人”的努力，在笔记中跃然纸上，栩栩如生。

学生们的笔记，留下这些逆流而行的学人当初蹒跚、艰辛的脚印，留下他们的孤独身影和傲骨脊梁。今天，能读到这些见解，读者应暗叹一声“饶幸”——若没有学生的识见与毅力，老师这段挣扎着肯定自我的心路，何时能见天日？

（《南京日报》“雨花石”，2017年1月19日）

后真相与八卦

◎苗　炜

《牛津英语词典》总结2016年，用了一个新词汇叫“后真相”，简而言之，所谓“后真相”是指人们不是特别在乎“真相”到底如何，更在于自己对事件的感受。

拿美国大选举例，川普是不是一个合格的政治家，到底能不能当美国总统，选民未必要特别理性地去思考——这家伙不像以往的政客那样虚伪，这家伙说出了我们的心里话，有了这样的情感共鸣，川普就能赢得选票。用我们这里一些简单的事情举例，王菲演唱会唱得不够好，这可能是事实，但批评王菲唱得不好，在她的歌迷那里绝对说不通，歌迷与歌星在情感上结成了一个共同体，歌迷们也许就喜欢她被岁月磨砺的气息和声线呢。以往我们了解新闻事件，通过传统媒体相对严谨的报道，如今我们了解新闻事件，通过一些零碎的报道，更要通过社交媒体中的闲言碎语。传统媒体式微，传播则更接近于街谈巷议。事实上，我们与故事最亲密的接触还是在日常生活中。我们擅长观察周围人的一言一行以及前因后果，我们评论公共事件、揣测私人趣味，我们彼此交换信息并小心隐藏自己不合群的部分，我们向朋友抖落对手的蠢事，同时在人群中搜寻于己有利的信息。简言之，故事（新闻）最常见的形式，就是八卦，而我们个个都是八卦大师。

从进化心理学的角度来看，我们具有高度的八卦能力是很合理的。牛津大学的心理学家Robin Dunbar指出，我们进化出语言，就是为了八卦。一个规模不大的群体总是时刻面临威胁，而密切观察群体内所有人的动向，识别优势和缺陷，是防止打击的明智做法。八卦能够让人们在自己的群体内部形成特定的知识网络，通过了解每个人对群体里另一人的看法，我们能够建立一个“社会地形图”，清除对内部秩序构成威胁的因素。

从叙事方式的角度来看，八卦与专业书写者的创作不同，这种故事没有既定走向，也没有稳定结构，甚至可能永无终结。同时，它还是多方向、多层次的，不单纯是讲述者对听者的线性叙事，而是社会网络共同协作的产物，网络中的每一个人都可能增删信息或“修改润色”。从这个角度来看，许多在社交网络上传播的事件出现的“反转”，是事实的细节补充，也是情绪的累加。我们可以称这种叙事方式为“参与性叙事”。实际上，我们很难“不参与”任何一种叙事。认知科学的相关研究已清楚表明，即便我们只是安静地坐着读一本小说，我们的大脑活动也和我们亲自经历其中的故事没什么两样。主人公命运或起或伏，我们的神经元会随之产生反应。这已经大大超过了共情的程度，而是仿佛我们经历了第二重人生一般。

小说已经如此，那么真实生活中故事参与性的影响无疑会更加深刻。在心理学和神经科学领域，已经有许多学者在研究人的自我建构问题。毫无疑问，人的自我认知与其人生故事密切相关，而这其中也夹杂了许多八卦的因素。我们对于“真相”并没有确定的感知，而是通过闲谈、重述来补充我们人生故事中空缺的细节，“修复”不完整的记忆，从而组织起一个情节线。这个过程包括删除特定事实、借用别人的故事，甚至对无中生有的事产生翔实的视觉记忆，等等。这些都是极为常见的心理现象，我们的记忆是非常不可信的，而且它会和周围人的记忆形成交叉。

英国心理学家Julia Shaw认为，这或许是我们构建群体联系的又一种生物学功能——一个群体会生产出某些共同的记忆，从而帮助群体中的人形成相似的世界观。这个认知过程让我们能够在不同场合构建不同的自我，“见风使舵”，应需而变。如果某些情况下别人的记忆比自己的更有用，我们也会在不知不觉间改写自己的记忆。也就是说，构成我们日常生活之基础的叙事，往往是开放的、多变的、未必能有始有终的。而且，它或许并不独属于我们自己，而是与周遭人事互相影响的结果。

（《新民周刊》网络版，2017年1月11日）

并非每个人都能逃离雾霾

◎王天定

逃离是一种选择，但当我们无法逃离时，让我们选择用行动寻求改变。

最近这段时间，大半个中国笼罩在雾霾之中，“逃离雾霾”已经不仅仅是一个网络热词，而变成一些城市白领的行动，他们放弃多年打拼努力的北方城市，南下丽江、海口，甚至远走异国他乡，就为了能让孩子呼吸到洁净的空气。

没有污染的空气，一如安全的食品，本不该成为奢侈享受。保障基本的生活品质，寻找一个空气洁净的生活环境，天经地义。在雾霾中选择逃离，某种意义上说，这是人的基本权利，每一个逃离者的心情，我们都不难理解，不管是为了老人、为了孩子，还是为了自己。很多时候，我也很钦佩他们。因为所谓逃离，那不是一次短期的旅行，而是意味着对多年努力的放弃，绝不是一件容易的事情。

逃离可以是一种不错的选择，当公众开始用脚投票，也等于向那些“出逃地”的主政官员传导出一种压力，督促他们在治理污染方面下更大气力。

但是，不是每个人都有放弃的勇气，更不是每个人在人到中年时，都有重新开始的能力。

前天深夜，我乘坐的航班从阴霾密布的古都西安起飞，在暗夜飞行两个小时后降落在青岛。窗外迷雾茫茫，从机场出来，车在浓雾中穿行，路过信号灯难辨红绿，空气中弥漫着呛人的烟味。以碧海蓝天傲人的美丽岛城，如今也是这般模样，此番景象，不禁让人心底黯然。

那么，更多不能逃离的人们，除了戴口罩忍耐，我们还能做什么？

据报道，田甜是两个孩子的母亲，去年12月18日，在重污染红色预警中，她和其他16位家长一起，参加了“全城测霾大行动”。尽管那些触目惊心的数据让她煎熬，但是，她发现参加该行动后，儿子有了更多的环保意识。经常网购的她，受到儿子的批评：“妈妈，你能不能别老买东西？你不是说雾霾有毒吗？你老买（东西）快递员叔叔就要一直在外面了。”儿子的批评反倒给她一种安慰，她由此感受到了参与这次行动的意义："雾霾是这么扩散的，观念也是这么扩散的。……未来的世界是他们创造的，你要让他知道，他才会保护自己和自己的下一代。"

田甜能做的，每个妈妈都能做，尤其在社交媒体高度发达的时代，集众人之智，发挥"无组织的组织力量"，我们可以做得更多。每个公民可以拿起手机，拍下那些露天燃烧的垃圾；无人机、动力伞等航空器械爱好者，可以发起拍摄行动，看有哪些企业在违规排放；你还可以买上一些口罩，送给露天作业的工人，让他注意防护。更重要的，让我们从每个人做起，在生活中落实更多的环保理念，在即将来到的春节，别再为那点所谓的过节气氛而燃放烟花爆竹……

逃离是一种选择，但当我们无法逃离时，让我们选择用行动寻求改变。我们不期望速成，但相信恒能生金，每个人的觉醒，是对雾霾最有力的抵抗。

（《新京报》"专栏"，2017年1月6日）

粗糙生活，也是一种智慧

◎张金刚

与一位同样爱好写作的同事同属夜醒族，突醒难眠，便在朋友圈浏览，点赞、感慨、分享，偶尔我俩还互批。同事笑谈：“这真好似敬业的皇帝，夜里挑灯批阅奏章。”话虽调侃，可夜不能寐的辗转苦闷，我感同身受。围观的朋友一语道破：你们这些文人，心思敏感，想得太多，睡得好才怪。

妻子与我不同，是个大大咧咧、油瓶倒了不扶、有事也就烦一会儿的主，还自有她的理论。买房借钱，她不着急，说急也没用；身体发福，也不在意，说健康就好；孩子贪玩，也不苦恼，说快乐重要；领导批评，也不在乎，说问心无愧；知识欠缺，也不狂补，说够用就行；花钱随意，也不记账，说该花则花；不修边幅，也不上心，说自在随性。

我虽苦笑她没心没肺，日子过得粗糙，却也羡慕她的简单松弛。我虽自恃读过几年书，可每遇闷闷不乐，还是她开导我：“像你这样，多累呀！放宽心，笑一笑，该来来，该去去，该吃吃，该喝喝，遇事不必搁心上，没有什么大不了，一切都会过去。”顺手拉我陪她看电视、侃大山。

她的“心灵鸡汤”虽难消化，却有营养。我深懂其理：生活不易，苦恼萦绕，凡事如果太计较，活得未免太无趣。生活需要品质，但不必太过拘谨、太过精致，学会放松释然，适当粗糙生活，那心情才不会压抑，快乐才不会流失。

工作性质要求我必须心思缜密、考虑周到，上紧发条、随时待命，以求少有差池。因此，数年下来，搞得颇有神经质之疑。一个材料修改至焦头烂额，一项工作盯办显婆婆妈妈；手机一刻不离，吃饭、洗澡、散步也是心不在焉；节假日心总是悬着，担心被唤回加班。为了生计，丢了生活，被困住拴死，身心俱疲，难以名状。

元老级同事老周，有一经典段子。他眉头紧皱，道：“这工作别人看着光鲜，可其中滋味谁能懂？有时感觉真不如种地，顶着太阳，光着膀子，拿起锄头，吐口唾沫，哼哧哼哧刨二分地，多有成就感！出身汗、冲个澡、喝点酒，睡到自然醒，那日子多痛快！”这类话虽粗糙，但是走心。吐槽几句狠话，或许烦恼能减少一二吧。

固然，改变很难，彻底逃离也不现实，但一定要试着在精致、精心之余，把生活过得粗糙点，释放自己，才会解压。粗糙生活是种态度，也蕴含智慧。

（《南方都市报》“城市笔记”，2017年1月19日）

吃穿山甲吃出来的何止炫耀

◎张东锋

继“穿山甲公子”之后，最近又冒出一个“穿山甲公主”，接踵而来的新闻看得人五味杂陈。特别是在后者那里，事情更甚：穿山甲不但成了“豪华套餐”，甚至还被吃出了花样，从穿山甲血炒饭到穿山甲肉熬汤，以至有人形容“隔着时空都能闻到浓烈的血腥味”。

穿山甲是国家重点保护野生动物，早在2014年，我国土生土长的中华穿山甲就被世界自然保护联盟（IUCN）列入极度濒危物种。这意味着，仅就数量而言，野生的穿山甲已经非常稀少。然而，在现实中，“物以稀为贵”的经济学逻辑和保存之道，不仅未能唤起人们对穿山甲的爱护，反倒让部分人大开杀戒，让事情走向了反面。按照动物保护专家的说法，这几年的流行趋势是，“本土的穿山甲吃完了，就开始从东南亚走私，东南亚的也要吃光了，又开始从非洲买”。风潮涌动，说明吃穿山甲不仅仅是野生动物保护意识强与弱的问题。

面对此情此景，有人分析说，现在人们吃穿山甲就图吃个稀奇，“像‘穿山甲公子公主’这些人，就是炫耀”。但事情显然不止于此。一种野生保护动物一而再、再而三地成为一些人的盘中餐，本身就暴露了我们在动物保护方面的一系列漏洞。立法层面上，最直接的即如动物保护专家所说，就是穿山甲的保护级别不够，导致对应的违法惩戒失之于宽，降低了违法者的犯罪成本。放大来看，因为国家重点保护野生动物名录长期很少跟进调整，相关“受害者”又何止穿山甲？执行层面上，无论是宰杀本土穿山甲，还是其他国家的穿山甲通过走私溜进国门，对森林公安、海关乃至食品监督等相关部门都足以构成警醒。

倘若把吃穿山甲者的面纱掀得更彻底，应该看到其也绝不仅是图稀奇的炫耀。回顾那些吃国家保护动物的案例，即便事后证明的确是部分人炫富，但很多人的第一反应也不是钱的问题。一个常识性的逻辑是，吃这些动物是违法的，而能绕过执法者的，往往不是钱的力量。还记得此前四川一位落马官员吃苏门羚、扭角羚时那句“我一来，你们这儿的野生动物就集体跳崖啊”吗？无疑，在当下公共舆论的语境里，吃穿山甲已经成了一个隐喻：如果上级到下级或商人到某地去考察而吃穿山甲，这显然不是用钱就能解决的问题了，还意味着门路、关系和权力。之所以人们在“穿山甲公主”被带走后，同样好奇那位“好客的廖总”，原因大抵也在于此。

“公主”将受到什么样的惩罚，自有公安机关依法办事。深圳市城管局在通报案件进展时曾表示：“对涉野生动物的违法犯罪行为，市公安局森林分局将严厉打击，一查到底！”这样的表态也许可以给野生动物保护者以很大的信心，但对公众而言，以往那种“就事论事”的查处早已不能令人满足了，大家好奇的是：那些穿山甲究竟是经过怎样的传递链条而被端上餐桌的？到底哪些环节出现了漏洞？更重要的是，在各地严格落实中央八项规定、明确要求建立清清爽爽政商关系的情况下，穿山甲依然被用来招待“朋友”，既知法犯法，又顶风违纪，简直“是可忍，孰不可忍”了。

所以，从吃穿山甲事件中读到的不应该仅仅是炫耀。就被保护动物来说，穿山甲是一个典型，对其法律保护是否到位，一定程度上也标示着其他野生动物的受保护程度；就事件的处理来说，是“点到为止”还是顺藤摸瓜，同样会形成一种示范效应。

（《南方日报》“评论”，2017年2月16日）

理工男

◎介子平

我的交往圈子中，有一些理工男。仔细观察，其与文艺男区别明显。

我与理工男交谈，大致仍在人文常识、大众审美一域。他们兴奋点低，一个倡议，果敢行动；笑点也低，一个段子，哄堂大笑。这倒不是因有大慈悲而生出的小快乐，因有大执着而生出的小喜欢。说话往往直截了当，开门见山，对自己的职业充满自豪感，对所从事专业滔滔不绝。若动笔，文章短，有一说一，绝少废话，不以研究之名炮制各类文字。西窗落月书堆案，理论扩张，生活阐释能力必然弱化，古今大致如此。每天所写日记，无外乎气象录、起居录，鲁迅不厌其烦笔录购书单，盖早年的理工背景的影响。

理工男的社交圈子一般不会庞杂，甚至老婆的圈子也是自己的圈子。守时专注，饭局一般不会迟到，不像我的一位老友，他张罗的聚会，聚会完毕，仍未见主家身影，好在大家争相埋单，素无抱怨。不同人等，自我介绍后，相见甚欢，渠道与平台，由此互为拓展，携手搭建，似乎中介者已不重要，酒足饭饱，刹车回正题，感觉此为老友有意设定的一个局。守时专注者，当属务实靠谱一族。

其动手能力也强，家中电器损坏，琢磨琢磨，便能搞定，半途车子抛锚，鼓捣鼓捣，凑合上路。如我这样的电脑白痴，使用多且长，却是知其然懒得知其所以然，天黑有灯，下雨有伞，每有懵懂，隔壁住着理工男，我老婆是位理工女。赤地千里，禾稼尽枯，种不入土，野无青草，此时的天气预报，已成愿望所在，却是今日有雨未闻雷，明天有雨不觉风。诗性语言的气象描述，也属理科范畴?

由人文而理工不可，理工转人文可，但难臻化境。爱好书画者，眼光大多停留于俗书行画一路，爱好文学者，大抵对武侠一类感兴趣。其归纳江湖冷兵器，玄铁重剑、孔雀翎、天魔琴、倚天剑、屠龙刀、打狗棍、圣火令、小李飞刀，一一道来，甚是详细，火器则有霹雳弹、红衣大炮，等等，真是条理不苟，其烦不厌。以数据为依论，动辄精确至小数点后第几位，而对文字远不及对数字敏感，其曰“一生会遇到约3000万的人，两个人相爱的概率为0.000049。即便美好婚姻，一生中也会有200次离婚的念头，50次掐死对方的冲动；即便满意工作，也会有200次辞职的想法，50次撂挑子的纠结”。而我向来讨厌话语当间夹杂几个外语单词，听上去学贯中西，不喜欢汉字行文里的阿拉伯数字，因其破坏对仗美感。数字化思维特征，是否就是大数据之质?“三皇五帝夏商周，春秋战国秦暴收。汉末三分归入晋，朝称南北阻江流。隋开天下遭唐灭，五代十国战乱稠。宋统中州元虏代，明清过后帝王休。”此为文科男的基本功。理发师永远不解长点的尺度，老母亲永远不懂半碗的深度，理工男则永远不知少许的刻度。

理工背景是一种思维方式的训练，其严谨周密，工稳规范，言之有物，丝丝相扣，故大文人者，多具理工学历背景。鲁迅早年入南京水师学堂，后入南京路矿学堂，毕业后获公费留学，入日本仙台医学专门学校学医。周作人早年入江南水师学堂，以土木工程名目官费留学日本。徐森玉早年入山西大学堂，读化学，在校期间即著有 《无机化学》《定性分析》，其后的成就则在文物鉴定、金石学、版本学、目录学方面。赵元任早年入美国康奈尔大学，主修数学，最终一生精研语言学，被尊为汉语言学之父、中国现代音乐学先驱。郑振铎早年入北京铁路管理传习所学习，其成就则在版本学、训诂学方面。张大千早年入日本京都公平学校学习染织技术，其成就在绘画方面。

理工男们，以工程项目直接推动社会的进步，“百无一用是书生”所指，盖文科男。以我的经验，侠心交友，肝胆相见，吵不散，隔不断，久处不离者，多理工男。有些事实，难以相信，这倒不是有意选择所致，自然分野矣。

（《文汇报》“笔会”，2017年2月20日）

背诗词是国人的标配

◎吴　澧

央视的《中国诗词大会》火了。特别是第二季总冠军、上海复旦附中高二学生武亦姝，被很多网友赞为体现了他们对“古典才女”的幻想。当然，天下没有不散的宴席，这股“火”也会过去。据央视科教频道总监阚兆江说：题库内容85%以上来自中小学课本。但愿这一背诗大赛能让目前在校的这一茬中小学生，多少记住几篇课文里教的古典诗词。这般已是甚好，甚好。

笔者一贯建议背诵记住中小学语文课本里的古文古诗（详见拙文《情场也要讲文化》）。毕竟，对于中国人，背点古诗词是标配。不过，古诗词也不是背背就能掌握的。要真正搞懂弄通，你得下一番苦功夫。曾见中文教授所著鲁迅传记中，说到鲁迅幼年在私塾对对子，就是“老师出一句‘红花’，让学生按照词义和平仄，选相对的两字——譬如‘绿叶’‘紫荆’来回答”。已经说了要平仄相对，“紫荆”怎么还能对“红花”？“花”和“荆”都是平声字嘛！

所以第一不要搞得跟群众运动似的，一大帮子人跳出来捞古诗词的钱——至少上报捞稿费，写一通似是而非的文章，笔者已见了几个。例如，有篇文章《被古诗词串起的心理联结》，里面说道：“太多的中国孩子是以《唐诗三百首》启蒙的，家长一句‘好雨知时节’，孩子接一句‘当春乃发生’，彼时父母眼里的笑和不温不火的期盼，小院里慢慢流淌的光阴，都印刻在了孩子脑子里。”看着很不错，但是，《唐诗三百首》里有杜甫《春夜喜雨》这首诗吗？

你可以说本文也是捞稿费的，但本人至少态度认真，写文章时仔细做了功课。尽管自己很肯定地知道《唐诗三百首》里有哪些诗，那是印刻在脑子里的，但还是从书架上取下该书，翻到目录页五律部分，在杜甫名下扫视了几遍。

另一个是千万不要搞古诗写作。《人民日报》前总编邓拓先生早就说过（见《燕山夜话·三分诗七分读》），“我们现在的旧体诗词水平如何呢？除了几位领导同志的作品以外，一般说来情况也很不妙。最突出的现象是有些人的旧体诗词往往不合格律。这就很成问题。……你最好不要采用旧的律诗、绝句和各种词牌。例如，你用了《满江红》的词牌，而又不是按照它的格律，那么，最好就另外起一个词牌的名字，如《满江黑》或其他，以便与《满江红》相区别”。比起60余年前此文发表之时，当今语文水准不管是进步还是退步，总之不必鼓励人们都来写“满江黑”。

就看《中国诗词大会》本身。某评委面对全国观众，秀了一首苏轼集句：人间有味是清欢，照水红蕖细细香。长恨此身非吾有，此心安处是吾乡。

集句通常为七绝。如果这位教授集的真是七绝，则第一句韵不对；如果第一句不想押韵，则应以仄声结尾，不可是平声的“欢”。另外，苏轼《临江仙（夜饮东坡）》写的是“长恨此身非我有”啊，改为“吾有”，平仄就不对了。

要学集句，不妨读读《牡丹亭》的集唐人句下场诗，每一折都有的。比如第十出《惊梦》之下场诗：

春望逍遥出画堂（张说），间梅遮柳不胜芳（罗隐）。可知刘阮逢人处（许浑）？回首东风一断肠（韦庄）。

不说人家韵脚格律必是不错的，这集句还紧扣本折剧情。第一句是杜丽娘游园，第二句是梦见男主角柳梦梅，第三句是借神话传说表明两人梦中交欢，第四句是梦醒别离。下场诗就是一出戏的精致总结。该教授的集句，与当时的大会情景有关系吗？

时代不同了，我们不求人人都会写七绝、填《满江红》，对经典作品，你要能熟读成诵，并且懂得欣赏其中的妙处，也蛮见才情的。英美中学从前必修希腊文和拉丁文，但公立学校早已淘汰了这两门对一般学生过于困难的课。今天还有几个英美文学教授，胆敢诵读贺拉斯铿锵动人的诗句？没有这一古典修养，今日英美的桂冠诗人，就是写英文，也写不出济慈的音韵优美。笔者甚至不怀好意地猜想，让他们写一首格律严谨的十四行诗，只怕左支右绌很难看。一个时代有一个时代的文学，我们的古典传承，也就是多少记住一点而已。能得如此，遥想古诗人已经在地底抚额叹曰：善哉，善哉！

（《南方周末》，2017年2月23日）

年味，为什么淡了

◎郑劲松

或许，任何文化都有此消彼长的时空，即使是最具中国传统特色的春节，其年味，也自然而然地淡了。在“e时代”的强大洪流中品味年味，不可名状地平添了一种文化的感伤，我们只好也必须理性地接受。

如果来自农村，那么，大多数人会认为，相对而言，老家的年味应该比城市要浓烈一些。但也普遍感觉到，这年味同样淡了。那，我们到底缺失了什么？

我以为，年味之味，连同其他传统文化的意味，最主要的是仪式感的缺失。淡了的，不是情感，而是附着其上的仪式。

父母在哪里，故乡就在哪里。平日再忙，或者路途再远，春节，还是要回家去那么几天。父母自不必说，亲戚邻居，大多一年半载也就这几天能够圆满地重聚，这恐怕已是春节最后也是最浓烈的意味了。

之所以难忘那些“土生土长”的仪式，那是因为单从氛围上讲，各个地方因为“文化”被发掘的“政绩”意识和“商业”价值，其实反而远比以往热闹，各种庙会、晚会、游园以及文化活动可以说是“琳琅满目”，但人们依然感到冷清，何也？因为原生态的那种仪式被普遍丢弃。过度包装的任何形式永远不能取代那种仪式，热闹不能驱散心灵的冷清。或许，这才是文化繁衍的密码。

年近半百，在城市忙忙碌碌快三十年，回家过年，或许已有一丝仪式感。我岳父和我母亲数年前去世，夫妻双方各自有父亲和母亲依然留守完全不同方向的四川富顺与重庆云阳，只能年前一家年后一家地两边跑，在有限的假期里尽尽孝道。虽然地域不同、风俗有异，但那种“过年”的仪式同样已荡然无存，不由得无可遏止地想起童年来。

儿时的老家，过年真是一系列仪式的集中上演。农历腊月二十三，又称“小年”。农耕文明——“柴火灶”的乡下，年节是从这一天算起的。重要仪式是敬灶神。因为过了当晚，灶神或者“灶王菩萨”就要上天庭过年，汇报下界工作。主妇们会趁机向灶王讨好。晚饭后，母亲收拾停当，洗漱沐浴，仪式就开始了。她在灶头点上香烛，烧些纸钱，在灶前磕头作揖，口里还念念有词，大意是：请灶神把好事传上天，坏事就多包涵；也求灶神保佑家人平安、六畜兴旺。如果子女在读书，母亲会求菩萨保佑考个好学校云云。从这晚起，虔诚的母亲还会在每晚熄灯前，用上好的菜油为灶神点灯，一直点到正月十五——等待灶神归来。第一晚，母亲还会在灶头摆上瓜果、自己做的米花糖等素食，待灶神“享用”之后，就分给孩子们吃。这记忆尤其温馨。

另一个仪式便是打阳尘，干干净净过新年。时间是腊月二十三至除夕，最晚不能超过除夕，乡亲们会看黄历选个吉日。全家老小齐上阵，爸妈带着我们打扫屋里的灰尘，包括灶屋的烟尘全部打扫一次，屋里平日没用的坛坛罐罐、杯盘碗碟也全部搬到院坝里清洗一次。现在想来，应是清洗后好用来正月里待客。那是儿童们最容易参与的仪式，当各家各户把蚊帐洗了，撑在院坝晾晒时，便是我们捉迷藏的好地方。有时候，我们也会把谁家的蚊帐弄倒在地，屁股难免被打上几巴掌，但那高兴劲儿就别提了。儿歌中唱道：“红萝卜，蜜蜜甜，看到看到要过年!”那时的过年，如此令人期待。所以，仪式感说穿了就是一种期待感。

最令人期待的当然是大年初一早上。大清早，爸爸会去井里“买水”，照样是先在井边上点上纸钱、香烛，说一些吉利话，再打起一担水来，还要在井边地头扯上一两株乡下叫作“蛤蟆叶”的草，丢在水桶里带回，倒进缸里。一直到初二，有的人家直到初五，家里的生活用水，一律不准倒掉，必须先倒在桶里留着。因为这水，就是全年的“财运”。初一早上，没有吃饭之前是不允许说话的。怕孩子们醒来管不住嘴说出犯忌的话，母亲会事先准备好小饼干或芝麻糖等，我们一醒来，就往嘴里塞上一颗，吃了东西，就可避免犯禁忌。所以，所谓文化的仪式感就是一种禁忌，禁忌实质上是一种敬畏。

这样一想，我们就知道圣诞节为什么风靡全球而不衰。圣诞老人、圣诞树等不就充满仪式感吗？可我们曾有的充满东方神秘色彩的仪式呢？仪式不存，年味自然也就淡了。

年味淡了，可生活依然浓烈。只是，我们有必要重建一些文化仪式，对传统、对天地万物多一份禁忌、多一份敬畏，也多一份期待、多一份温馨。那样，我们才能真正回到自己的故乡。

（《重庆晚报》“夜雨·年味”，2017年2月4日）

不能让伪慈善玷污了真公益

◎姬建民

前些时日，在央视、网络和报端看到一则“揭秘大凉山公益作假”的视频：在四川凉山布拖县一带，有衣衫褴褛的10多位村民分为两排，前排蹲着小孩，手中都拿着一叠厚厚的百元钞票。“志愿者”拍下公益村民的视频后，只见一名穿着白色T恤、名叫“宿州杰哥”的主播正逐个收回村民手中的钞票，另一名穿着黑色背心、双臂文身的男子在一旁观看。事件被揭露后，这些“志愿者”倒也坦白承认“做公益有水分，假发钱”，就是为了“涨粉”，让大家多打“礼物”，赚下钱购宾利、买豪宅……

看到这则消息，真真让人出离愤怒！

老实说，见过不要脸的，真没见过这么不要脸的。本人虽然知道一些网络主播为了“网红”与赚钱，有根据打赏多少而“露点”多少的，也有一些明星、名人谎捐、赖捐和诈捐的，但好歹是这些人没有面对着那些偏远地区的贫困村民，更没有装模作样地把所谓爱心捐助的钱款拍完视频又收回去。这位“杰哥”还真是想得出做得来，居然为了欺骗那些有良知的粉丝，发钱直播后再收回。我实在想不出他们怎么就使得出来，也不敢想象那些贫困村民面对这种耍弄人的把戏是何种心情！

我一向对公益事业与爱心志愿者持有高度的敬意，因为他们克勤克俭、无私奉献，爱心善行、赞颂一片。我也极为愤恨这些天良丧尽的家伙居然鼓捣伪慈善，因为这不仅冷了贫困民众的心，也玷污了正在开展的公益事业的名声。

可怕的是，借助网络直播平台而恶意从事这种伪慈善的并非孤例。据披露，还有“黑叔”“OK哥”“山东梅姐”“花花”等。那些为了“网红”“礼物”（真金白银）而自愿脱衣露点、“想怎么约就怎么约”的姑且不论，此类以牟取暴利为目的（仅“杰哥”等每天收到的礼物价值5000到1万元不等），不惜戕害贫困民众心灵、触痛无助百姓心结的伪慈善，又怎能不遭到有爱心、有良知的人们的怒斥指责与唾弃！？

公益活动以爱心为基石，以善行为目标，彰显的是社会主义核心价值观和正能量。慈善事业当是传递温暖、促进和谐的高尚事业，不能容许一些心术不正的家伙借此兜售其奸，更不能让一颗老鼠屎坏了满锅汤。因此，如何惩治这种伪慈善勾当，怎样抚慰那些受到伤害的百姓的心灵，对于确保爱心公益事业的健康发展极为重要。

良心是做人的脊梁骨。正是有了这种良心，贫困的保洁女工可以拾重金而不昧，生活拮据的送水哥能够送一桶水捐出2元钱，以捡破烂为生的父子给地震灾区捐献出带有汗水与体温的几十元钱……特别是北京东四十条一家慈善机构的创办者杜聪，自愿放弃华尔街投行的高薪，自掏腰包办起公益基金会，承受着巨大压力投身公益事业。他先后帮助两万名孩子完成学业，有2510多名孩子考上了大学，其中不乏著名学府。他不把慈善视为施舍，更尊重受助者的尊严，播种下爱心与感恩的种子，现在基金会里不少工作人员就是昔日的受助者（见《北京晚报》）。比较出真知，以此比照那些没有半点良心的伪慈善者的丑陋，何止云泥之别！

无论从哪个角度说，都不能再让伪慈善者施虐欺诈。窃以为，目前虽有网信办出台的新《规定》，对禁止传播色情、暴力等违法违规信息、规范新闻信息直播、信用体系建设等方面作出了要求，但对涉嫌欺诈的伪慈善行径，更应有明确的法规予以惩治。借此以杜绝打着各种旗号的伪慈善活动，也维护好爱心公益事业的美好声誉。

（《杂文月刊》，2017年第2期）

群发的祝福

◎张军霞

春节过去了，回想除夕那天，手机从早到晚嘀嘀响个不停，各种新年祝福短信铺天盖地而来。我几乎是听到提示的声音就赶快回复，手里正包的饺子要放下，扫了一半的地要扔掉扫帚，要不就是一手握手机一手操作洗衣机。甚至，儿子帮我贴春联，上联刚贴好，又找不到我了，急得他站在凳子上吼吼叫。

相比之下，我家男主人比我聪明得多，人家一大早就把自己关在书房里，对着手机念念有词，足足折腾一个多小时，不满3岁的女儿悄悄进进出出了几趟，回来嫩声嫩气地向我汇报："爸爸在跟手机说话!"一会儿，她又模仿爸爸的声音笑着说："新年快乐，万事如意!"不久前有一个热心的文友妹妹，教我们安装一种特殊的软件，只要对着手机屏幕说话，就可以自动转化成文字。于是，他一大早跑到书房里，调出里面的通讯录，根据大家职业和年龄的不同，分别留下不同的祝福，一条条读出来，再一条条发出去。

我也赶快效仿，开始躲到角落里对着手机"自言自语"起来。

给朋友们发完祝福短信，又一次刷朋友圈时，看到有好几个人郑重声明：群发的祝福一律不回!

但是，我想说，群发的祝福，我一律都会回复。只要我能收到你的祝福，就说明我在你的好友名单里，在这样一个生活节奏无比紧张的年代，平时忙工作，放假了还要忙家务，大家的时间都非常宝贵，群发祝福，说明我们还在一个圈子里。

当然，我还想说，无论我回复的祝福，还是我主动发出的祝福，都是对着手机认认真真读出来的，非群发哟!

（《钱江晚报》"晚潮"，2017年2月5日）

正被“改造”的中文

◎董宏君

这个题目大得有点吓人，但这是正在发生的事实。

想起这件事，缘于春节期间的旅行见闻。春节人口大迁移，估计是中国特有的一个国情。除了回家过年，也有不少全家出游在外过年的旅行者。在外旅行的大事之一就是吃，何况还是大过年的，更要体会各地年俗，吃好，吃出特色。但是能够真正吃到当地特色也不是件容易事，因为大量提供游客就餐的饭店基本已被改造成了多数人普遍能接受的“正常口味”，如果没有当地朋友的带引，不去藏在小街小巷深处本土美食客的至爱宝地，很难品到地道的原产地正宗地方味。但是你跟旅行归来的人们聊聊，人们大多不会觉得自己没吃到当地的地方特色，依然有种品赏异地风情后的满足感。毕竟游客的味蕾有别于思乡客的味蕾。

这一点跟中餐在国外的境遇有点像。中餐在国外的面目可以不用说了，除了改造过的“经典”菜——麻婆豆腐和宫保鸡丁，大部分老外其实根本不知道地道的中餐是什么味，但这并不影响老外时不时光顾中餐馆改换一下口味的热情。当然，也有秉持严肃态度的“专业”人士，他们知道这里的中餐不地道，于是想出各种办法。比如美国有位叫史蒂文·肖的食评家，曾经出过一本《亚洲饮食规则》的书，专门教美国人如何品赏亚洲美食。其中在介绍中餐那一章里，他特别提醒读者一定不要看菜单，要跟餐馆服务生声明，“你们自己会吃什么我就要什么”，因为菜单上的东西多不正宗，纯粹是为了打发老外的。当然这是少有的“专业”态度，不能跟大部分普通食客相提并论。

到底怎样才是地道的口味，这边厢是食客的懵懵懂懂，那边厢却又有专业餐饮界人士旗帜鲜明地打出了“改造中国菜”的大旗。这些年，新派中菜的推手不乏知名餐饮大佬，有的中菜西吃，有的引入各种奇怪的新元素，搞得不伦不类。这其中也有成功的改造，找准地方特色，瞄准目标人群，重点出击，赚得一时火爆，也算有模有样。有怀恋传统美食者对丢失了饮食传统味忧心不已，可是在餐饮大佬那里，除了商业的考量，更有适应现代人口味的“使命感”，在餐饮从业者眼里，如果失去了市场，传统美食丢失得会更快更多。这实在是一个有意思的现象。

其实，无论饮食还是风俗、传统，包括语言，在历史的长河中都一直处在不断演变和改造的过程中。今年是白话文运动100年。100年前，“不模仿古人”“不用典”“不讲对仗”“不避俗字俗语”等文学改良的主张，得出“白话文学之为中国文学之正宗，又为将来文学必用之器，可断言也”的结论，在彼时正身陷传统向现代转型阵痛中的中国，可谓响亮的一声呐喊。如今，100年过去了，当年的先声与论争已定格在历史的坐标里。白话文一路走来，经历了不同时代背景下的不同话语方式。而在海外待久了的中国人，一回国，竟然有太多新词不明白了，恐怕这是当年提倡白话文的先驱们也料想不到的。

不论喜欢还是不喜欢，不管接受还是不接受，在网络时代，中文正在被“改造”的进程中，段子、缩写、误写、假借等表达势不可挡，网化语言未来将走向何方，也许超出今人的想象。但无论怎样，正被“改造”的中文，正与这个飞速发展的时代共进，它能否像100年前那样再次掀起巨大的语言变革，我们似乎只能亲历，而无法预测。

（《人民日报》“副刊”，2017年2月6日）

古诗词永远是生活的高尚元素

◎吴相洲

中央电视台《中国诗词大会》节目热播，再次引发人们对古代诗词的浓厚兴趣。古诗词属于高雅文化，能进入大众生活，虽然出人意料，却在情理之中。节目成功固然是剧组成员精心设计制作的结果，而根本原因是古诗词引发了观众内心的那份感动。这件事情告诉我们：古诗词仍是今人生活的高尚元素。

诗歌是文学的基本形式，以诗歌作为交流话语，一直是国人追求的高雅生活。《论语·阳货》载孔子说："小子何莫学夫诗？诗，可以兴，可以观，可以群，可以怨。迩之事父，远之事君。多识于鸟兽草木之名。"意为诗是调理性情的工具，参与社会的素养，增广见闻的途径，交往的有效话语，"不学诗，无以言"。中国人一直崇尚诗歌，诗经、楚辞、汉魏乐府、唐诗、宋词、元曲，是中国诗歌史上一个个辉煌坐标。

诗歌是唐代繁盛的代表，唐人生活是诗化的生活。在唐代，诗是高品质的生活元素，举凡庆典、饮宴、游览、欢会、送别等场合，都要有诗歌活动。如果没有诗歌加入，活动就大为逊色。高仲武《中兴间气集》就记载了诗人郎士元和钱起的故事："自丞相以下，出使作牧，二君无诗祖饯，时论鄙之。"当时官员外任，照例要举行宴会，宴会要有人作诗，要有当红诗人参加，如果当红诗人没有到场，活动将会黯然失色。在唐代，诗是交流思想和情感的重要媒介，举凡言志、抒怀、闻讯、陈情、干谒、请托、公告、谈艺等，都能用诗来表达，诗可以代替各种文体。在唐代，会作诗是士子步入上流社会的有效资质。一个士子仅凭诗艺就能出入上流社会。杜甫在《奉赠韦左丞丈二十二韵》中向韦左丞陈情，希望其推荐自己做官，理由是："读书破万卷，下笔如有神。赋料扬雄敌，诗看子建亲。……自谓颇挺出，立登要路津。致君尧舜上，再使风俗淳。"杜甫认为，能诗就可以"立登要路"。

诗人的伟大功绩是以其天才的言说力创造了民族话语，后人在遇到与之相同或相近的生活情境时，会感到古代诗人已经做了最恰切的表达。文天祥在元人狱中没有自己作诗，而是通过集杜诗来抒发心中悲愤。在抗日战争胜利时刻，不论是共产党人，还是国民党人，不约而同地引用杜甫《闻官军收河南河北》来表达喜悦心情。今人生活中种种思想情感，都可以用古代诗歌来表达。如表达思乡情感，可以用王维《九月九日忆山东兄弟》："独在异乡为异客，每逢佳节倍思亲。遥知兄弟登高处，遍插茱萸少一人。"战乱中思念家人可以用杜甫《春望》："烽火连三月，家书抵万金。"表达相思可以用李商隐《无题》："春蚕到死丝方尽，蜡炬成灰泪始干。"表达亲情可以用孟郊《游子吟》："慈母手中线，游子身上衣。"形容怀才不遇可以用李白《答王十二寒夜独酌有怀》："世人闻此皆掉头，有如东风射马耳。"无可奈何时可以用罗隐《自遣》："今朝有酒今朝醉，明日愁来明日愁。"形容人情冷暖可以用李山甫《自叹拙》："世乱僮欺主，年衰鬼弄人。"形容贫富不均可以用杜甫《自京赴奉先县咏怀五百字》："朱门酒肉臭，路有冻死骨。"古代诗词是活着的语言，是今人艺术化言说不可缺少的语料库。

高尚语资源决定了言说的高尚品质。言说需借助语言，语言是交流符码，符码经常组合就会形成程式。后人言说使用这些程式，便会把人带入原有的言说语境，使当下言说和过去事物发生关联。事物和情感都有类型化特点，程式使用会给当下言说内容归类定位，赋予当下事物、情感以更多意义，其中就包括对事物的美化。庾信在北周与王公交往所写书信就很能说明问题。庾信是南朝最有名的文学家，到北朝很受欢迎，很多王公乐于和他交往。交往中有个很有趣的现象，就是王爷们经常送给庾信一些小东西，如一头小猪、一块头巾、一些干鱼。庾信身为高官，未必就缺这些，王爷们却偏偏要送，说明他们另有所图。所图之物大概就是庾信收到东西以后所作的谢启。如《谢滕王赉猪启》云："奉教，垂赉肥豕一腔。白腹见珍，度辽东之水；赤阑为重，对襄阳之城。忽降全恩，谨充炮烙。孙弘牧于淄水，唯以求钱；卜式养于上林，岂知其味。"现实生活中一头猪很难和文学搭界，而庾信信中用了《后汉书》和《水经注》中的典故，尤其是说汉武帝时名臣公孙弘、卜式都曾养猪，这样凡近生活琐事顿时升华为风流故事。这件事再次印证了文学就是艺术化的言说，用文学话语言说当下事物，当下事物就有了文学意味，生活也因此得以美化。

使用古代诗词留下的高品质话语言说自然会提高生活品质。同样表达爱情，唐人会说：“蜡烛有心还惜别，替人垂泪到天明。”宋人会说：“衣带渐宽终不悔，为伊消得人憔悴。”今人会说：“白天不知夜的黑。”“我爱你，爱着你，就像老鼠爱大米！”哪种话语能把人带到高雅情景当中，哪种话语是高尚生活元素，就不用多说了。近日看到微信上传的小文章生动地说出了高品质话语对提升生活品位的重要性。文章说：“近日对《中国诗词大会》上瘾，于是思考为什么要读书？又如何用好词语来描述心情和感受呢？”文章举了13个例子以示读书和不读书之别，后3个是：“11. 看见大漠戈壁的时候，你可以说：‘大漠孤烟直，长河落日圆。’而不是只会说：‘哎呀妈呀，这全都是沙子。’12. 看到夕阳余晖的时候，你可以说：‘落霞与孤鹜齐飞，秋水共长天一色。’而不是只会说：‘卧槽，这夕阳！卧槽，还有鸟！卧槽，真好看！’13. 父子二人饮茶，儿问：‘为什么我要读书？’父答：‘我这么跟你说吧！读了书，喝这茶时就会说：此茶汤色澄红透亮，气味幽香如兰，口感饱满纯正，圆润如诗，回味甘醇，齿颊留芳，顿觉如梦似幻，仿佛天上人间，真乃茶中极品！而如果你没有读书，你就会说：卧槽，茶不赖啊！’”以什么话语言说标志着一个人有什么样的文化素养。用古诗词言说当下事物，能把凡近生活带到优雅情景当中，使生活充满诗情画意。

如今国人语文能力日渐低下，言说习惯日渐低俗的情况令人担忧。近日中共中央办公厅、国务院办公厅印发了《关于实施中华优秀传统文化传承发展工程的意见》，提出了“实施中华经典诵读工程”，我看很有针对性。中国是文明古国，号称礼仪之邦，从诵读经典开始，从文明言说开始，自觉抵御低俗言说，可以提升国人形象，对精神文明建设有益，对民族文化复兴有益。我们高兴地看到，很多家长已经把诵读古诗词当作教育子女的重要选项。相信国人生活中文学生活所占比例会不断提高，生活会变得越来越高雅。

（《文艺报》，2017年2月15日）

银色杀手

◎苍　耳

无论作为货币还是饰品，银子都是炫目之物，但用久了也会变黑。在现代语境里，银子更多的是指向隐喻义。然而古朝不是这样。以清朝为例，它自建朝时便彻底取消纸币，实行银钱并轨的币制，即只流通两种货币——银币和铜钱。传教士李提摩太在《亲历晚清四十五年》中，特别提到晚清混乱的币制“简直要毁掉坚实的数学的基础”。因为，有的地方，82文铜钱被看作100文，有的地方50文相当于100文，而另一些地方16文等于100文，例如在北京，10文相当于100文。天朝的草民无法知道其中的诡秘，而李提摩太可以接触到上层，有个官员告诉他，铸造银钱有一个诀窍，运用恰当可以大大增加帝国财富。比如，在每100文铜钱中，18文可用铁来铸造，倘一年铸造百亿文铜钱，可为国库净增18亿文铜钱的财富，而天朝百姓的财产因此大大缩水——中产沦为贫民，贫民陷入绝境。但铁钱伪装得再好，却经不起时间的锈蚀。在交易中，人们宁要那82文铜钱，也不要18文铁钱。久而久之，82文便等同于100文了。缘于此，银子和铜钱的兑换也乱了：1两白银原本可兑1500文制钱，后来只能兑1000文。由此看来，这种拙劣的“通货膨胀”，其实涉嫌制造“假币”，实质就是巧取豪夺，转嫁危机，与变形杀手无异。

但，银子的妙用远不止这些。银子验毒在中国恐有数千年历史，用于法官破案至少有1000年。那种试毒的银器叫银探针，又叫银钗，纯银制，比筷子稍细，约1尺2寸长。远在宋代，法医学家宋慈在《洗冤集录》中就有用银针验尸的记载。问题是，银器真能验毒吗？古人所指的毒，主要是指砒霜，即三氧化二砷，因生产技术落后，致使砒霜里含有少量的硫化物，一旦与银接触，银探针表面便变黑——生成“硫化银”。也就是说，银探针插入含硫的蛋黄，它也会变黑。相反，那些剧毒却不含硫之物，诸如毒蕈、亚硝酸盐、农药、毒鼠药、氰化物等，银探针与之接触，却不会变黑。由此可见，银探针试毒极不靠谱，它只对含硫的砒霜有效。

写到这，笔者不敢往下想了。何者？以银子验毒为前提的古代神探们、包青天们，他们假手银探针制造的冤假错案会少吗？然而在史书上却看不到那些呼号的冤鬼、漏网的罪犯，尘封的御制典册无不笼罩在公正神明的巨大光环里。当司法——人类社会公正性的一面巨镜——建立在类似银探针验毒这样不靠谱的方法上，它造成的隐性悲剧岂不成了对公正和文明的嘲弄？古代科技水平固然落后，但证伪的办法还是有的。你不妨用银探针随便插入某个物体，比如插入鸡蛋中，倘它变黑了，问题是很容易发现的。退一步说，即便你不愿证伪，什么也不想干，但你仍可以注意到银首饰慢慢变黑的现象，因为空气中含硫，含量越多，银饰变黑越快。这时候，假若你怀疑空气中也暗藏砒霜，甚至虚空中也有一个投毒者，那么你是不是会猛然开窍，或者有所顿悟呢？然而，在最近1000年里，没有一个臣民愿意证伪，直至民国初年依旧如此。美国传教医生戴世璜在《福杯满溢》（*My Cup Runneth Over*）的自传里，回忆民国初年在省城安庆参与几起验尸工作，法官用的仍是银探针验毒。当时银探针变暗了，法官因此判定这是一起投毒杀人案。戴世璜对法官解释说，让银子变色并不难，他取来一只鸡蛋，让法官看看银勺子与打碎的鸡蛋接触时是怎样变黑的。

在西学东渐、洋务运动兴起的晚清和民国，银子验毒仍大行其是，这恐怕不是科技水平落后所能解释的了。

这面公正的巨镜差不多被扭曲成哈哈镜了，让人不寒而栗。不论古朝人怎样标榜圣明公正，他们其实只重告密和口供，重援引古法，更重严刑拷打，有罪推定，因而最忽略细节、过程和物证链。还有，他们嗜好八卦和面相学，倘爹娘给了你猴嘴猴腮、鼠眉鼠眼，那你就注定倒霉。此时若有银子行贿，那你面对双重杀手，就断无生路了。

如此看来，银子验毒之谬误倒在其次了。

倘进一步追究下去，你不能不发现，将银子验毒奉为圭臬而不敢有丝毫怀疑，因而既不验真也不证伪，其实是源于一种僵化了的独断思维。在专制型社会里，独断论一株独大，任何挑战它甚至靠近它的异端想法都被扼杀、被诛灭。久而久之，独断论成了真理，放之四海而皆准。当一个社会充斥着形形色色的独断论，这个社会也必然充斥犬儒和奴才，其精神生态必然是枯瘠、死寂的。呜呼！银子银子！在你的灿亮而炫目的背后，我的先人们是怎样生存在你的杀气和淫威下的呢？是的，当你在空气中慢慢变黑，那个抹黑你、追杀你的叫作硫的家伙，是远不及你这个杀人不见血的杀手的。

（《随笔》，2017 年第 2 期）

杂说“到此一游”

◎李兴濂

乱刻“到此一游”，堪称国耻，由来已久。相传司马相如过升仙桥，题柱曰“不乘高车驷马，不过此桥”，可见汉朝人就有了弄脏公共场所的习惯。到了唐朝韦肇初及第，偶于长安慈恩寺塔题名，后进慕效之，就有了“雁塔题名”的故事。在某些中国人看来，人生一世，若不留下些雪泥鸿爪，就会与草木同腐，所以要雁过留名，人过留声。于是就有了这种“留名”思想，在风景名胜留下一点痕迹，希望通过金石文字和无情的时间抗衡。从孙悟空在如来佛的手掌内，把如来佛的手指当成擎天柱，题上“齐天大圣，到此一游”8个字，并在旁撒上一泡猴尿，以昭征信以来，“到此一游”一路飙升，大有星火燎原之势。墨客骚人在感叹名山大川之际留下诸如《题西林壁》的千古佳句，从帝王秦皇勒石载功到乾隆皇帝的西湖笔迹，“到此一游”一直就不曾走远。说实在的，这种“到此一游”尚属题壁、涂鸦，特别是有很多题壁诗不但字写得优美绝伦，有的诗也是古代诗歌中的瑰宝，为名山大川增色。这与今天的“到此一游”，不可同日而语。

近年来，随着人们生活水平的提高，旅游的人越来越多，足迹遍及大江南北、长城内外。于是，在中国大大小小的旅游景点遭此劫难，以各种方式在各种材质上留下“到此一游”的现象屡见不鲜，有写在墙壁上的，也有用刀刻在树干、竹子乃至砖石上的。长城有，故宫有，泰山有，厕所里有，地铁里有，公园里有，树木上有，甚至连花草叶子上也有，整洁美观的旅游景点被涂抹得乱七八糟，这煞风景之事，如同看到鲜美的汤汁上漂浮着老鼠屎，可口的奶酪上停歇着苍蝇一样，令人作呕，十分扫兴。当年，物理学家吴大猷先生在游览某名胜古迹时，发现墙壁上到处都有游人写下的“×××到此一游”。他愤而写下了一首“歪诗”：“如此放大屁，为何墙不倒？这面也有屁，把墙顶住了。”

随着出国旅游的人增多，中国式“到此一游”开始在国外景点出现。如美国自由女神像脚下，被刻了“×××到此一游”；伦敦圣保罗大教堂内，被刻了

“×××到此一游”；埃及神庙、法国的埃菲尔铁塔上写满了“×××到此一游”；泰国的佛塔上刻下了“×××到此一游”……中国式“到此一游”就像水上浮萍一样席卷全球。

但是，这还不算极致。2015年11月30日，上海飞沈阳的一航班上，机组人员就在飞机舷窗内侧发现几处“×××到此一游”刻字。想那60多年前，毛泽东的一句“谁说鸡毛不能上天”，使得河南安阳南崔庄的名字在中国当代历史上烙下了重重的一个印记。由小社变大社，不到三年，实现了全国农村合作化，鸡毛居然飞上天去了。如今不是鸡毛上了天，而是“到此一游”飞上了天。

“到此一游”绝对是具有典型意义的国民文化，无论从时间、空间，还是地域、物种，从地上刻到天上……花样不断翻新，只有你想不到的，没有做不到的，堪称“历史悠久”“继往开来”。“到此一游”的文化发展至今，有损公德，为人不齿。胜地何辜，受此污辱！

“到此一游”，不管中外，不论古今，20世纪60年代涂鸦文化在美国兴起，尤其以纽约街头的涂鸦颇为著名。可是到了90年代后涂鸦遍布城市角落的时候，美国人也开始头疼了。2005年的时候，纽约市长签署法令，将涂鸦视作“犯罪行为”，因为它已经不断带来破坏环境和公物的负面效果，而且法令还规定，不能向一定年龄段的年轻人出售涂鸦颜料。试想，就连这种具有一定艺术元素的创作，都因为对公物的破坏而难被容忍，像“到此一游”这种无意义的文字，破坏文物、景点就更不能容忍了。

“到此一游”实际上是一个全民素养的问题。在提高民众的文化素养的同时，要严格执法。严格执行《中华人民共和国治安管理处罚法》第六十三条的规定对于刻画、涂污或者以其他方式故意损坏国家保护文物、名胜古迹的行为，可处警告或二百元以下罚款；情节较重的，处五日以上十日以下拘留，并处二百元以上五百元以下罚款和新《旅游法》的相关规定。

寄语这种损坏文物、污染环境、有碍观瞻的不文明行为的“到此一游”们，莫再唐突山灵，佛头着粪，墙头放屁，出乖露丑罢！

（《杂文月刊》，2017年第3期上）

老了，仍能在家更好

◎苏　左

老了，仍能在家。这是所有老人都想的寻常生活。可是，现在，这样的愿望实行起来似乎有点难了。

因为，子女也老了，照顾更年迈的父母，越来越难。病弱的父母没了自理能力，子女怎么放心让他们再住在家里？吃饭、如厕、洗澡都是个问题，甚至，拿个热水瓶、拉个电灯开关都勉为其难了。于是，子女们要把父母安排到养老机构去。

他们说，那里多好，有人送饭，有人洗衣，有地方看病，有花园走动，可找人聊天，还可找人下个棋。可是，很多老人不愿意到这样舒适的地方。愿意去的，大都是考虑子女们工作忙，为了子女安心，放弃自己的老窝，为子女做最后一点贡献。

可是，他们的内心深处，哪里舍得离开自己的家！这个住了十几年、几十年的家，一桌一椅都有故事，墙上挂的，橱面摆的，都有印迹。这些故事和印迹中，有丈夫妻子的身影，有孩子呼唤的言声，有家里大事小事的争论，更多的是一大家子之间的温馨气息，弥散在家的四周角落。住在家里，孩子离开了，但是家的暖意仍在，家的模样和气息里，处处都能感受到几十年的历史和故事。在家，就仍然沉浸在自己生命的历史中，离了家，便一切都隔断了。

母亲在晚年，不愿去养老机构。母亲说，养老机构再好，那是旅馆，吃住而已，家却没了。那时，我们不理解母亲的想法，只是把这个固执的拒绝，认为是奶奶“金窝银窝不如自己草窝”的翻版，纯粹看成是不愿离“故土”的传统狭隘。现在知道，母亲说的“家”，不是一个物质的空壳，而是包括我们5个孩子在内的每个家人的身影和音容笑貌啊！离了家，她便真正地与我们分离了。

有一阵子，社会上倾向把老人都集中到养老机构去安度晚年，说是社会发展了，这是必然的选择。后来发现，这并非与社会发展共生的唯一路径，而且，中国老人群体大，没有那么多养老机构来容纳老人。于是，便有了“居家养老”的倡导。

我非常赞同这一意见。不仅仅是因为养老机构难以容纳几亿老人，更重要的是，这个政策符合老年人的普遍心理需求，是一个顺应人性的政策。把对老人的服务问题解决了，居家养老就会成为一个可以实现的目标。现在，全国各大城市已经出现了不少社区为老人服务的典型。上海的社区，有老人服务站，一个电话，有人会上门送餐、帮助洗澡。杭州出现了全国首个在社区内医养护一体化的惠老服务街区，不仅解决老人日常生活所需，还有休闲玩乐的各项活动，又能让老人在家旁看病、在家中养护。老人们不离开他们过了半辈子的家，却又能把日子打发得不再寂寞。

老人们平安地、舒心地在家里过寻常的日子，子女们也放心了。这样，我们整个社会也就更像一个和谐的大家庭了。

（《新民晚报》“夜光杯”，2017年3月15日）

网红食物

◎阿　子

托如今物流与网络发达的福，我们生活在一个季节感与地域感都不太明显的时代，至少在吃的方面差不多如此。不少传统上只属于某个地方的食物，现在轻易就能通过网络变成网红，进而被全国追捧。当然现代食品加工业和随之而来的防腐剂也发挥了很大作用，否则那些古早食物也无法全国旅行。

印象里螺蛳粉、云腿月饼之类的地方性名吃挺进全国，大概也就是最近15年左右的事情。至少在北京，最开始可能要归功于地面店铺的推广，那时人们还痴迷于搜罗各种驻京办的地址，地方风味很容易就能变成人们追捧的名店。彼时也还不时兴“逃离北上广”，来自全国各地的人们就好像法国外省青年去巴黎一样涌向北京，脚下好像永远都有一条幸福的黄砖路，指引大家走向人生的梦想。他们随身携带的味蕾记忆在天空中爆裂，像看不见的烟花一样，落地溅出各种地方传统食物的火花。其实之前也有很多地方性美食店铺开在移民集中的区域，比如魏公村的各种新疆餐厅、大红门的江浙风味。但湖南或者广西的米粉，还是在那些年很多南方青年上京之后，才开始火爆起来的。像早年间在北京出名的广西餐厅，大多来自桂林，后来柳州人多了，才有了螺蛳粉。云腿月饼在口碑爆棚之前，不过是很多滇籍青年们的念想，最开始好像也不过是代购，后来实体餐厅纷纷开始售卖彩云之南的火腿月饼，把这把火又烧得更旺了。

那时候某宝虽然万能，但是似乎早年间的卖家还没有像毛细血管一样扎根中华大地，而是像浇水一样，一点一点地渗透到历史传统上更边远的地方。先来到北京经营螺蛳粉的商家们发现，这种味道刺激的食物也有很多拥趸，绝对有冲出柳州的潜力，于是有了把螺蛳粉变成方便食品的创举。不知道现在柳州究竟有多少家螺蛳粉厂牌，有时看看琳琅满目的牌子，有点替柳州的螺蛳们担心。据说现在的云腿月饼也因为需求太大，生产流程开始放水，月饼的味道也没以前那么好了。不过对于只要赶上时代潮流就好的人们来说，大概只要拥有即可满足吧。

今年的青团毫无疑问也红了，某宝好像洞悉我内心一样，经常为我指引沈大成、杏花楼，老字号们纷纷赶上时代，开了旗舰店。但上海的吃家们却纷纷表示，网店购买有风险，还是人肉快递最为靠谱。据说上海的一些便利店里，老字号的青团时常断货。先生去上海出差，托他人肉快递回一盒沈大成的便利店货，拍了图给上海行家看，收到一个比特版的摇头——不然先看看配料？定睛一看，原来是抹茶粉做的青团，并列出添加剂若干，还很“贴心”地提示不用加热可以直接吃。比起之前另外的朋友在苏州小巷里买的老婆婆手工青团，味道要现代很多，大概没有了艾草，就更像麻薯而不是青团了……网红并不是坏事，不过网红了以后怎么保持原来的味道，不要太“互联网产品”，似乎也是一个问题。

（《深圳商报》“万象”，2017年3月22日）

白居易为何不买房

◎杨自强

有个耳熟能详的故事。说的是大唐文学青年白居易，拿着诗稿去拜见文坛大咖顾况。顾况一看名字，不由失笑：小白啊，这京城长安，房价可不便宜，“居大不易”。待翻开诗卷，第一首便是：“离离原上草，一岁一枯荣。野火烧不尽，春风吹又生。”顾况又惊又喜，说，能写出如此诗句，房价高也无所谓，“白居也易!”

顺便说一句，这顾况，是我们嘉兴人。白居易有首《登西山望硖石湖》诗，是写他登上海宁硖石的西山眺望湖水，其中有一句“犹记长安论诗句，至今惆怅读书台”，这“长安论诗句”就是“居大不易”的故事。说起来，要不是嘉兴人顾况这一赞，唐朝诗坛上能不能冒出个白居易，那还真不好说呢。

话扯远了，接着说白诗人“居易”的事。这白居易经顾况点赞，声名鹊起，仕途一帆风顺。中进士后，先做了个校书郎，相当于科长吧！他在长安东城的常乐里小区一所私家大宅院里，租了个“东亭”居住。说“东亭”，大概是类似亭子的小屋子。好在白居易还是单身，尽可住得。那时候，那个与他有“元白”之称的元稹，租住在靖安里。另一个诗友李绅（就是写“谁知盘中餐，粒粒皆辛苦”的那一位），租住在新昌里。这3个小区紧挨着，于是这哥儿仨经常一块喝酒、吹牛，“靖安客舍花枝下，共脱青衫典浊醪”，丝毫没有为买房而“压力山大”。后来白居易结了婚，那时“阿姨与丈母娘的距离，只差一套房”的理论还没有发明，所以白居易的婚房也还是租住在东亭里。再后来白居易升官了，做了京兆府户曹参军，相当于市财政局长吧！还生了个女儿，白局就把家搬到了昭国里，房子是大了不少，不过还是租的。这一租，就是10多年。一直到白居易京官外放，做了忠州刺史，这才在长安的新昌里买了一套房子，据说还是二手房。白居易有首诗叫《卜居》，诗中说“长羡蜗牛犹有居，未如硕鼠解藏身”，这自然是说说笑话，不可当真，但白居易这样的高级干部、著名诗人，到四五十岁才买了一个二手房，却是真的。

说起来，大诗人租房住，还真不止白居易一个。比如苏东坡，踏入公务员队伍后，先后陕西凤翔、杭州、湖州、密州等地做官，无一例外地居住在官舍，就是政府分配的公房，一直要到50岁时，才在宜兴买了一生中唯一的一所宅子。苏东坡的弟弟苏辙跟他可谓难兄难弟，苏辙的官做得不小，但竟到70岁才在首都开封的郊县许昌买了房子。苏东坡的弟子黄庭坚也是如此。黄庭坚做过一方县令，做过五品京官，但他一家要么住在政府宿舍，要么租住民房，他自己甚至一度租住在寺庙里，为的是耳根清净好校勘《资治通鉴》。这黄庭坚，终其一生也没买房，比苏轼还过分。苏东坡的老师欧阳修，做到了知谏院兼判登闻鼓院这样的副部级高干，也还是“闲坊僦古屋，卑陋杂里闾”，在出租房里写他的《秋声赋》。宋朝大词人里，大概只有辛弃疾住上了别墅。他在江西上饶的湖景房，“其纵千有二百三十尺，其衡八百有三十尺”，连朱熹这样见过大世面的都叹为观止。不过，辛弃疾家大业大，小老婆就有6个，全家上下加上仆人100多号，平均下来一人也就几十个平方，没啥了不起。

白居易、苏东坡他们为什么不买房？房价贵是一个因素，政府限制买卖房产也是一个因素，但最主要的则是他们对买房不感兴趣。凭他们的身份、地位、名声，买个房子应该不是问题。白居易“月俸四五万”，提前进入小康。苏东坡在密州捐黄金50两，造了好几所福利院。别的不说，凭他们的诗文、书画，换几幢别墅也是绰绰有余。但他们就根本没想到广置房产，白居易有诗云“何须广居处，不用多积蓄”“苟免饥寒外，余物尽浮云”。房子是用来住的，何必要又大又好，更何必要倒腾呢？

（《嘉兴日报》“江南周末”，2017年3月31日）

为什么不能坦然接受“妇女节”

◎秋　女

周末逛街，满大街散发着浓烈的节日气氛，商家纷纷推出各种促销活动，稍加留心注意一下各家的海报，却发现个细节，“女生节”“女人节”“丽人节”……更有尊之为“女神节”“女王节”的，有趣的是，就是没有一个商家敢直呼“妇女节”。刷手机，跳出个某购物网站广告，点开一看，商品下标示的价格居然是“女王价”，顿时心头似有千军策马而过，都女王了，还网购个毛线啊！脑补女王的日常，不应该是那些顶级大牌的设计师们，捧着当季新品在我面前一字儿排开，等着我宠幸吗？

在很多年轻女人心中，“妇女”这两字已成洪水猛兽，好像只要一加上这个后缀，瞬间从自我定义中颜值与气质并存、活力和知性兼收的美女，沦落为黄脸枯发拎只环保袋穿套棉睡衣趿拉双劣质UGG在菜市场上为了一把小香葱讨价还价的欧巴桑了。

记得第一次亲历妇女节是20岁那年，有位男生送了我一把玫瑰和一盒巧克力，说祝我“三八妇女节”快乐！我顿时像被火烫到似的弹了起来，怎么都不肯收那礼物，觉得简直是对我的一种侮辱。对于20岁的我，“妇女”二字是那么可怕。

再以后进入职场，我们单位的工会主席是位热心大姐，每年3月8日的妇女节活动都搞得节目丰富礼物丰厚。我们那些刚入职的女同事，虽然都会为了那半日休假和丰厚的礼物而参加活动，但我们几个人远远地躲在一边，用不屑的冷眼鄙视着那些正热火朝天地聊着先生孩子婆婆的已婚已育的女同事们。在我们眼里，三八妇女节，应该是她们的真正节日，而我们，不过是旁观者而已。

我有个节日控女友，圣诞节、元旦、情人节、春节、元宵节、复活节、感恩节……中的、西的、中西结合的，无节不欢，每节必过，且每个节日都要求先生送礼物，先生被这名目繁多的节日逼得抓狂，叫苦连天。但值得感恩的是，女友有个节坚决不过，那就是——三八妇女节。无非是嫌“妇女”这个称呼太low太难听，而且觉得有歧视女性之嫌。当然，时至今日，妇女节早被商家们更名为霸气十足的“女王节”，高不可攀的“女神节”，娇俏可爱的“女生节”了，于是每到3月8日，女友就摆出一副不可一世的女王姿态理直气壮颐指气使地要求先生掏出卡来。

许是随着年龄增长，对于“妇女”二字，开始慢慢学会用平常心看待了，也深刻地意识到自己当年的浅薄庸俗，说到底，这不过是一个中性称谓而已。青春终归是昙花一现，谁都将会年华老去，这是每一个人都要面对的自然规律，年轻女性鄙薄年长女性，其鄙薄的正是未来的自己。人生的幸福丰盛倚靠的从来不是外表的青春美貌，而是内心的丰盈充实。如果连一个称呼都不敢面对，那内心也未免太不自信了。

而女性地位的提升，需要的是整个社会在观念、就业、生活、婚姻、生育等方面对女性有切实的尊重和平等，而不是纯粹靠嘴炮去意淫“女神”“女王”“丽人”之类。

（《南方都市报》“城市笔记”，2017年3月9日）

癖嗜种种

◎刘　石

凡人莫不有喜好。对于酒色权财的喜好属于人的共性，某些特殊的喜好或出个别人的天性，后天蓄养造成的喜好则林林总总，各不相同。平常的喜好无足表称，沦心浃髓而臻于古人所谓“癖嗜”的喜好方堪玩味。

古代西方的法国有个悭吝鬼葛朗台，一生视敛钱为己任，竟至将女儿也作为他聚财的工具，临死时双眼紧盯面前的金子，就像刚能视物的婴儿，“只有这东西能暖和我的心”（《欧也尼·葛朗台》）。古代东方的西晋也有个悭吝鬼王戎（字濬冲），其富洛下无比，却爱一边与老伴夜半灯下筹算家资，一边也跟他的闺女过不去。闺女嫁人时向他贷了点款，“女归，戎色不悦，女遽还钱，乃释然”（《世说新语·俭啬》）。不好理解的是，这样的人怎能忝名“七贤”之列！

《晋书·和峤传》记载，身居太子少傅高位的和峤“家产丰富，拟于王者，然性至吝，以是获讥于世，杜预以为峤有钱癖”。“钱癖”一语佳甚，这一总称之下形形色色的物质嗜欲乱花迷眼。

唐代宗时宰相元载聚敛无涯，因罪抄家，得钟乳500两，胡椒800石，“它物称是”（《新唐书》本传），与后来乾隆盛世的权臣和珅相比，却尚有上下床之别。清人薛福成《庸庵笔记》中有一份《查抄和珅住宅花园清单》，地亩房产、玩好珍奇，不胜枚举。单论皮草一门吧，就有各色狐1500张，貂皮800余张，杂皮56000张，貂皮、杂皮女衣各610、437件，貂皮、杂皮男衣均806件，貂蟒袍37件，貂褂48件，貂靴120双！

这些位大人先生们，不知读过“鹪鹩巢于深林，不过一枝，偃鼠饮河，不过满腹”（《庄子·逍遥游》）没有，与晋人阮遥集一面大肆搜集木屐，一面徐徐说出“一生当著几两屐”的话来相比，未免太输雅量了（《世说新语》列阮氏入“雅量”类）。明人张宗子有云：“人无癖不可与交，以其无深情也。”（《陶庵梦忆》卷四）可有这种癖的人敢交吗？那些动辄烧坏点钞机的当代元相公、和大人们，落马前殿屋沉沉，落马后铁网恢恢，你便是想交，交得上吗？

有些古人称为“异嗜”的癖嗜相当个人化。《吕氏春秋·孝行览》记载：“人有大臭者，其亲戚、兄弟、妻妾、知识无能与居者，自苦而居海上。海上人有悦其臭者，昼夜随之而弗能去。”这就是所谓“逐臭之夫”了。《宋书》中另一例：“邕所至嗜食疮痂，以为味似鳆鱼。尝诣孟灵休，灵休先患灸疮，疮痂落床上，因取食之。灵休大惊。答曰：‘性之所嗜。’灵休疮痂未落者，悉褫取以饴邕。”（《刘邕传》）这就是所谓“嗜痂之癖”了。《耕余博览》中所记更多：“唐剑南节度使鲜于叔明嗜臭虫，每采拾得三五升，浮于微热水，泄其气以酥，及五味熬卷饼食之，云天下佳味；权长孺嗜人爪甲，见之辄流涎。”嗜之诡异而至于此，真不可以人理论者。

有些癖嗜不那么诡异，但也够得上奇葩。西晋人王武子善解马意，杜预以“马癖”号之（《世说新语·术解》刘孝标注）。初唐诗人王勃父亲王福畤有誉儿癖，人称“王家癖”（《新唐书·王勃传》）。中唐诗人李益有疑妻癖，时称“李益疾”（《旧唐书·李益传》。天下事无不可对者，当代学者钱锺书有誉妻癖，见吴学昭《听杨绛谈往事》）。又有所谓睡癖，《五杂俎》卷七：“人有嗜睡者，边孝先、杜牧、韩昌黎、夏侯隐、陈抟、王荆公、李岩老皆有此癖。近时张东海有《睡丞记》言：‘一华亭丞，谒乡绅，见其未出，座上鼾睡。顷之，主人至，见客睡，不忍惊，对坐，亦睡。俄而丞醒，见主人熟睡，则又睡。主人醒，见客尚睡，则又睡。及丞再醒，暮矣，主人竟未觉。丞潜出，主人醒，不见客，亦入户。’”世间竟有此可笑事！

还有一种比较普遍的嗜好——洁癖。《宋书》本传记庾炳之“性好洁，士大夫造之者，去未出户，辄令人拭席洗床”。《南史》本传记南齐何佟之“性好洁，一日之中洗涤者十余过，犹恨不足，时人称为水淫”。艺术家们似乎更爱染此疾。宋高宗《思陵翰墨志》记有米芾的一事一帖。事是：“芾方择婿，会建康段拂字去尘，芾释之曰：‘既拂矣，而又去尘，真吾婿也。’以女妻之。”帖云：“朝靴偶为他人所持，心甚恶之，因屡洗，遂损不可穿。”靴且屡洗，余可知矣。又明人顾元庆《云林遗事》记倪云林：“其溷厕以高楼为之，下设木格，中实鹅毛。凡便下，则鹅毛起覆之，一童子俟其旁，辄易去，不闻有秽气也。”厕且如此，余可知矣。另一件事更其不堪：“尝眷赵买儿，留宿别业，疑其不洁，俾之浴，既其寝，且扪且嗅，复俾浴不已，竟夕不交而罢。”

还有些本质上就是对物质的癖嗜，只因贴上了一层艺文的外壳，转成雅人之好。素号豁达的苏东坡性嗜墨，相关诗文多且精，如《论墨》：“今世论墨，惟取其光而不黑，是为弃墨；黑而不光，索然无神气，亦复安用。要使其光清而不浮，湛湛然如小儿目睛，乃佳。”真文学家语，亦行家语也。他自诩“我生百事不挂眼”“定心肯为微物起”（《次韵答舒教授观余所藏墨》），却知之而不能行之，自叹“吾有佳墨七十丸，而犹求取不已，不近愚耶，是可嗤也”（《苕溪渔隐丛话》后集卷二九引）。至于米元章，宋人曾敏行《独醒杂志》 卷二记其以寻死向朋友逼取晋人法书、何薳《春渚纪闻》卷七记其以弄臣身段向徽宗求赐端砚，这就不止于癖，而且近乎痞了。

“书癖”是关乎文人的又一大类。古来此语含义多重：一指书法之癖，宋人李建中《题洛阳寺壁》：“我亦生来有书癖。”二指读书之癖，陆放翁《示儿》诗：“人生百病有已时，独有书癖不可医。”更早有晋人皇甫谧亦耽玩典籍，人称“书淫”（《晋书》本传）。三指藏书之癖，又称“蠹鱼之嗜”，明代藏书家祁承自道：“一生精力，耽耽简编，肘敝目昏，虑衡心困，艰险不避，讥诃不辞，节缩瓮餐，变易寒暑，时复典衣销带，犹所不顾。”（《澹生堂藏书约序》）清代藏书家黄丕烈特癖宋椠，蒐罗达百余种，构专室“百宋一廛”贮之，时号“佞宋主人”。藏书家之于书，真如辛稼轩《归朝欢》咏友朋藏书楼所说，“好之宁有足，君看良贾藏金玉”！

语不云乎，书籍是人类进步的阶梯，古人对嗜好“进步阶梯”的人格外宽容，以至于视偷窃者为雅贼，颇有不以为耻反以为荣的意思。美国人巴斯贝恩《文雅的疯狂》讲述了一位超级雅贼布隆伯格，20年间频繁光顾美、加两国图书馆268家，雅得藏书23600册！国产雅贼亦不罕见，唯盗亦应有道，民国时期一位教育总长兼藏书大家，为了一套宋版书，不惜嫁祸于后来被称为迅翁的小掾属（见周作人《窃书的故事》，《新民报晚刊》1957年9月3日），恐怕就欲厕于雅贼之列也难矣。

古来诗人画士率多山水之嗜，或嗜游历，或嗜咏绘。我最欣赏唐初隐士田游岩“泉石膏肓，烟霞痼疾”二句，每诵之辄飘飘然有出尘之想。唐诗人李太白“一生好入名山游”（《庐山谣寄卢侍御虚舟》），明画家吴宽“我生固有山水癖”（《题画》）。晋人王徽之偏爱竹，“何可一日无此君”（《晋书》本传）。

宋人刘后村偏爱花，“老子年来，颇自许、心肠铁石。尚一点、消磨未尽，爱花成癖”（《满江红》）。米元章偏爱石，设席而拜，“石兄”相称。陆放翁偏爱梅，“当年走马锦城西，曾为梅花醉似泥”，“小亭终日倚栏干，树树梅花看到残”，“何方可化身千亿，一树梅前一放翁”（《梅花绝句》）。至如画家，更莫不偏嗜专攻。南宋宋伯仁嗜梅，作《梅花喜神谱》而自称“梅癖”（《谱序》）。元人赵孟頫嗜画马，欲画滚尘马则据床学滚尘状，夫人管氏自窗中窥之，正见一匹滚尘马也（《式古堂书画汇考》卷四六）。齐白石嗜画虾，须眉皆具，入水仿佛可走。黄胄嗜毛驴，活灵活现，其声真若可闻。启功先生博学多能，要以书画鉴定为第一，作《贺新郎》词云：“癖嗜生来坏，却无关、虫鱼玩好，衣冠穿戴。历代法书金石刻，哪怕单篇碎块，我看着、全都可爱。一片模糊残点画，读成文，拍案连称快。自己觉、还不赖。西陲写本零头在，更如同、精金美玉，心房脑盖。黄白麻笺分软硬，晋魏隋唐时代。笔法有、方圆流派。烟墨糨糊沾满手，揭还粘，躁性偏多耐。这件事，真奇怪。”一个全身心浸淫于艺术与学术的可爱老头的形象，跃然纸上了。

（《文汇报》“笔谈”，2017年3月11日）

该当何罪与该当何责

◎徐迅雷

故事很惊悚，事故很严重。一位母亲被逼债遭到非人的极端侮辱，她儿子一怒之下拿出一把水果刀刺向一群催债者，最终导致一死三伤。这就是近日网络刷屏的“刺死辱母者”案，发生在山东聊城；22岁的杀人者于欢，被一审判处无期徒刑，罪名是“故意伤害罪”。

于欢该当何罪？法庭辩论，公众议论，最终尚未定论——于欢已经提起上诉，期待二审的到来。庭审争议焦点，是故意杀人还是故意伤害、是否构成正当防卫。于欢的辩护律师提出，于欢系防卫过当，应从轻处罚。

于欢是典型的“激情犯罪”，没有预谋，不属于“预谋犯罪”。她母亲因经营小厂资金困难，而向一地产老板借了上百万元的高利贷，大头还完了还欠17万元小头，结果遭到恐怖逼债。有个情节是，逼债者在马桶里拉了屎之后将她的头按了进去。逼债者有11人，在长达一小时的侮辱后，儿子于欢情急之中操起水果刀怒刺对方，伤及4人；其中一个被刺中者自行驾车就医，因失血过多休克死亡。

作家、哲学家加缪提出这样一个命题——“我反抗故我在”，将反抗视为人之所以为人、人之所以存在的条件与标志。于欢当然首先是反抗者，然后才涉嫌犯罪。反抗也是要在法律规定范畴之内的，超越了就要审判论罪。于欢该当何罪，有待司法的公正结论。有网友说得很理性：“个人觉得，‘正当防卫’是否成立完全取决于法官怎么看待这些事实。不成立是可能的，成立也是可能的。但哪怕是不完美的‘正当防卫’辩护，也是可以减轻罪行的。此案从故意杀人变成了故意伤害，法官其实也应该酌情处理了，但最后仍旧是无期徒刑的判决，似乎并不是我们心目中的正义。”

司法的难点，往往不是法律适用问题，而在于对事实认定的分歧。在采用陪审团制的国家，会把事实判断的权力交给社会大众，要求一定数量的人得出一致结论时，法庭才会判定事实成立。我们是由法官裁量定夺的，所以法官是依法治国的核心角色之一。要匡扶正义，就要不枉不纵，最终实现司法正义，树立法律信仰，维护司法公信力。足球踢个乌龙球，无非是输一场比赛；司法进个乌龙球，损害的是法律尊严和人心意志。

法律是所有人的“挡箭牌”，然则，在这起案件事故发生之前，本应成为于欢及其母亲的“挡箭牌”、最大可能避免这起惨案发生的当地警察，却涉嫌失职渎职。3月26日消息：最高人民检察院已派员赴山东阅卷，“对于欢的行为是属于正当防卫、防卫过当还是故意伤害，将依法予以审查认定；对媒体反映的警察在此案执法过程中存在失职渎职行为，将依法调查处理”。

媒体报道：母亲厂里员工见状报了警，警察来了，进屋说了句“要账可以，但不能动手打人”，就走了。员工拦在警车前，说你们走了，他娘儿俩就没命了，你们要走，就从我身上轧过去。“比起警察不来，更让人绝望的是警察来了，什么都没做，就又走了。”

我国的《人民警察法》第一条开宗明义说立法宗旨：“为了维护国家安全和社会治安秩序，保护公民的合法权益……”第六条讲履行职责，第一款就是“预防、制止和侦查违法犯罪活动”。第二十一条更明确：“人民警察遇到公民人身、财产安全受到侵犯或者处于其他危难情形，应当立即救助；对公民提出解决纠纷的要求，应当给予帮助；对公民的报警案件，应当及时查处。”在本案中，警察是否“事不关己，高高挂起”？问号将由最高检拉直。而《人民警察法》第二十二条规定了警察不得有“玩忽职守，不履行法定义务”等一系列行为。要努力让人民群众在每一个司法案件中都感受到公平正义，这是对的，而这之前，还要努力让人民群众在每一个报警事件中都感受到公平正义。

比起于欢的“该当何罪”，警察的“该当何责”更是重中之重。一两个警察失责不可怕，如果变成了警方的失责、检方的失责、官方的失责，一失再失，一错再错，那才是最可怕、最危险的。

（“徐迅雷——博客中国”，2017年3月30日）

你的寝室有几个微信群

◎韦　祎

微博上曾有一个热门话题："女生的关系到底有多复杂？一个寝室6人5个微信群。"网友们诙谐地调侃着，分享经历。"黑衣大葛格"的回复得到了1433个赞，高居榜首，"其实就是6人建了6个群，1群没有A，方便说A的坏话；2群没有B；以此类推……还有一个你不知道，因为那个群没有你。"相反，网友"杭城"说："寝室4人4群，3个是为了密谋给不在的那位过生日而建。"

本来，寝室群是大学美好的回忆。每次寝室聚首，都会念起当年给寝室群起的好笑名字，诸如"乱世佳人""联合国""琅琊山五壮士缺一""司机联盟"，等等。"有一天室友们一起睡过了，到了下午4人还赖在床上不想起来，于是我们改了群名，'728，下午见！'。"

年初，大三学生星辰搬出了寝室租房，导火索是件小事。一堂分组讨论课上，3位室友不同意她进入小组。"你在别的班不是有很要好的朋友吗？你去找她吧，我们已经和别人组队了！"在室友微笑的回答中，她感到前所未有的失落，"我只觉得全世界都把我遗弃了，那一刻会有这样的绝望"。后来，星辰得知，3个室友一直在另一个"3人微信群"里打得火热，甚至拉进了班级其他同学，却在寝室微信群不交一语。

最让星辰绝望的是，"孤立"她的3个室友，其中有她大一时最要好的闺蜜。而那位闺蜜通过"站队"进入3人小团体，以寻找自己的归属感。寝室微信群除了带来欢声笑语，有时也会成为信息时代校园冷暴力的抽象施暴点。人都具有社会性和趋同性，当人群中大多数人做出一个选择，他人也会不由自主地默认这个结果，这就进一步增加了"孤立"的可能性。

杉月坦然回忆大学时代4人寝室的5个微信群，"一开始是对一人不满，后来寝室关系变得扑朔迷离，第2、3甚至第5个群一一出现了。这也无甚不可，只是很怀念大一只有一个群的时光"。每次新群的出现，都牵动着每一个人的心。她不在寝室时，室友会不会说她坏话？她在寝室时，室友又会不会在微信群里讨论些什么呢？人与人之间的基本信任被打破。

这令人联想到朋友圈一个昙花一现的App，名叫“秘密”。概念引自美国的原版secret，主打熟人匿名社交。这个App为人们制造了一个完全匿名的朋友圈。即言论匿名，不必负责。很多人就会分享一些好友的秘密在里面，“反正别人不知道我在说他”。当你看到别人或讽刺或诉说你的秘密，就会怀疑身边人，所有人互相揣测，陷入死循环。

大学生灰原的寝室4人3群。不过与前面剑拔弩张的微信群关系不同，寝室的3个微信群是公开化的，并且大家都默认且尊重这种群关系。一开始，灰原偶然听到寝室的两人谈论她看不到的群里的事情。总是说者无心，听者有意。后来熟了，发现全然不是这样。每个人都有自己的小团体，尊重他人及其朋友之间的隐秘交流，也是一个人的基本素养。

寝室有几个群并不重要，关键是你有没有一个开放、坦诚的心。对于他人的关系，保持一种尊重的心态，而非探究、怀疑、猜忌。就像灰原的寝室，室友毫不介意告知她其他群的存在，她也选择尊重。这并不是一个被动接受的结果，而是人与人长期相处后建立的信任。

寝室多个微信群，只不过是电子通讯发展下复杂人际关系的具象化展现。这就像有人为小说、游戏画的“人物关系图”，指示箭头众多，令人眼花缭乱。

这个信息化时代，每天我们都被灌进了太多的东西。也许有人说人心不古，但每个人都希望自己的寝室只有一个群，每个人都在心底呼唤着单纯、质朴的灵魂，每个人都渴望着真挚、坦诚的同窗情谊。曾记同窗日月酣，未忘分道梦魂憨。对现实的妥协未尝不是以退为进，退一步进两步，对待寝室群的“大智若愚”莫过于此。

（《中国青年报》“圈里圈外”，2017年3月31日）

慢点生活

◎刘兆林

一生骑牛慢走，主张顺其自然的古人老子，为什么至今还活在许多乘高铁坐飞机日行万里巡天、遥看千河的今人心中？

老子坚信欲速则不达，坚信只有一步一步把该走的路扎实地走过，再在走过的地方耐心细致地言传身教，他的《道德经》才能种子样发芽生根、开花结果。纵马狂奔，适合攻城略地侵占别人的领土和家园，但那也只能是侵地，而占据不了人的心。心即灵魂，不通过慢功夫一点点潜移默化至一种别样的境界，是绝对占据不了的。

这样看来，慢就既是一种信仰，也是一种能力了。而当今的问题却是，许多人既缺乏信仰，又被“拜金教”收容了去，每日唯恐被金钱冷落片刻，因而疲倦而不懈地按“拜金教”教义不停狂奔。奔来奔去，奔成了钱奴、房奴，却失去了慢节奏从容生活的自由人格。

生活，说白了，即生和活，对应的就是死和亡。所以，生活包含了人生的全部内容。慢相对快而言。慢生活就是适当放缓生活节奏，实现较为人性化的从容生活。说白了，就是减慢走向死亡速度的生活方式。

现代人，连活着的许多内容都没时间亲自体味了，一切都被快字奴役：快挣大钱，快谋重权，快得美色，快住洋房，快买好车——这些东西若能从容正常获得固然也不错，但若以变为其奴作代价，就本末倒置了。

但许多人就这么执迷不悟地快生活着，却一点都不快活，所以这个时代便成了“拼命的时代”“有病没工夫呻吟的时代”“灵魂被肉体抛弃的时代”，等等。就因为生活已快得灵魂都跟不上肉体了，所以不愿灵与肉分离的人们开始呼唤慢生活。

不少人却认为，呼吁慢生活的人是站着说话不腰疼。其实这样认为的人，是只知腰疼却不知想法直起腰来歇息一下。

全社会的快生活或是慢生活，虽不是单个人决定得了的，却是每个人可以选择的。其实认真想想，我们多数人的生活并未窘迫到忍饥受冻的程度，是有能力放慢生活节奏，做个“亲自生活”者的。比如自己亲生孩子要自己亲自养育，别都扔给父母；自己父母病了亲自陪一陪，别都扔给钱；自己爱人有喜事或愁事了，亲自置酒说说祝贺或慰藉的话。活了小半辈子或大半辈子的人了，却没亲手养一盆花，没亲手买一次菜，没亲手做一次饭，没亲手抱一次自己的孩子，也没亲自交个朋友，就知一门心思追名逐利了。那你是个什么父亲？什么丈夫？什么儿子？什么人？

时间对什么人都一样，就那么多，用来快，就不能用来慢。快还是慢，这完全取决自己的态度。而最好的态度是，过“不紧不慢”的生活。古今中外的事实都说明，没几个人能忙成伟人，能像长江黄河或大海那样掀涛作浪。那我们多数人就从容地甘作不大不小的河，顺其自然地向生活海洋流淌吧！美学家朱光潜先生就在《美谈》中提到这样一句话：“慢慢走，欣赏啊！”欣赏就是审美。一点审美时间都没有的生活，无论如何算不得幸福生活。慢些走就是“要把那迷人的景色看个够”！即使没那么多时间看个够，也要腾出点时间看个新鲜，或想个够哇！想就是灵魂的事，也是审美。

有篇发表于三十年代的散文《遛跶》中说：“遛跶自然是有闲阶级的事儿，然而像我们这些‘无闲的人’，有时也不妨忙里偷闲遛跶遛跶，因为我们不能让我们的精神终日紧张得像一面鼓！”像鼓不过躁得一敲便响而已，若精神终日绷得像琴弦，一触便会断的。命若琴弦，绷断了，也就命短了。所以提倡慢生活，并不是号召大家游手好闲过懒日子，而是警示我们提高生活质量。这个质量，绝不能单以钱和物论，一定要关乎精神，关乎幸福指数。

所以我们别再以是否有闲来对待自己是否有资格享受慢生活。我已痛切看到：物欲太强的人，不会有闲；样样不舍的人，不会有闲……

（《南京日报》“雨花石”，2017年3月28日）

人生没有太晚的开始

◎翟　杰

由于职业的关系，我会经常听到这样的话——别让孩子输在起跑线上。

一位朋友问我："儿子很快就要升入高一，听说这个时候极为关键，我们该在这个难得的'黄金期'补些什么课程？"一位网友找我支招，闺女马上就要上小学，一年前已经让她学完了所有的汉语拼音和百以内的加减法，下一步需要加强什么？邻居来敲门，外孙上周已经满月，听说欣赏外国音乐可以促进脑细胞的发育，求推荐……

一个个坐立不安的神情，一声声急于求成的问询，背后传递着同一种担忧——再不学就晚了。

那条起跑线，在很多人眼里，决定着人生的速度、高度乃至精彩程度。显然，他们把人生当成了百米赛，他们认为，唯有"压枪起跑"，才能增加取胜的概率。我时常想，漫漫人生路，那条身后的起跑线到底是短跑线还是长跑线呢？答案自然是后者。然而，长跑运动员比的是耐力，拼的是精神，当然不是一开始的奋力冲刺。

如果深究下去，更早的起点该是在父母身上吧。见过类似于笑话的新闻，一对夫妻为了使自己的孩子优于常人，于是在结婚后的第二天，夫妻二人就开始为自己报了一系列的音乐班、英语班、书法班、游泳班，忙得不亦乐乎，为的就是提高自己的素质，为将来的孩子打好基础。朋友打趣道，这明显属于"抢跑"了。

微博上有图，一个新生儿的床头贴着一张纸，上写"距离高考还有6531天"，让人心塞无语。刚刚来到这个世界上的婴儿，还没见过风雪雨露，还没听过鸟鸣犬吠，头上就被以爱的名义套上了紧箍圈。

很多朋友问我："你的女儿现在参加了哪些兴趣班？"我说："女儿现在参加

的是‘自然班’，花草树木皆同伴，阳光雨露为挚友，蓝天大地是老师。每到周末，我们总会带着她，与自然相会，悠然自得，不亦乐乎。”

我认识一位看门的赵大爷。老爷子60多岁，身体还算硬朗。那天下班，只见他端坐在门口石凳上，腿上立着一把崭新的二胡。我跟他打趣：“现在才学，晚了吧！”赵大爷挠挠头，用手拉了拉胡弦，有些认真地反问我：“多早算早？人一生下来就能一口气把所有的东西都学会？……”

人这一辈子，没有太晚的开始。每一份努力都是人生可贵的起点。

（《南方都市报》“城市笔记”，2017年3月27日）

汉语之“热”

◎舒　翼

前些日子，微软公司创始人比尔·盖茨开通了个人的微信公众号，并在公众号上发布了首条推送视频。视频一开始，比尔·盖茨首先用中文问候：“你好，欢迎来我的微信公众号。”这段视频发布两三天内，阅读量就超过了10万。

短短30秒视频的最大看点之一，应该就是那句用中文说出的“你好，欢迎来我的微信公众号”。尽管比尔·盖茨说得并不流畅，但是“现学现卖”的汉语还是给了中国人一个惊喜——因为，学说汉语其实是一件相当不容易的事情。

某网站上就曾有网友交流过这样的问题：汉语是如何被外国人“吐槽”的？有网友的回答很有意思，看起来应该是正在学习汉语的外国人。一个说道，中国最常用的动词是打，打电话、打水、打车、打字、打麻将、打伞……什么都可以用打，但在英语里分别是不同的单词。还有一个说，英语中没有汉语这么多量词，汉语里光是脸部器官就有两只眼睛、两条眉毛、一张嘴、一个鼻子等，而英语中根本不会这样复杂。当然，还有最让外国人发怵的声调。如汉语里，“其实”“启示”“七十”“气势”“歧视”“起始”“妻室”这几个词，拼音拼写完全相同，仅在声调上有区别，但含义却相差甚远。前一阵子在网上流传的美国纽约布鲁克林区一所高中的中文考试试卷，其难度更是让中国人都咋舌。比如，写出“不啻”的同义词、“羁绊”的反义词，用“见方”造句，以“永远的昭君”为题作文等，很多中国网友看了都直呼“怀疑自己学了假中文”。

一面是学习汉语的难度之大，另一面却是世界范围内学习汉语热。据不完全统计，到2016年，国家汉办在世界各地设立的推广汉语和传播中国文化的孔子学院，已增加到140个国家、511所学院和1073个课堂。目前全球学习汉语的人数，已从2004年的近3000万人增长到了1亿人。而据法国媒体报道，在法国，10年间学习汉语的中小学生人数翻了4番，汉语已成为初、中等教育里位列西班牙语、德语、意大利语之后的第四大“第二外语”。美国大学理事会从

2003年起宣布设立“AP汉语项目”，把汉语列为可供高中生选修的大学预修课程；英国教育部已支持制定了中学汉语教学大纲；在德国，中文已经是许多州的中学会考科目。2016年以来，继南非后，毛里求斯、坦桑尼亚、喀麦隆、赞比亚等非洲国家纷纷将汉语纳入了所在国家的国民教育体系。

为什么世界范围内学习汉语的热潮在不断升温?

一个非常重要且不能忽视的大背景是，随着中国经济实力的增强，对外贸易交往越来越频繁，中国已开始进入了国际视野，中国的国际地位不断提高，国际影响力日益扩大。对于外国人来说，想要接触中国、了解中国、走近中国，与中国人交往，汉语既是必需的工具，也是拉近双方距离的好办法——入乡随俗，一开口秀上几句当地的语言，便与当地人一下子亲近了许多。特别是“一带一路”倡议的提出和推进，中国和沿线国家经贸、文化等领域的沟通日益密切，汉语人才在这些国家正越来越受欢迎。“我们这里汉语专业非常受欢迎，因为就业情况特别好，很多俄罗斯学生的家长认为学好汉语肯定会有饭吃，等于有了‘铁饭碗’。”面对采访的中国记者，圣彼得堡国立大学东方系副主任罗季奥诺夫甚至用汉语流利地说出了“铁饭碗”这个词。

而中国文化自身的独特魅力，也是外国人选择学习汉语的另一原因。事实上，汉语这种古老而奇妙的语言，虽然很让外国人费解，但同时恰恰又引发了他们极大的兴趣。某网站上曾有讨论“为什么坚持学习汉语”的话题，一位外国网友的回答就是：“我特别喜欢汉字，汉字是跟我们最亲密的长久的历史。”“仔细看每个汉字的由来，我们可以知道以前人的生活方式、思考方式等很多有趣的事，所以我很喜欢学习汉字。”汉字也是国外汉学家喜爱研究的领域。86岁的瑞典著名汉学家林西莉，刚到中国来时就被汉字深深吸引住了，后来她花了15年时间写成了一本专门讲汉字的书——《汉字王国》，于1989年在瑞典出版，影响很大。就在不久前，一位名叫理查德·西尔斯的美国人登上了央视《朗读者》节目的舞台，原来，痴迷汉字的他，20多年来花费了30万美元的个人积蓄研究汉字，建立起了汉字字源网站，将汉字字形数据化，在中国，他被人们称作“汉字叔叔”。

汉语的魅力，甚至使得英语中不断涌现出各类汉语借词。在外国人的日常生活中，许多汉语借词已经在英语词汇系统中占据了一席之地，成为其不可或缺的组成部分。2013年，有学者研究，在《牛津英语词典》中，就收录有245个直接音译、84个意译、65个其他直接或间接的音译汉语借词。现在，我们说的汉语词汇如“关系”“中国大妈”“干部”“两会”等等，老外们都能直接听懂。

可见，汉语的风行既是国力发达的必然，也是语言之美的必然，更是文化交流的必然。相信很快会有这么一天，我们也可以在国外的街头询问——你会说汉语吗？

（《人民日报》“副刊”，2017年3月18日）

怀念杨洁，为什么

◎韩浩月

杨洁这一生和《西游记》绑在了一起。她的成就与她的伤心，她的骄傲与她的落寞，都是《西游记》带给她的。少有人知道在《西游记》之外，杨洁还做了些什么。也少有人愿意相信，像她这么一位曾有着辉煌创作的著名导演，晚年会居住在郊区一栋普通的楼房里，冷清地度过。

用现在影视圈的标准看，她该好好地利用自己的身份，在《西游记》变成大IP的这些年里，搞出大制作，赚大钱，如此才符合当下流行的"成功学"。可是她不会。出身于她那个时代的老艺术家们都不擅长这个。他们只懂得在艰难困苦的条件下，如何自得其乐地把作品拍完。在有些人分享利益时，他们主动或被动地选择退避三舍。杨洁或有过抱怨："演员在外面鲜花掌声，我一个人孤独。""《西游记》是我心中永远一个结一个痛。"在自传《杨洁自述：我的九九八十一难》中，她透露了《西游记》拍摄背后一些鲜为人知的故事。那些故事有正面的，彰显了艺术家们的敬业与艺德；也有一些直面了人性弱点的细节。

《西游记》是部美好的作品，但因此而美化有关它一切的台前幕后，则是人们的一厢情愿。怀念杨洁，到底是在怀念什么？无节制地把诞生这部作品的20世纪80年代挂在嘴边的时候过去了，但这并不等于曾经朴素、真诚、优雅的一切，都被时间的长河彻底淹没。

网友们评价杨洁，都在感谢她力主的《西游记》陪伴了自己的童年时期。在1986年，彩色电视机刚刚取代黑白电视机进入城乡，播放《西游记》的时候，它生动的情节、人物形象，无疑为孩子们打开了一道想象力的大门。20世纪八九十年代的孩子喜欢《西游记》好理解，毕竟那时可以选择的娱乐内容和样式不多。但直到现在，已经被重复播出3000余遍的《西游记》对于当下的孩子仍有吸引力，就有点让人匪夷所思了。寻找原因的话，其中一定有着创作者的专注，有着传统却经典的表现形式以及带有强烈精气神的刻画，它们与孩子的内心世界是相通的。

《西游记》创作者在艺术层面上的纯粹与坚持，使得它可以经受时间考验，触动每一个敏感的心灵，因此人们不会忘记它的创造者。

而在文化影视行业领域，对于杨洁的津津乐道，多集中于那时的演职人员在薪水偏低，各方面条件都很简陋的前提下，是如何拍摄出这部经典之作的。缺乏足够的经费、器材支持，吊威亚技术要到香港去学，对于画面特效制作更是一张白纸……之所以这些状况频繁被写进各种纪念报道中去，恐怕还是出于对当下影视圈状况的主动对比意识。影视行业确实已经不再是当年的样貌了，价值体系与游戏规则也发生了巨变，在评价付出与回报方面，有了新的商业逻辑。无论怎么强调杨洁拍《西游记》时的外部环境，都没法改变现有影视业现状，人们喟叹的，多是表演行业敬业精神和艺德传承的缺失。

把《西游记》放在国产电视剧生产序列中观察，会发现它既有技术层面的工整性，又有艺术层面的灵性。杨洁在导演能力方面，表现出优秀的超前意识，以及对剧作的全面掌控。对于《西游记》故事和戏剧冲突，几百年来的读者都已熟悉，但如何妥帖地把它转移到荧屏当中，需要运用合适的电视语言。杨洁对于《西游记》的最大贡献，便在于她用电视语言赋予了《西游记》在现代传播语境下的第二次生命。周星驰的《大话西游》以及这几年霸占春节档票房排行榜的几部3D版系列西游题材电影，都有明显的学习1986年版《西游记》的痕迹。可见这部剧的渗透力之大，后来的不少作品只能在它所提供的电视美学基础上进行创新开发。

当下，在新媒体浪潮裹挟下，人们多少都面临着经典沉没、精品缺失所带来的焦虑与恐慌，杨洁去世所带来的话题，为这种焦虑与恐慌提供了一个释放点。我们怀念杨洁，其实也是在怀念她的时代，怀念敬业与艺德。

（《解放日报》，2017年4月27日）

炮制虽繁怎敢省

◎赵晏彪

“作家最大的本领是善于删改。谁善于和有能力删改自己的东西，他就前程远大。”陀思妥耶夫斯基所说的作家修改作品的能力，如同药店炮制中药的过程，凡是好药，必须经过多道炮制工序才可以入口，好文章亦然。只有拿出“治玉石者，既琢之而复磨之；治之已精，而益求其精”的精神，才会达到“删繁就简三秋树，领异标新二月花”的境界。

有两句话流传很广：“酒肉穿肠过，佛祖心中留。”这句话源于一部电影，因其出自剧中一位明星演员之口，很快便风靡海内外。其实，这是一位高僧写的一首劝诫诗的上半阕，但引用者不求甚解，也无人去深究其出处，而至今仍有不少人不知道此诗还有下半阕：“世人若学我，如同进魔道。”

还有一例，譬如我们常说的“三思而后行”，似乎都知道是出自孔子语录，其实不然，这句话恰恰是孔子所反对的。此则故事出自《论语·公冶长》，季文子（鲁国正卿）做事常“三思而后行”，子（孔子）闻之曰：“再，斯可矣（想两次就可以了）。”

还有不少例子可以警示我们，对于学问我们不可缺少追根溯源的精神，对于知识我们不可缺乏精益求精的精神，对于“名言警句”，我们更应该有科学严谨的审视态度，才不至于使抄袭主义、拿来主义、不求甚解成风。

“炮制虽繁必不敢省人工，品味虽贵必不敢减物力”，这是百年药店同仁堂的精神信条。“炮制”，泛指用中草药原料加工制成药物的过程，有火制、水制或水火共制等加工方法。目的主要是加强药物效用，减除毒性，去掉副作用，使药物便于贮藏和服用。同时亦指烹调、处理、制服、医治和制订，以达到“扶正祛邪，解毒增效”的作用。

忽然想起德国一家锅具品牌的负责人与记者的一问一答。记者问：“你们德国人造的锅说要用100年，卖出一口锅，也就失去了一位顾客。因为没多少人能活100年。你看别人造的锅，5年10年就足够了，这样一来，顾客就得经常来买。你们把产品的使用期搞短一点，不是可以赚更多钱吗?”

负责人这样回答:“正因为所有买了我们锅的人都不用再买第二次，所以产品质量才有口碑，才会吸引更多人来买。”

为什么8000万人口的德国，竟然会有2300多个世界名牌?当时的西门子公司总裁维尔纳·冯·西门子是这样解释的:“这靠的是我们德国人的工作态度，对每个生产技术细节的重视。我们承担着要生产一流产品的义务。” 可想而知，在最珍视“炮制”的国度，少有企业是一夜暴富的。他们往往是专注于某个领域、某项产品的“小公司”“慢公司”，减少“差公司”与“假公司”的生存空间。

中国已经比当年强大多了，从经济总量而言甚至已位居第二，但在科技尖端领域等不少方面还称不上是真正的强国。我们不缺少精英，不缺少顶尖人物，我们缺少的是对“炮制虽繁必不敢省人工”之类理念足够的重视与践行。懒惰、不思进取、以次充好、山寨成风，这是职业精神的丧失。要重拾炮制功夫，就必须和这些“稀松主义”“不求甚解”做彻底的分割。只有激发国民性格中的优秀因子，形成视质量为生命的强烈自尊，将产品好坏与荣辱联系在一起，才能实现质的强大。

（《人民日报》，2017年4月26日）

储备不贬值的人生财富

◎李洪兴

在云冈石窟游览时，经常会听到两种声音：一种是简短单调的“哇”，一种是娓娓道来的“据说这尊造像……”面对历史、文化和艺术的杰作，大家都会由衷赞叹，但有的止于“哇”，有的却能说得头头是道。

碰到一对在景区游览的母子，母亲认真且耐心地给孩子讲述文物背后的故事。后来得知，他们是第一次来看石窟造像，为了让孩子更多地了解景观背后的历史和文化，母亲花了不少力气做功课。实际上，与大多数人的走马观花、浮光掠影相比，这种案头工作扎实、用心准备的观景之旅必定质量更高、收获更多。而做到这一点，足以折射出一个人“处处留心皆学问”的知识品格。这也让人感慨，只会感叹“好美啊”与分析“美在哪”的差距，很多时候可能就是源于有没有留心、善不善积累的区别。

身处知识爆炸时代，信息资讯以指数级的速度迅猛增长，这让很多人得了“搜索依赖症”。任何知识，不管是专业的还是日常的，只要不懂就可以通过网络、经由共享去找答案，这固然方便快捷，却让不少人有了“不可描述的自信”，觉得没有什么不懂、没有什么不会。实际上，知识丰富和获取便捷，不意味着掌握并理解了它，更不意味着知识可以转化成能力。仅靠“百度”或者“知乎”，肯定不能持续解渴。

在倡导“尊重知识”的同时，需要进一步思考如何积累知识。有人说，阅读是一种文化积累、一种知识积累、一种智慧积累、一种感情积累。诚如所言，当我们有了更多的阅读内容、更宽的阅读渠道时，知识不能变得廉价，而应该更加高贵。一个朋友很令我敬佩，不管工作多忙，总是规定每天的阅读量，而且不完成任务不出门，如果周六晚上收到他“还剩9页书”的信息，就意味着周日“可约”。知识是公共的，但涵养知识应是属己的、连贯的，这样才能储备起不贬值的人生财富。

如果说知识积累是地基工程，文化积累则是建造大厦。站在民族和国家的角度，我们曾创造了辉煌的文化成就，在世界文化大观园中自立自强；也经历了山河破碎之后的文化下坠，向何处去、如何去的迷茫困惑了几代人；如今，更在发展中国特色社会主义文化中实现自觉、找到自信。这种文化吸引力，不仅是基于历史、语言的集体意识，更是基于每个人在文化中的成长。每个公民都有打开文化宝盒的权利和能力，可以说，这也是一种义务。而打开文化的方式之一，就是从留心日常、悉心生活、耐心积累做起。既可以跟随《诗词大会》享受古诗词韵律之美，也可以在对外交流中学习互鉴，更可以主动成为文化传播的使者。历史不会亏待用心的民族，生活也不会亏待有心人，文化土层就在一代又一代人的努力中沉淀成了文明。

恩格斯曾说，文化上的每一个进步，都是迈向自由的一步。每个人在文化积累上的一小步，都是时代文化建设和发展的重要一步。就像景区里的母亲，走一路、讲一路，陪伴并帮助孩子长大，也给予了孩子不会褪色的文化体验、不会贬值的人生财富。

（《人民日报》，2017年5月5日）

心灵素简才不慌乱

◎逸　茗

素，没染色的白绢。简，可以把字写在上面的竹片。在古代，这两者都是寻常却必要之物。素就是素朴，“清水出芙蓉，天然去雕饰”。简就是简单，“竹外桃花三两枝，春江水暖鸭先知”。生命微若轻尘，活得简单一些、素朴一些，也就会心平气和许多。

心灵素简，才不至于让自己慌乱、浮躁。长在乡间小道两边的野花，虽然天天被日晒雨打，甚至被路人践踏，但还是那样色彩动人，气味清香，浑身野趣，充满着生气和活力。

美丽的往往都是素简的。齐白石一生喜欢画白菜，曾经在自己的大白菜画作上题：“先人作过三代农夫，方知得此根有真味。”

孙犁《菜根》：“古人常用嚼菜根，教育后代，以为菜根不只是根本，而且也是一种学问。甜味中略带一种清苦味，其妙无穷。”

素简，事实上也是与菜根滋味类似的东西，纯正质朴之中，泛些淡淡的、类似素食主义式的清苦，叫有心人回味那特有的况味。

素简是心里的自然淳朴，不是表象，是内心的亲和，淡淡如幽兰，能散发出本性里的清洁。

素简是坦然的真性情，是精神上的恬淡如菊，用朴实无华来抵制幼稚和肤浅。

素简如同是一幅水墨丹青，黑白大方，简洁而寓意深远，是诗意，也是人间乐趣。

生活越素简，幸福越靠近。

人在本性上，其实是有享受素简的天性的。人生其实不需要太多的行李，也无须过分装饰。我们真正需要的是一些简单的东西，例如阳光、空气、健康和很好的睡眠，这些基本的元素正如恰到好处的盐，能调出生活很好的味道。能够享受素简的人，才更能体味人生的真谛，更能惬意地享受人生。穿半新半旧的衣裳，趿一双休闲拖鞋，在陋室读古诗，饮清茗，片刻冥想；有朋友来，坐沙发或者椅子，都随意，天上地下，海阔天空，猛侃神聊。过素简的生活，是为了专注，为了擦亮敏感度。站在左边，是为了看清楚右边，并与其对话。

素简源于优雅的自信。心灵素简的人相信自己“天生丽质”，坦荡磊落地告诉别人自己是一个什么样的人，从不掩饰自己实际上是一个什么样的人。一个人按照自己本来的样子行事、作为，这是需要底气、底蕴的。只有一个充分相信自己，并清楚地知道自己的价值所在的人，才敢于向人袒露自己的真面目；而一个人倘若连本人都不欣赏自己，又怎么会以真面目示人呢?

素简属于追求自由的人。不受世俗约束，不顾繁文缛节的束缚，不刻意追求或改变，倘若能经过“看山是山”“看山不是山”两个阶段，才能最终达到“看山还是山”的境界。

只要人心素简，眼前的一切都会变得单纯而美好。素简到极致，就是大道。大道至简，见素抱朴。由易衍生的八卦，最核心的组成部分，只有黑白两点（代表阴阳），但这两点不断地组合，却能无穷无尽，包罗万象。直到当代，无论商业、生活、科学还是哲学等，处处可见这两点的原理，甚至连现代的计算机，都是由此原理发明而成的。

为学日益，为道日损。追求学问是积累、增益的过程，知识越来越多；而追求道则是相反的过程，需要删繁就简，去掉生命中多余的东西，如欲念、妄求等。

为道日损的过程就是追求素简的过程，直至遗世独立，纤尘不染，谦和而高贵。

素简到极致，就是大美。

宋代的美学原则就是极简，要求绝对单纯，就是圆、方、素色、质感的单纯。

宋朝人用墨画画，烧单色釉瓷器。画画敢不用颜色，这就是极简！中国水墨画，虽然只有一种颜色，但墨色的深浅、浓淡、疏密、枯润，无不充满表现力；泼墨如水，又惜墨如金，收放自如，纵横潇洒，展现出古典的诗意美。而汉字书法，素简淡朴，只白纸黑字两色，却能飘若浮云，矫若游龙，气象万千；雄浑遒劲，天马行空，行云流水，成为我们独有的一种艺术形式。

越极致，越简单。

（《共产党员》，2017年5月10日）

人生也需要留白

◎袁　方

留白，是中国传统艺术的表现手法之一，尤其常见于山水国画之中。通过留白，不仅能恰到好处地展示水、云、风、雾等飘逸灵动的美，还能使构图协调余裕，避免铺陈太满所带来的压抑感。这种留白的艺术手法，比起浓墨重彩，更能彰显国画的含蓄内敛、清新雅致。正是因为留白，才使得国画有了无尽的张力，产生出一种朦胧丰盈的美。

留白，既是一种艺术美学，也是一种人生智慧。古人云："水满则溢，月盈则亏。"事物盛到了极致必然会走向衰落，因此，我们才要懂得留白。仓促间人至中年，体会了太多的世情冷暖、浮世沧桑。岁月带走了曾经的青春飞扬、风华正茂，却也留下了宝贵的人生哲思、心灵感悟——人生需要留白。

感情需要留白。路窄时留一步，味浓时减一筹。常言道，距离产生美。爱侣之间如胶似漆，朋友之间亲密无间，这些固然是人之常情，但太过贴近的关系容易产生精神摩擦，进而使得感情生出罅隙。懂得留白的意义，就会让彼此保持一定的独立性与距离感。这拉开的不远不近的距离，即是双方的"心理缓冲带"，让彼此在这里调适心境，宽容地看待对方的小瑕疵，不断积累交往中留存的"小确幸"。正是这些微小却实在的幸福与快乐，才成就了爱情的地老天荒、友谊的地久天长。感情的温度，太过炙热，容易灼伤彼此；太过高冷，容易淡漠彼此。这份感情的留白，则让温度适中，彼此都会觉得舒服放松，不至于太过腻味或漠然。

心灵需要留白。《菜根谭》中有句名言："云兴而悠然共逝，雨滴而泠然俱清。鸟啼而欣然有会，花落而潇然自得。"这是一份"白发渔樵江渚上，惯看秋月春风"的从容。在红尘羁旅修行中，实在不需要把过多的人和事邀请至我们的生命中来，从而让自己的生活变得喧嚣繁芜、拥挤不堪。留白，是一种安静与丰富。安静，是为了心平气和地与自己的灵魂对话，修一树菩提光阴。丰富，则是为了遇到一个更好的自己。在悠然的时光中与花草凝眸、与书墨同雅、与山水共悦、与琴歌同舞，这一场心灵的盛宴，即是留白所带来最大的“福利”了。这份心灵的留白，让我们随遇而安、从容优雅。

处事需要留白。曾国藩有句名言：“有福不可享尽，有势不可使尽。”这就是说：为人处世要低调谦逊、宜知进退，始终保持一颗平常心，切不可嚣张跋扈、自绝后路。这既是一种留白，也是一种惜福。人生在世，名利之心不可过盛。在利欲熏心之下，必然会不择手段、贪婪无比。一旦被欲望绑架了灵魂，必将滑向万劫不复的深渊。一旦恶贯满盈、罄竹难书，想回头已无岸。处世的留白，正是要给自己的人生留下一条可以全身而退的“后路”。

说话也需要留白。话到七分，酒至微醺，这才是不完而美的至高境界。即使自己得理，得饶人处且饶人。这三分的余地，不仅是给别人留下退路，也是给自己留下善念。事不可做得太绝，话不可说得太满，这份留白是对“道”的敬畏，对“理”的遵从。

林语堂先生曾说过：“看到秋天的云彩，原来生命别太拥挤，得空点。”人生的留白，是一种智慧，是一种心态，亦是一种生活美学、处世艺术。懂得人生的留白，才能保持一份淡定平和、悠游自在的闲适心境，从而不断提高自己的幸福指数。宠辱不惊，闲看庭前花开花落；去留无意，漫随天外云卷云舒。人生中的留白，是为了让我们更加从容优雅地前行，更加熨帖妥善地安置好我们的身心，不负这红尘羁旅的一场修行。

（《平顶山晚报》，2017年5月9日）

把生命放在征途

◎陈　凌

或是“怕长胖”，或是“为健康”，或是要“练肌肉”，身边不少朋友都给自己制订了一个详细的健身计划。不过，从结果来看，却往往是刚开始热火朝天，越到后面越没啥动力，到最后只能草草结尾。真正能按计划坚持练下来的，并没有几个。不只是健身，工作、生活中，类似的前紧后松、前热后冷的现象，并不少见。

为什么没能坚持下来？一说起原因，几个回答很具代表性：“工作太忙，没时间。”“生活太累，没精力。”“雾霾太多，没条件。”事实真是如此吗？这些回答，不外乎是说，外部不可抗因素太多，心有余而力不足。但仔细想想，工作再忙，一周总能挤出个把小时去锻炼吧？生活压力大，跑跑步、出出汗，不正是舒缓压力的有效方式吗？这样看来，所谓的原因，其实不过是不想坚持的托词。

“早成者未必有成，晚达者未必不达。”这里面的道理就在于，很多事情没有做成，并不是因为目标难以达成，而是我们不想去做、没有去做。《孟子》里有一个“不能”和“不为”之辩。“挟太山以超北海，语人曰‘我不能’，是诚不能也。为长者折枝，语人曰‘我不能’，是不为也，非不能也。”前紧后松、前热后冷的情况之所以存在，并非由于“不能”，而在于“不为”。就像毛泽东同志当年所批评的那样，有的人“仅仅把箭拿在手里搓来搓去，连声赞曰：‘好箭！好箭！’却老是不愿意放出去”。如此，别说完成目标了，就是有所进步，恐怕都并非易事。

一句话说得好，“大多数人想改造这个世界，却罕有人想改造自己”。一些人之所以会成为“语言上的巨人，行动上的矮子”，之所以会在“为”与“不为”之间打转，说到底，还是意志不够坚定。有人曾问一位企业家成功的秘诀，他回答道，关键是要提升自己的承压能力，“别人是‘不到黄河心不死，不撞南墙不回头’。我是到了黄河心也不死，因为造一座桥就过去；撞了南墙也不回头，因为搭个梯子就过去”。人一旦有了坚定的意志，就有了开垦人生荒原的铧犁，驰而不息、勇往直前，自不是难事。相反，犹犹豫豫，总想偷个懒、缓口气、歇歇脚，前程荒废不说，就算别人想拉一把，都找不到你的手在哪里。

人生处处有起点，比起畏葸不前，再晚的出发都不算晚。想起了这样一个故事。有个外语学习班，报名时，来了一位老者，工作人员以为他是来给孩子报名，一问才知道，他是给自己报名。工作人员稍有不解，问他几岁，老人回答是六十八。这么高的年纪，学完课程，至少要两年，“可两年后您都七十了！”老人却不以为意，笑着反问道：“你以为我如果不学，两年后就是六十六了吗？”这一问，问到了紧要处。事实上，人生从来没有什么太晚，所谓的太晚，不过是个人意志摇摆，或自弃于晚不达，或早成而不努力，结果蹉跎岁月，消磨时光。问题是，你可以犹豫拖延，时间却不会。没有比人更高的山，没有比脚更长的路。只要挥洒了汗水，剩下的，不妨就交给时间吧。

曾读到一首名为《船》的诗，诗中写道：“只要我还有一根完整的龙骨，绝不驶进避风的港湾；把生命放在征途上，让勇敢来决定道路的宽窄、长短。”我想，这才是一个想拥抱独属于自己未来的人应有的模样。

（《人民日报》，2017年4月13日）

让“我”消失一会儿

◎刘江滨

1

每天使用最多的词应该是“我”吧。作为一个存在主体，“我”无时无刻不在显示着存在，除了睡觉。日常说话、做事，都是以“我”为中心，四通八达和世界发生着联系。现在有个新词叫“刷存在感”，愈发凸显了“我”的存在。被人遗忘，被人漠视，那种滋味是难以忍受的痛苦。

然而，有时莫若让“我”消失一会儿。

一个周末，我从家里出来沿着民心河遛弯，走到河边的一座小公园，顺便走了进去。天还阴着，像要下雨的样子，公园里人很少，我转了一圈，便坐在椅子上。世界突然安静下来，不远处只有一位中年妇女在打太极，一招一式慢忽悠悠，时间一下子被拉长了，变得缓慢。远处建筑工地传来打夯的声音，身边树上的小鸟叽叽喳喳，越发显得幽静。

我发着呆，脑子里啥都不想，眼前的景物忽然虚幻起来，恍兮惚兮，一时不知身在何处。“我”离开了我，消失了，留在椅子上的只是一个躯壳、一个木雕、一个泥胎。时间或许只是一小会儿，但足令我沉醉、享受，真正的“销魂”。这一小会儿，在“一小会儿”里边就是永恒。却原来，“我”的短暂消失，竟是如此美妙。

2

佛教哲学讲“无我”，中国哲学讲“忘我”，都是让“我”暂时不存在的意思。其实，无论怎样“我”都是时时刻刻存在着的，只不过主体意识使其偃伏罢了。

心学大师王阳明说，山涧开着一树灿烂的桃花，因为我们看见并欣赏了，它便有了存在的意义，不然，也可以说它压根儿是不存在的。就是这个道理。

《晋书·王坦之传》云："成名在乎无私，故在当而忘我。此天地所以成功，圣人所以济化。"这话说得很现代、很励志，也很明白。过于凸显"我"的存在，那就会忽视他人或者周遭的一切，就是自私，就成不了事。这个世界由无数个"我"和物构成，任由个体的"我"高耸就会挤压他者和物的空间，就会产生倾斜，就会跑偏，结果会很惨。

3

辛弃疾写词说："我见青山多妩媚，料青山见我应如是。"他写词根本不像800多年前的古人写的，倒像出自现代诗人之手。多么和谐温馨的一幅人间自然场景，山人相谐，远近互构，物我两美。这个"我"是温暖的，有趣的，平和的，还有点小小的自我多情。马克思说：美是人的本质力量对象化。

你投注对方什么，对方就会回应什么。

有个小故事，苏轼喜欢谈佛论禅，和佛印禅师关系密切。一天，苏轼拜访佛印，问佛印："你看我是什么？"佛印答："你是一尊佛。"苏大悦。佛印问："你看我是什么？"苏轼有意刁难一下佛印，说："你是一坨屎。"佛印默然不语。苏轼回家后很得意地告诉苏小妹，说一句话噎住了佛印禅师。苏小妹摇摇头说："哥哥，你的境界太低了。佛印禅师心中有佛，看什么都是佛；你心中有屎，所以看别人也是屎。"苏轼赧颜，惭愧无地。

人生最难的事是弄清"我是谁""我从哪里来""我到哪里去"，或许终其一生也搞不明白。如果觉得这个问题过于高深，那么，家常一点，别天天"我""我"的，眼里心里只有"我"，而把"我"放低一点、看小一点，有时泯然于众，自我放逐，消失一会儿，其实是一件挺幸福的事情。

把"我"放低一点儿。

（《河北日报》，2017年4月14日）

读什么书，成什么人

◎陈众议

作为整体，人类从隆古走来，朝未知奔去；作为个体，我们一方面向死而生，另一方面学无止境。正因为如此，我们的求知欲往往是所有欲望中最强烈的一种。梁实秋说，即或活到一百岁，也无非三万六千五百天；倘使把这三万多天做成日历，每天撕一张，又当如何？

这很可怕。古人说“读万卷书，行万里路”。如今，行万里路易，读万卷书难。何也？人生苦短。去掉稚童和老弱时期，加之各种各样的难违难却，“好日子”所剩无几。因此，无论对谁，读什么书其实是最可究诘，也最为重要的。钱钟书说过，所谓学问，大抵是荒江野老屋中二三素心之人商量培养之事。深长思之，学问乃教人如何读书、读什么书。二者一而二、二而一，说穿了还是人生短暂，没有时间可供浪费。这是一层含义。关乎读书的另一层含义是塞万提斯一言道破的——“读什么书，成什么人。”我辈从小大量阅读中外红色经典，鲁迅、郭沫若、茅盾、巴金、老舍、曹禺的作品，以及《北宋杨家将》《说岳全传》《隋唐演义》之类，也就形成了某些气度和家国情怀。反之，设若从小浏览的尽是些哼哼唧唧和风花雪月，结果可想而知。

当然，凡事不能一概而论。在一些人看来，《红楼梦》是儿女情长，《三国演义》《水浒传》是“权谋”与“暴力”；《西游记》是神话或童话，与志怪小说几无差别。换个角度看，《红楼梦》被认为是封建主义的一曲挽歌，是一部宣扬出世的杰作。《三国演义》和《水浒传》承载了中华文化释道儒之外的另一重要精神——侠义。至于权谋，西方文学没有权谋吗？至于贬斥女性，西方（中世纪）不曾如此吗？况乎二乔、扈三娘等可谓这些作品中最完美的形象。《西游记》则表面简单，实则不然，它对文化和人性的刻画入木三分。关键是怎样历史地、理性地、多面地看问题。这就是经典的丰富，也是经典的魅力，是为什么读经典的答案。

我在不同场合听到的一个大概率的问题：书这么多，孩子们该读什么？是啊，仅我国每年就产出数十万种纸质图书，其中文学作品就有上万种，网络文学几乎不可计数。汪洋大海中取哪一瓢哪一粟至关重要。我的做法是有所读有所不读，把有限的时间用在经典上。这又牵涉两个问题：什么叫经典？为什么读经典？首先，经典既是历史的，也是现实的，但主要是现实的；其次，经典是世界的，也是民族的，但主要是民族的。经典并非一成不变，它取决于时代社会和个人取舍，这也是为什么要读经典、为什么要重读。举个例子，我们说鲁郭茅巴老曹是经典，但也有人说张爱玲、徐志摩、周作人、林语堂是经典，但只要将他们置于民族存亡的历史背景，孰是孰非、孰重孰轻也就相对明了了。

关于为什么读经典，还需要补充以下几点：一、经典之所以成为经典，是因为它们常读常新，这也是卡尔维诺在《为什么读经典》中反复强调的。这是由经典的丰富性所决定的。它们不断被时代激活，同时激活我们的心性：对真善美的追求。二、经典对历史和生活做出多重判断，可以成为借镜。三、经典是民族语言传承、发展的载体，同时民族语言成就了经典。它们潜移默化地造就和丰富我们的生活，是我们的集体无意识，因此也是我们思想、审美的基础，是价值观的基础，同时是民族认同感的重要纽带。

读书需要选择，需要披沙拣金、取精用弘，即在前人确定的经典谱系基础上筛选、增删和确定时代的、民族的、个人的经典。这就需要精读，甚至不断重读经典。当然，有时间泛读杂书也是必要的，但不能主次颠倒。泛读杂书的目的终究是为了更好地理解经典、守护经典。所谓“阳光下没有新鲜事物”是因为缺乏主见；换一个角度，换一种立场，必定是“阳光下充满了新鲜事物”。

（《人民日报》，2017年4月22日）

寻觅“大人国”

◎侯　会

英国小说家斯威夫特写过一部奇书《格列佛游记》，主人公格列佛在海上遇险，被小人国国民救起。为了报恩，他帮小人国与邻国作战，将敌方几十艘战舰的锚链一把揽起，就那么蹚着海水拖了回来。以后他又见识了大人国、巫人岛、马国等。大人国的居民足有教堂塔尖那么高，格列佛只好睡在洋娃娃的摇篮里。

无独有偶，中国古典小说《镜花缘》中也提到小人国、大人国。小人国国民身高不足一尺，儿童只有四寸。因怕被飞鸟叼走，老幼出行时要呼朋引伴，携器械防身。

不过书中的大人国却不见巨人踪影。那里的一切与中华相类，只是人们出行时足踏各色云朵，或五彩，或黄白，也有灰色黑色的。经询问方知，原来“色由心生”，胸襟光明正大的足生彩云，满腔奸私暗昧的足生黑云。

书中主人公唐敖见到一街市乞丐，脚下反有彩云护绕；而一个前呼后拥的官员，脚下云色却是“似黑非黑，类如灰色”，怕被人看见，特意用红绫围住，自然是欲盖弥彰。

同行的多九公见多识广，解释说：此邦人士皆以黑云为耻，遇到恶事，都藏身退后；遇到善事，都踊跃争先。因毫无“小人习气”，所以邻邦都以“大人国”称之。不知者以为“大人”即“长大之人”，实乃讹传。

翻翻词典，“大人”词条下义项颇多：或指王公贵族，或指老者尊长。若与孩子相对，又指成年人。此外还有二义，一是身材长大者，一是德行高尚者。《镜花缘》中的大人国国民，显然属于后者。书中另有巨人国度，国民身高七八丈，那叫“长人国”。

若说道德高尚，与大人国毗邻还有个“君子国”。那里的人“衣冠带剑，好让不争”。唐敖等目睹了一桩买卖，买货的一个劲儿夸掌柜的货色好，抱怨价格太低，非要主动加价不可；掌柜的则发誓自家货色不济，价格虚高，不肯多收一个子儿。两人拉拉扯扯，闹得不可开交。在我们看来，这哪里是高尚？纯属虚伪！

大人国国民则有所不同，朴素自然，毫不做作。也有好人受穷、坏人当官的现象，与华夏无异。但值得称颂的是，大人国国民重廉耻、知自爱，他们脚下的云色是可以随着人心的转变而变化的，因而人人努力，个个争先，从善如流，避恶如仇。邻邦所敬的，也正是这种由羞耻感引发的道德自觉。

别小看一个“耻”字，它在古人词典中分量极重。孔子强调“知耻近乎勇”；孟子则认为“羞恶之心”与生俱来，是“四端”之一（“端”即人性出发点，另三“端”为恻隐之心、辞让之心和是非之心），哪怕缺失一“端”，也便不配做人！

可能几千年来一些道德训诫唠叨得太碎，加之近百年来某些假大空的口号喊得太响，令人两耳起茧，心生逆反。一旦拨乱反正，矫枉纠偏，人们尽弃形而上的“道”，直扑形而下的“器”，一时间金钱成了衡量荣辱的标尺。人们羞耻心尚在，但诱媒全变：男人以骑电动车接送孩子为耻，女人以出门没有LV包为耻，孩子因没有新版“苹果”哭闹着不肯上学……“笑贫不笑娼”“笑廉不笑贪”的雾霾潜滋暗长，窒息了人们的精神世界……

一次与朋友谈及《镜花缘》，朋友说：“如果某天一觉醒来，发现人人脚下忽生五色云，‘大人国’的神话是否能梦幻成真？”我说：“也不一定。”单靠技术层面的改变还远远不够。没有制度的保证、表率的跟进以及对人性的再反思，一些人久染“厚黑”、其心不古，说不定见了足踏彩云的乞丐，反笑其“烂忠厚无用”、活该受穷；自己足登黑云而不屑遮掩，反自夸是成功者的标志，扯来当作恐吓人的旗帜，你又能如何？

朋友听了，俯而思，仰而叹，失落的目光中，又不乏憧憬与希望。

（《今晚报》，2017年4月26日）

在每一个选项中绽放生命潜能

◎谭洪岗

正在热映的印度电影《摔跤吧，爸爸》，根据真人经历改编，故事感人。阿米尔·汗饰演的父亲，曾是出色的摔跤手、全国冠军，但没能实现为印度拿到世界级金牌的梦想就退役了。他希望孩子能实现他未完成的心愿，于是以“魔鬼训练”培养有摔跤天分的两个女儿。这条坚韧不拔的实现理想之路，经历过众人的不理解和嘲笑，也经历过两个女儿的不满和反抗。在一番艰难困苦之后，两个女儿终于都获得了世界冠军。

这不仅仅是家庭教育、家庭关系的故事，也不只是励志传奇。看过后人们可能会询问：生命的潜能，怎样能够尽可能发挥、活出来？创作者尽其所知，对这个重要问题做了一部分问答。

首先是志存高远。片子里父亲的态度，和国家体育学院那位不太称职的教练形成鲜明对比。父亲明确无误地希望女儿拿金牌。这代表了在他所意识到的范围、所选择的领域内，要做到顶尖。教练则打了无数的小算盘：他个人是否受重视、被认可；他的权威地位是否被冒犯了；跟女子摔跤之前的国际赛事成绩相比，拿到奖牌就很好……对于运动员（影片中的大女儿）实际的优势在哪里、怎样训练有助于充分发挥其运动天赋，教练其实没怎么管。

立志与目标本身极其重要。片中的父亲，在这一点上活得非常一致。而那位体育学院教练所追求的目标，看来从未超越他的个人利益。每个宝贵的生命原本都智慧具足，内在力量具足。你选择怎样的目标与路径，也就选择了你要活成什么样子。

影片里的父女关系、父亲带给女儿的精神力量与支持，是很抢眼的看点。若把家庭看作一个整体，你还会看到他们之间的有趣合作。拿到摔跤金牌，最初只是父亲的心愿，两个小姑娘对于每天凌晨5点起床辛苦训练、放弃爱吃的东西，最初很不情愿。直到她们听到同伴“小新娘”完全出乎意料的回答：我很羡慕你们，你们的父亲真的在为你们着想……你们可以掌握自己未来的命运，不然只能像我这样，14岁就不得不嫁给一个陌生的男人，从此在锅碗瓢盆、相夫教子里过完余生……

两个女儿沉默了，从此不再跟父亲对抗，而是全力以赴地投入训练和比赛。从这时起，成为摔跤冠军，才成了父女们共同的目标。两个女儿开始意识到，父亲的安排，绝没有只顾自己的心愿，父亲为她们选择的，是在她们的现实处境下最好的出路了。

在这里延展一下，生命的潜能怎样能更充分地发挥？当你的视野更大，最好是看到整体，用全局观来颠覆之前只顾个体好恶得失的狭隘视角。否则，你往往会认不出什么对你真正有益，什么只能带来眼前片刻安逸。

古语说："自古不谋万世者，不足谋一时；不谋全局者，不足谋一域。"（清·陈澹然）大意相当于，若不能考虑长远，只顾眼前，其实眼前利益也守不住；若不能看到全局，只想管局部，其实局部的一方安稳也守不了。

敞开眼光胸怀看全局，与只考虑个体得失时，潜能发挥的程度是大不一样的。诚如片中大女儿在决赛前夕，问父亲这次该用怎样的策略。父亲谈的无关技巧，全是心法：你要拿金牌！不只为你自己，也是为千千万万的印度女孩子……不只要赢对手，也要赢那些认定女孩不行、女孩做不到的人！

更准确地说，不是真的要打败那些有狭隘观念、小看女性的人，是要让事实说话，来颠覆、刷新他们所秉持的那些无知的错误观念。

志存高远，看到全局，为整体利益而全力以赴，每一个选项都有益于潜能的充分发挥。你可愿意这样去活，绽放全部的潜能？

（《中国青年报》，2017年5月19日）

向“洗稿式原创”说不

◎王志锋

最近，“洗稿”一词在网上流行起来，有人甚至说新媒体“洗稿时代”来临。说白了，“洗稿”就是对别人的原创内容进行篡改、删减，使其好像面目全非，但其实最有价值的部分还是抄袭的。

网友调侃，“抄袭的时代过去了，高级抄袭的时代到来了”，传统的剪刀加糨糊和复制粘贴已经过时。有人惊呼，文字侵权已经步入“洗稿时代”。经过改头换面、东拼西凑的各种伪原创充斥网络空间，看似丰富多彩，实则同质化泛滥，叙事重复，观点雷同，造成严重的信息污染。在各种媒介平台重复推送的，不少是碎片式的重组，让人不胜其烦。

新媒体内容产品生产力空前强大，两微一端等各类资讯日益丰富，极大地满足了人们的阅读需求。然而，相对于人们对优质原创内容的需求，一般化甚至低质内容产品的生产已步入产能过剩时期。洗稿的手段五花八门。有的是将几篇同主题文章的片段剪裁拼装在一起；有的是提取原创文章的结构并填充新的内容，然后堂而皇之地贴上“原创”的标签；更有甚者，通过洗稿软件生产伪原创。近日，就有媒体报道，网络上流行的爆款文生产软件能够收集相关平台已经发布出来的各个类别的文章，并且根据阅读量进行排列，在选定相应文章后自动进行编辑，几分钟之内就可以生产一篇伪原创文章。

网上有人说，洗稿是一种文字进步的方式，并引用唐人皎然将偷诗行为分为“偷语”“偷意”“偷势”三重境界。其实，仅有“偷”出不了真正的好诗。这样的洗稿，换汤不换药，与原创讲的是同一件事，表达的是同一个意思，不过是换了些说法，本质上仍然是剽窃和抄袭。只是目前的查重软件无法识别认定，现有的法规也没有相应的约束条款，原创作者投诉无门。所以，对于那些绞尽脑汁、奋笔疾书的原作者，洗稿已成为心中难以言说的痛。

当然，并不是说在新媒体时代不能借鉴别人的成果。这不禁让人想到六祖慧能著名的偈语“菩提本无树，明镜亦非台。本来无一物，何处惹尘埃”，就是借语神秀的偈“身似菩提树，心似明镜台，时时勤拂拭，勿使惹尘埃”。虽然只是个别字的改动，但体现了禅悟境界的提升。如果放在新媒体的语境中，这就不是洗稿，而是站在巨人肩膀上的再创作。是借鉴还是抄袭，是再创作还是洗稿，关键就看观点有没有原创，思想有没有提升。

在一个知识共享的时代，一个人已经不可能在与世隔绝的真空中写作，人们在网上发表文章、表达观点，多多少少会借鉴其他人的成果。把所有人的“认知盈余”集合起来，甚至有可能化平庸为神奇，这是共享时代的魅力。但共享绝不是抄袭的借口，借鉴同样有其边界，越出底线的借鉴就变成了抄袭。信息越是丰富，资讯越是多样，人们对于原创优质内容的需求就越高，这就需要从技术识别、法规约束和行业自律等各方面着力，堵住洗稿和抄袭的漏洞，为原创写作创造出更好的环境。正所谓“天机云锦用在我，剪裁妙处非刀尺”，脱离洗稿的低级趣味，独立和原创的见解自会挥洒自如、浑然天成，赢得读者的认可。

（《人民日报》，2017年6月16日）

大学生都变成手机党是一种悲哀

◎梁晓声

文化的概念太大了，几乎包罗万象。

大众接受好文化的影响，主要是通过文艺来接受的。

比如“勿以善小而不为”——这是一种宗教思想，也可以说是一种文化思想。这种思想若要达到影响人心的目的，一篇小散文的作用肯定大于那样一句话——大海退潮，许多小鱼将要干死在海滩。一个孩子捡起一条条小鱼抛回海中。有人说，没意义的，下次涨潮还会有许多小鱼被冲上海滩。孩子说：“但是对这条小鱼有意义，对这一条也有意义……”他仍不停地捡起小鱼抛向大海。某些人读到这样一篇小散文，内心会有所思考。若是影视情节，将会给更多的人以更深的印象和感受。同样，“老吾老，以及人之老；幼吾幼，以及人之幼”，经过文艺化之后，才更易于化人心。

由而可见，文化化人，文艺的作用极大。

以电影为例，我们所谓的一部大片的成功，往往是看票房。但从某些票房很高的电影中，我们却不太能看到很真诚的好思想的表达。我们的电影几乎已经丧失了对正面价值观的表达能力。这跟我们的社会也有关。在大学里我说，我们都应该看一部电影，有的同学会说，老师我不喜欢看这部电影，或者说我不喜欢看这一类。我说的这一类电影当然是人文的电影，有人文的精神和人文的品性。很明显的这类电影他不喜欢看。我的回答是，这是你必须看的。因为你在上大学，你的父母替你交学费，我作为老师有责任要求你看这样的电影，你要跟大学校园以外的那些看电影的人不一样，我们大学培养学生起码要培养出来看好电影的青年，不但自己要看，而且还能评论，还能影响别人。

我说两件事。一件事是我在朋友家里做客，朋友的女儿在网上看新片，外国电影，朋友催促她快睡觉，她说我没有看过这样的电影，那少女很感动，说电影中的好人真好。她的母亲是知识分子，中国知识分子，她的母亲说别相信那些，没有好人。这就是我们中国家庭，我们中国母亲中的一类。另一件事，我在另一个场合，到一个外国专家家里，在北京住的公寓，我和她在交谈，她的女儿在看中国的电视剧，不停地问，剧中的人为什么都很坏？她的妈妈回答说，别相信，那是编的。她说我们回到自己的国家，你会知道我们的人没有那么坏的。我们现在的情况是，我们的电影中、电视剧中，当我们写到人很好的时候，编剧、导演自己首先不相信。

和受众处在同一水平，认为我们会有好人吗？这样写有人相信吗？当我们表演人很坏的时候，你看我们的演员，演得很棒。我们看美国电影的那个黑人演员华盛顿，当他演一个好人的时候，我们很相信。我们为什么相信呢？我们知道这个演员在演的时候，他很相信。我们仅仅把电影和电视剧看成了娱乐。我们太多的中国人几乎成了这样的动物：挣钱，然后玩闹，转身再变成吃货，到处娱乐。我们的影视缺少对作为一个21世纪的人的那种品格和素质的好影响。

我们的生活，已经改善较多了。我们从前在那么样狭小的居住条件下，还有书架。现在我们房子大了，反而没有书架了。每个家庭都应该有好书，让好书影响人、改变人。

我们教出来的学生，如果出了校门都变成手机控，那我们的教学就太失败了。情况常常是这样，一个人拿着一本书，如果那书是一本好书，他在读这本书的时候，有人来问他路，他一定会好言好语地告之。如果人拿着一本好书在这里读，别人撞了他一下，他一定不会生气。他如果拿着手机在玩那些游戏的时候，别人问他路，他可能就很不耐烦。如果两个人都拿手机在玩游戏的时候，互相撞了一下，肯定都是不好的脸色。现在有太多太多的人已经不看书了，这是令人担忧的。我们在大学里要尽量尽量地，把我们的学生拉回到书卷中。

（《北京青年报》，2017年7月4日）

读书寂寞事

◎刘克定

读书是件寒、冷、苦的事情。过去指冷寂的读书之地为“寒窗”，谓之“自甘寂寞”“坐冷板凳”。甚至因读书导致贫穷，那就更苦。朱买臣光读书不上班，导致家贫，只好以砍柴为业，卖柴时还手不释卷，妻以为羞，和他离了婚。家境较好的读书人，读闲书打发日子，觉得快乐，那是另一种读法，但要是换一个环境，就不会是“羲皇上人”了。

奥地利作家斯蒂芬·茨威格的小说《象棋的故事》里有个B博士，被关押在纳粹集中营里，精神备受折磨。他竟趁一次候审的机会，偷来一本棋谱，悉心研读起来。从此在象棋技艺上大获启发，出狱后成了赫赫有名的象棋冠军，铁窗苦读改变了他的一生。这是外国小说里的故事，说明逆境苦读也可以成就人才。

什么是苦？“生不得志，攻苦食淡；孤臣孽子，卧薪尝胆。”“子卿（苏武）北海之上牧羝，重耳十九年之羁旅，呼吸生死，命如朝露。”有人说此乃人生之大苦，信然。汉代王章长安赶考，与妻共居。章读书读得病倒了，没有被子盖，卧牛衣中，想起自己命运不好，自料必死，与妻子泣别。都是人生逆境，苦不堪言。但发愤攻读，总有“天生我材必有用”的时候，这样来看，读书又何尝不是一件苦中有乐的事情呢？皓首穷经，那是很高层次的阅读，包括索引、考证、爬梳剔抉，穷究其源，常常“不知明镜里，何处得秋霜”。虽然苦，衣带渐宽，人亦憔悴，却是积累了一笔丰厚的精神财富。平常读书，孜孜不倦，能够明理，升华情操，就是常说的“开卷有益”。

读《红楼梦》是赏心乐事，但要考证渊源，就得吃苦。读小说，读动漫，读某名人的生活琐事，与读有关本业的东西是不同的。但有些“快乐”的“热门”书，读不读都可以，有些坐冷板凳的书，却是花钱也应买来读。“本来，有关本业的东西，是无论怎样节衣缩食也应该购买的，试看绿林强盗，怎样不惜钱财以买盒子炮，就可知道。”（鲁迅《致赵家璧》）这样一来，自讨苦吃，苦中求乐，就成了中国读书人的习惯。

现在超市里成堆的装帧很漂亮的“经商指南”“炒股要道”“脑筋急转弯”以及“风水先生”……进口纸，烫金字，还有密封卷——先拿钱后开卷。买不起，读了也无益，无异于“新袋子里的酸酒，红纸包里的烂肉，那结果，是吃得胸口痒痒的，好像要呕吐”（鲁迅《我们要批评家》）。

现在情况不同了，读书讲务实，学以致用，学以增长知识。图书馆共享项目越来越多，读者也渐多了，成为读书人的乐土。有些图书馆专为盲人设置阅读器，虽然有待完善，但已经可以看到不少盲人光顾图书馆，在盲人阅览室学习用阅览器读书读报。

不妨说，读书本身的冷热都不是坏事，关键是能学到知识。佛教禅宗的北渐南顿，就是讲悟道的殊途而同归。能悟道，十字街头也能参禅；不能悟道，把经书读破，也不过是谤佛。用功之妙，存乎一心。“躲进小楼成一统，管他冬夏与春秋”，读书应作如是观，平心静气，如琢如磨，如切如磋，弱水三千，取一瓢饮，然后甘苦自知。适当搞一些有益的读书活动、爱书活动，走出书斋，参加一些交流，不无好处，但不能“大呼隆”，“活动”一多，一“化”起来，则非实实在在求知。

（《人民日报》，2017年7月5日）

尊 卑

◎陈世旭

尊卑一般和贵贱连着用，尊即贵，卑即贱。“明尊卑爵秩等级，各以差次名田宅，臣妾衣服以家次。”（《史记·商君列传》）指地位的高低。“所以示后世有尊卑长幼之序也。”（《礼记·乐记》）指长辈和晚辈。“坐定，公子从车骑，虚左。”（《信陵君窃符救赵》）车座分左中右，以左为尊；进了房子，座次、座向也有严格规定，坐北朝南为尊位。

古人把尊卑次序看得很重：“礼逾其制，则尊卑乖；乐失其序，则亲疏乱。”（《隋书·音乐志上》）我国是个重传统的国家，进入现代社会，尊卑这一传统的核心价值观自然延续下来。因为毕竟是现代社会，自然也颇有人不满。鲁迅在《朝花夕拾·范爱农》一文中就抱怨过：“我那时也很不满，暗地里想：连火车上的坐位，他们也要分出尊卑来。”

我因为对传统无知，又不谙世故，更是常常为此困惑。有一年，陪一班作家到地市采风，因为人多，用餐分了两桌：一桌坐的是接待方和作家中有一定职务的，一桌坐的是接待方的普通工作人员和作家中在其原单位没有任何职务的。我急了，作家来自全国各地，皆是我们的贵客，凭什么按职务分高低呢？结果是为了尊重接待方的安排，我只好自己端了饭碗去到“没有职务”的那一桌，说这一桌由我负责陪吃陪喝，打个哈哈混过去。还有一回，坐单位的公车出差，有顿饭是当地一家企业老总请客。吃饭时桌上拢共才三四个人，却不见我们单位的司机。一问，老总说：“我们另有安排，司机怎么能坐这儿？那不没规矩了！”我是第一次知道有这样的规矩，说：“他是我哥们儿。”老总说：“那也不行。”我唯一能做的就是起身谢宴。

可叹的是，随着岁月的老去、阅历的增多，我终于明白等级观念已然深入社会膏肓，任何个人只能老老实实服从，恪守贵贱有序、尊卑有位中自己的本分，否则就会被看作非我族类，更有甚者会被鲁迅《狂人日记》提醒过的那桌宴席吃掉。但又于心不甘，总想论个死理。

“尊卑有序”的明确倡导者是我国历来奉行的儒家，认为国家社会不同的角色有不同的权利和义务，强调人与人之间的等级关系和行为方式，“君为臣纲，父为子纲，夫为妻纲”。其初衷是对道德的追求，尊卑是君子和小人的区别，有德者方可居高位。但在2000多年的君主制度中，我们更多看到的是尊卑有序的形式化和极端的虚伪性，君王的私欲，使圣明成了一句空话，随机性的所谓清明政治，压根儿就没有任何保障。而且，认定君、父、夫必然比臣、子、妻道德高尚，更是绝顶的荒唐。

人人平等是现代文明的基础，法律赋予人人平等的权利。当然，有一点必须特别指出，在疯狂逐利的社会生活中，我们见到的许多高高在上的权力和财富的拥有者往往是得志小人。因而，“平等”并不仅仅只是停留在物质层面上。一旦人们追求的仅仅是物质上的平等，社会和人类的厄运就并不是多么遥远的事了。

显然，人人向往的平等，应该回归到精神追求的层面，即便继承和奉行“尊卑有序”，也应是品行高尚者与品行低劣者的尊卑有序，高尚者为尊，低劣者为卑。尊卑有序应该是指不同的人位于不同地位所应承担的责任和应做出的适当行为，而不是指人与人之间的权力财富地位的高低所应遵循的繁文缛节。

窃以为，这才是尊卑有序该有的意义。

（《新民晚报》，2017年7月10日）

工匠精神在细微处

◎黄发红

自行车为什么不会倒？这是一个隔一段时间就会有人问起的有趣问题。德国明斯特大学的一位教授，最近在一期德国广播节目中给出了解释。他将学骑自行车和幼年学步的平衡性进行对比，用鲜活的例子分析了自行车的功率、动力、风阻等问题，指出活动的车把调节方向，以及人身体对自行车的平衡作用，是自行车得以不倒的关键所在。

听完节目，暗暗为德国人这股较真劲儿点赞。类似的问题或许每个人都想到过，但打破砂锅问到底的并不多。不仅是自行车，晶体管计算机、芯片、安全气囊、保温瓶……生活中，许多日用必需品都是由德国人发明的，这和他们严谨、认真的做事风格不无关系。

中小企业是德国经济的重要支柱。它们从不嫌弃自己的产品和领域不够“高大上”，而是孜孜不倦，力求把产品做到极致，达到世界顶级水平，因此这些企业也被冠以“隐形冠军”的美名。曾参观过德国一家生产工业风扇的中小企业，为了检测风扇运行时的噪声，特意建造了先进的静音实验室，置身其中，可以听到自己心跳的声音。为提升品质舍得投入、敢于投入，这样的产品无疑具有强大的国际竞争力。

如果说责任感和完美主义贯穿于德国企业文化的始终，那么家庭传承则为此打下了重要的基础。一项德企在华员工跨文化调查研究显示，不少受访者谈到选择成为机械工程师，与儿时爷爷、爸爸工具齐备的工作间有关。拿着螺丝刀，看到有螺丝就想拧一把，家里自行车、收音机等物件几经拆装……工程师之所以是德国最受欢迎的专业，和孩子们从小锻炼动手能力密不可分。

有人曾在互联网上提问：为什么德国制造的汽车发动机，常被贴上“靠谱”的标签？其实，制造发动机并不难，但把性能优化形成市场竞争力，需要大量的实验数据、市场和用户数据的支持，用今天的流行说法就是用户为王。西方工业化发展了几百年，摸索出的一条重要经验就是通过市场和用户的深度互动，对每一次优化创新进行确认，经过时间的打磨，最终形成本国制造的历史积淀。

“技可进乎道，艺可通乎神。”对产品不断改进、创新和优化，是任何一家企业求得长远发展的基本前提。200年前，德国人德莱斯发明了木质自行车，不经意间开启了一个交通提速时代。如今，德国人越来越注重自己组装自行车，脚踏板、鞍座和扶手等配件将根据骑车人的体形、使用习惯而定。主动匹配日益多元的个性化出行需求，对于当前发展火热的共享单车而言，未尝不是重要启示：市场竞争和用户选择，促进了自行车归属模式、结构设计、性能优化、效率提升等多方面的快速创新；多在看似不起眼的领域下功夫，市场的蓝海远比我们想象的要广阔。对于企业而言，这也是一个提醒：载着工匠精神和服务意识上路，才能驶向更光明的未来。

（《人民日报》，2017年6月20日）

读书须教有疑

◎解玺璋

读书是要有一点怀疑精神的。孟子说过："尽信书，则不如无书。"孟子的话，就是告诫我们不要迷信书本，对于书中所言，不仅不要轻信，还要多问几个为什么，进行一番仔细的甄别和思考。戴震是有清一代的大学者，据说他10岁时，老师教他读《大学章句》，读到一个地方，他问老师："怎么知道这是孔子所说而曾子转述的？又怎么知道这是曾子的意思而被其门人记录下来的呢？"老师说："前辈大师朱熹在注释中就是这样讲的。"戴震又问："朱熹是什么时候的人啊？"老师说："南宋时的人。"戴震再问："孔子、曾子是什么时候的人呢？"老师说："东周时的人。"戴震继续问："东周距南宋有多久了？"老师说："差不多两千年了吧。"戴震于是说："那么，朱熹是怎么知道的呢？"老师无言以对。

中国老百姓心地善良，最容易轻信；而历朝历代所推行的愚民政策，也养成了我们轻信的习惯。现在有些粉丝似的读者，不允许别人有挑剔的眼光。他们的逻辑，就是你说某某书有问题，你就该自己写一本试试。这种盲目的崇拜，正是人性被异化、被遮蔽的结果。人性本善，这个善，并不单指善良，还有人的知性。而追根究底的怀疑精神正是知性的一种表现。要想成就一个人和一番事业，这点慧根是不能少的。陈寅恪在王国维沉湖之后为其撰写的碑铭中，把它概括为"独立之精神，自由之思想"，这是发挥到极致的一种说法。戴震则指出："学者当不以人蔽己，不以己自蔽。"他的意思是说，读书人头脑要清醒，别让人家忽悠你，也别自己蒙自己。这也恰如梁启超在《清代学术概论》中所言："盖无论何人之言，决不肯漫然置信，必求其所以然之故。"他还说，戴震能成为一代宗师，皆因他在童年时期就表现出这样一种本能。

其实，梁启超对于所读之书也是不肯轻信的。他作《王安石（荆公）传》，为了弄清楚王安石新政的真相，穷究其原因，不仅反复研读王临川全集，还参阅了宋人文集笔记凡数十种，与《宋史》所记互相参证。他发现，《宋史》记载的王安石变法，有许多不实之词，“重以入主出奴，谩辞溢恶，虚构事实，所在矛盾”。这是因为，《宋史》完成于南渡以后的史官之手，元人又因而袭之，其中多为反对党对王安石的诋毁和污蔑，“其为意气偏激，固无待言”。梁启超则“一一详辩之”，所资之参考书竟不下百种。可见，读书不盲从，不轻信，也是有一定难度的。初做学问，或容易被别人所蒙蔽，待稍微读了几本书之后，又容易被自己所蒙蔽。既不“以人蔽己”，又不“以己自蔽”，则怀疑的精神固然重要，而质疑的能力就更显得重要。戴震总结为“学有三难”，哪三难？淹博难，识断难，精审难。这就是说，即使你有怀疑的精神，即使你不想盲从和轻信，但如果你过不了“淹博”“识断”“精审”这三关，还是免不了被蒙蔽。

戴震这么说，自是他切身所体会的。而这些体会，“实从甘苦阅历得来”，又不是凭空可以想象的。事实上，要将这“三难”变成三不难，殊非易事。历史上许多大学者或大师，也只能三取其一，或三取其二。这是因为，时至今日，书籍早已浩如烟海，其中真伪正误，则殊不知凡几，梁启超1921年在天津南开大学讲授《中国历史研究法》，其中讲到如何鉴别伪书、伪事，前后就列举了近20条。他还现身说法，讲到“有事虽非伪而言之过当者”，就举了自己所著《戊戌政变记》一书为例，他说：“吾二十年前所著《戊戌政变记》，后之作清史者记戊戌事，谁不认为可贵之史料？然谓所记悉为信史，吾已不敢自承。何则？感情作用所支配，不免将真迹放大也。”梁氏在这本书中究竟“放大”了哪些“真迹”，以致所记不敢承认为“信史”，他没有说，但他的意思，我想，是要我们再读此书的时候，一定要带着疑问的目光，把那些“放大”的“真迹”还原为真相。

但也不是为了怀疑而怀疑，“怀疑之结果，而新理解出焉”（梁启超语），并非历史虚无主义。或如朱熹所说：“读书无疑者，须教有疑，有疑者却要无疑，到这里方是长进。”这正是读书的辩证法。

（《联谊报》，2017年7月8日）

思想的微光

◎凸　凹

人的日常生活，常常是无序的。在无序的生活细节中，人的头脑常在无意间被“触头”触着，倏然生出一些小杂感。所谓“触头”，或是几节精彩的文句，或是与友人谈话时的意外撞击，或是某种情绪的突然漾动，或是一束小花对眼眸的一次撩动，等等，不一而足。

人人都有这倏忽间的小念头，但大多数的人并不曾留意它，任其自生自灭了。

而有一种人，特别敏于这种小念头，会备一支笔、几张纸片，将小杂感随手记下。其小杂感虽芜杂，但埋头展玩，也会看到几丝思想的微光。

这种人或许就是人所称的作家。但我不管他们叫作家，我只把他们看成是特别注意生命体验的人。他们固执地把人的痕迹保留在生命史上，使生命的原野清脆繁茂起来。

有谁不希望美丽常在呢？然而，一朵花开得最艳丽的时候，也就是将要凋谢的时候；有谁不希望欣赏到美丽的全部呢？然而，时空的阻隔和人类认识及眼界的局限，人们看到的往往是美丽的局部。

于是，有人叹息，有人忧郁，甚至于无奈之后，沦入消沉和虚无。

其实，花朵之后便是果实。果实是美丽的另一种存在，是更沉雄更蕴藉更质朴的一种存在。旧的美丽在一个瞬间消亡，而新的美丽在另一个瞬间诞生；美丽是变幻而不息的过程，我们只须抱着不泯的希望和恒在的信念。日本著名作家川端康成半夜醒来，发现海棠花在夜间开放得最动人最忘我，便感叹道：自然的美是无限的，人感受到的美却是有限的；人感受美的能力，既不是与时代同步前进，也不是伴随年龄而增长。但川端康成并未因此而黯然神伤，而是自言自语地说：看来，要好好活下去。

于是，我为哲人的豁达而感动。时间会让我们看到美丽的全部，关键的，要永远热爱生活！

有谁不希望春光永驻呢？不要说春天里花的开放、爱情的萌发、青春的灵动，单说那一片片春草，绿绿的，茸茸的，静时如毡如帛，动时如歌如蹈，看一眼，便顿消心中块垒，生一种莫名感动。然而，又有谁能留住逝去的春水呢？“一江春水向东流”乃自然之法则。

于是，有人叹息，有人忧郁，甚至于无奈之后，沦入消沉和虚无。

其实，又有谁不热爱夏荫之宏阔、秋景之丰盈、冬雪之妩媚呢？痛苦的犁刀一方面割破你的心，一方面又掘出新鲜的血液，人类总是有新的所得。

如果春天是希望，那么，夏天便是绸缪，秋天便是品格，冬天便是抗争。希望、绸缪、品格和抗争，是人类摆脱命运束缚的必备四品。没有希望，便没有欲念，便不会有行动；没有绸缪，便没有韬略，行动便失之于盲目；没有品格，便没有纲纪，行动便常常误入歧途；没有抗争，便没有在痛苦中的最后冲刺，可能便一事无成。

于是，如果只有春天，仅仅有希望，人类将始终是幻想国中的一尊美丽而无用的幼芽。

有谁不愿长生不死呢？然而，一切生命最终都要面对死亡。

于是，有人叹息，有人忧郁，甚至于无奈之后，沦入消沉和虚无。

其实，死亡是另一种美丽。贫穷的、富有的，高贵的、低贱的，一切生之不平等，在死亡面前都归于平等；人类平等的法则，大概缘于死亡的昭示。而且，衰老的躯壳总不如婴儿更新鲜……

讲一个悱恻的故事。一个老人坐在一个陌生姑娘身边，都无言地低着头，周围一片寂寥。突然，老人紧紧地握住姑娘的手说：“别害怕，姑娘，我已经没有了欲念，只因你长得与死去的她太像，我想再把握一下已逝去的那一份情感。年轻时没有学会珍惜，认为什么都会再来，可什么都不会再来。”说完，老人便婴儿般哭泣。姑娘正是一个恋爱中人，一下子明白了些什么，也紧紧地握着老人的手，呜呜地哭起来。

我们明白了什么呢？死亡最大的功绩，便是让我们懂得了珍惜，珍惜现在，珍惜我们已拥有的生活！

（《人民日报》，2017年7月12日）

辣见心性

◎知　秋

所有味道中，独对辣情钟。

“辣”字诱惑，只就这般静静地看着，便已是心绪摇漾、动荡不安，仿佛一池静水，被春风无声地惊了暗流。

那感觉，却是铺天盖地地袭来，你无法抵御!

食中有辣，便不负美名其曰了，否则，一定是暴殄天物。

记起儿时，老人们口中相传“能吃辣，好当家”的口头禅，却也生生地当了真，于是谁家女儿若是能当众吃下辣物，便可以被当场称赞：此女将来一定成大器！当然，我也不例外，尽管那时并不真正懂得其中深味。

不记得女儿家为了能成“大器”，傻傻地降服了多少人间美食，却清晰地在记忆里刻下了，那一个个“红装虽艳性刚直，亭亭玉立斗艳阳”的模样。是，现在想来，分明是一种诱惑，那种看了让人欲罢不能的姿色，以至于现在都逃脱不了的感觉。

每逢这种欲望袭来，便会急不可耐地等待，在热气腾腾的火锅里，可以暴汗淋漓，酣畅之极，那份姿态，当真应了“绿蚁新醅酒，红泥小火炉。晚来天欲雪，能饮一杯无”的情怀。

心性染辣，定然是一副让人望尘莫及，甚至望而生畏的模样。

记得李昴英在《水调歌头》中以“松柏苍然长健，姜桂老来愈辣，劲气九秋天”的词笔，给世人留下了一段史诗。

我们似乎看到，那秦桧以“莫须有”的罪名杀害岳飞后，对力主抗金的晏敦复软硬兼施、威逼利诱，迫其投降的场景。而面对秦桧的淫威，晏敦复不仅不为所动，还泰然地说：“吾终不为身计误国家，况吾姜桂之性，到老愈辣。”一身铮铮铁骨，流传至今仍不失温度。

老姜生辣，因为历经了季节的淘洗，味道生至极致！如那些经过了岁月的磨砺而经验丰实的人，总是让人心生敬意!

骨子里若是流淌着辣，久而久之就会造就一身火辣辣的气节。

记得多年前，宋祖英的一曲《辣妹子》，那清脆高亮的声音，带着磁性，明朗劲道，淋漓尽致地再现了辣妹子的个性，似有不见其人先闻其声的神韵。

世人言，爱辣的女子，一定性子拗、骨子傲，大有桀骜不驯的姿态和味道。

我想，此言不虚，且一语中的。想王熙凤若是不辣，又怎能在众姐妹中深得贾母欢心，从而独揽贾府大权，一跃成为贾府的统治者？ 一代女皇武则天，若是心性不辣，又怎能单手赢得天下？

性情泼辣，手段毒辣，心狠手辣，在那个年代，大概成为世人心中要尽心机、玩弄权术的代名词了。

老去的时光里，辣，似乎成为一种权力的象征；而今，辣已经衍生为一种精神强度的支撑。不然，你看，“辣”字中为何“辛”字独占鳌头？

好像总有用不完的一股韧劲儿。生活不需要鲜衣怒马，却独独不可少了一股热情，像火，而且要过出一串火辣辣的红。

人生，也需要走出一股辣劲儿，是那份屡战屡败、屡败屡战、愈挫愈勇的辛辣，是那种不达目的誓不罢休的冲冠怒发。

雪小禅说，辣是浓烈的，绝非稀薄的爱情。就似刀架在脖子上还笑傲江湖，一点也不绮丽，也不清寂，也不落寞，始终是那滚烫的。

是啊，如果辣是一种任性，那么我会在爱里纵情一生，且只为一人！

（《生活艺术》，2017年7月3日）

阅读是生命的化妆

◎孙琳琳

不读书死不了人。

不读书，你照样可以刷微博、微信、公众号。你被早安帖、晚安帖闪闪发光的句子惊艳到，你被公众号文章一套一套的说辞打动。你转发、点赞、收藏，然而你收藏的只是小编们从经典书籍的瀚海中舀出来的点滴。那些让你感到惊艳的句子和说辞，在经典书籍里密集地排列着，还有成千上万躺在图书馆里、书店里，然而你不知道，你永远无法亲手打捞那些好东西。

诺贝尔文学奖得主大江健三郎专门写过一本《读书人》来教人读书。他自认为不仅是一个作家，更是一个花费半生来阅读的人。他人生阅读的起点，是9岁时母亲让他读的鲁迅作品。2006年，大江健三郎来华访问6天，作了3场演讲，全是关于鲁迅的。“12岁时第一次阅读的鲁迅小说中有关希望的话语，在将近60年的时间里，一直存活于我的身体之中。”而鲁迅一生阅读过4233种书（见金纲《鲁迅读过的书》）。通过读书，扎根本土的鲁迅与希腊、英美、德国、日本、苏联、东欧的文明神交。

你去旅行，在巴黎逛卢浮宫，在伦敦逛大英博物馆，在五大洲看名胜古迹——你的耳朵能听到的，只是导游的仓促介绍；你的眼睛能看到的，只是标签上的介绍文字。你对它们的前世今生都说不出口；你的头脑中如同白纸——如果之前你不曾了解与之相关的历史、地理、文学知识。在发完朋友圈之后，附着在那个地方上的光环，就从此与你没有一毛钱关系。

你不读书依然游走自如、顾盼生姿，但那些精辟的见识、思辨的乐趣、与文明的神交、精神愉悦的高潮体验，通通与你无关。演过乔布斯的阿什顿·库彻说：“聪明是这个世界上最性感的事。”没有阅读，便没有这种性感。

读书如神游

人类的诸多习性之中，最先突破次元壁的是阅读，它让人穿越时空和国界，随时随地感同身受。阅读者像一个旅人，来到在现实中根本无法抵达的折叠世界。

当一般旅行者热衷于去巴黎时，如果你去的是巴尔扎克《人间喜剧》中“巴黎生活场景”的街道，吃到的是大仲马《烹饪大辞典》中点评过的美食，光顾的是海明威《流动的盛宴》中推崇的莎士比亚书店，那么你所经历的将是一个完全不一样的巴黎——阅读中的世界更加私人、更加迷人。

人生不同阶段有不同的读书趣味。年轻时读书如饕餮，尤其爱读小说，常常沉浸在故事中不能自拔；到了中年，你最想啃读的可能是哲学书，为的是参透人生的道理；而到了晚年，眼力不济的你也许只想读历史书了，算是千帆过尽之后的回望和感悟。

杨绛将读书比作串门儿，“要参见钦佩的老师或拜谒有名的学者，不必事前打招呼求见，也不怕搅扰主人。翻开书面就闯进大门，翻过几页就登堂入室；而且可以经常去，时刻去，如果不得要领，还可以不辞而别，或者干脆另找高明，和他对质”。

很多领域的一流作品，要做足准备才能领略它们的妙处。比如陈寅恪的《柳如是别传》，历史系一年级本科生读起来是自讨苦吃，但对博士生来说，这应该是必读书。

最终，阅读之旅会有什么收获呢？俄国文学评论家什克洛夫斯基形容读书“就像树木增高、海底珊瑚伸展一样”，以便“获取其中的人类经验，让它们变成你的想法”。

读书是更高级的装扮

再精湛的医学美容，也无法像读书一样令你整个人都脱胎换骨。

作家林清玄干脆直接将阅读描述成“生命的化妆”。“再深一层的化妆是改变气质，多读书、多欣赏艺术、多思考、对生活乐观、对生命有信心、心地善良、关怀别人、自爱而有尊严，这样的人就是不化妆，也丑不到哪里去。脸上的化妆只是化妆的最后一件小事。”

宋代文人黄庭坚说：“士大夫三日不读书，则义理不交于胸中，对镜觉面目可憎，向人亦语言无味。”有了阅读，便有李白与你对酌，苏东坡为你画眉，徐霞客陪你旅行，曹雪芹为你挑衣，袁枚为你做饭。“腹有诗书气自华”，你读什么书，就有什么气场。

普鲁斯特的《追忆似水年华》是你的风衣，托尼·朱特的《战后欧洲史》是你的高靴，J.K. 罗琳的《哈利·波特》系列是你的帽子，罗兰·巴特的《恋人絮语》是你的人鱼线。经过这样精心的装扮，你的知识储备、思考能力、逻辑条理以及待人接物的方式都变了，读书让你变成了更精致、更性感的人。

拥有430本书，热爱乔伊斯、惠特曼和塞缪尔·贝克特的玛丽莲·梦露，也许是世上留下最多读书照片的女人。在最著名的几张里，她翻到了《尤利西斯》的后半部分。难以相信这位性感尤物竟然可以啃下如此难懂的著作。

对梦露的美貌贡献最大的，正是乔伊斯。梦露也有别的美丽形象留在公众记忆里，但她最美的瞬间，毫无疑问是捧读《尤利西斯》的样子。据说无论走到哪里，她都会带着乔伊斯的书，并且在日记里像个单恋的小姑娘一样抒发对这位作家的热爱之情。1999年，梦露照片中的那本《尤利西斯》在佳士得拍出了9200美元。

读书如化蛹成蝶

爱书成痴可以到什么程度？陆游是这样描述自己的“书巢”的：“吾室之内，或栖于椟，或陈于前，或枕于床，俯仰四顾，无非书者。吾饮食起居，疾痛呻吟，悲忧愤叹，未尝不与书俱。宾客不至，妻子不觌，而风雨雷雹之变，有不知也。间有意欲起，而乱书围之，如积槁枝，或至不得行。”

身处“书巢”之中，最坏的结果是作茧自缚，读成了一个书呆子，自己躲在茧里面，隔绝外面的世界。但如果读书读通了，就会化蛹成蝶，破茧而出，长出翅膀，变得更加美丽性感，更加自在、自信地面对这个世界。

傅斯年虽然主张“上穷碧落下黄泉，动手动脚找东西”，但他读书之多，为同时代学者之冠。他甚至说：“凡一种学问能扩张他研究的材料便进步，不能的便退步。”美国历史学家芭芭拉·塔奇曼则坚持“最好的作家才是最好的历史学家”，她将大量史料的阅读转化为生动的写作，决不肯做两脚书橱。

胡适谈到读书的方法时写道：

> “理想中的学者，既能博大，又能精深。博大的方面，是他的旁搜博览；精深的方面，是他的专门学问。博大的要几乎无所不知，精深的要几乎唯他独尊、无人能及。”（《胡适文存》）做到了这两点，便能“大其心使开阔”（程颢语），也就是化蛹成蝶了。

沈从文只读过小学，14岁就投身行伍，他的成就与勤读书有莫大的关系。若不是因为学会了阅读，失明又失聪的海伦·凯勒只是一个可怜的残疾女孩。

很多人生问题，其实症结都差不多。杨绛回应倾诉人生困惑的年轻人，只用了一句话就说清了关键所在：“你的问题主要在于读书不多而想得太多。”

世界这么乱，但阅读者持身不乱

阅读看似务虚无用，却直接影响一个人的生存品质。意大利学者艾柯认为不会阅读的人好像得了动脉硬化，“既不明白他人的过错，也不了解自己的权利”。

陶渊明在《读〈山海经〉》（其一）中写出了读书人的美好生活：

> 孟夏草木长，绕屋树扶疏。
> 众鸟欣有托，吾亦爱吾庐。
> 既耕亦已种，时还读我书。
> 穷巷隔深辙，颇回故人车。
> 欢言酌春酒，摘我园中蔬。
> 微雨从东来，好风与之俱。

泛览周王传，流观山海图。
俯仰终宇宙，不乐复何如？

只有书读得多，人的内心才能筑起一道坚固的防线，不被流俗侵扰，不为势位所误。“养成阅读的习惯等于为自己筑起一个避难所，几乎可以避免生命中所有的灾难。”毛姆说。

世界这么乱，但阅读者不担心，因为他知道如何保持自身不乱；人性难以捉摸，但阅读者不担心，因为他早就懂得人性的复杂；全社会都在急吼吼地投资买房，但阅读者不担心，因为他明白市场的规律；男女关系总是让人抓狂或神伤，但阅读者不担心，因为他知道人世间还有各种美好的感情，以及感情不可强求。

阅读者会更豁达，更不容易上当，对世界更加淡然，更加不会随波逐流。

越读书，你就越知道这个世界是如何运转的，越知道它的复杂性，也就越会对人宽容。越读书，你就越知道自己要什么，知道自己的优点和劣势各在什么地方，扬长避短，凸显好的一面。

所以，阅读能够帮助你独善其身，“把生活中寂寞的辰光换成巨大享受的时刻”（孟德斯鸠语）。最后，你才能跟这个世界更友好地相处，和这个世界一起玩。

（《新周刊》，2017年第8期）

好作品是一粒种子

◎赵　越

“一个人若想通过阅读提升自己的灵魂厚度，只有回归，回归到有深度的作品。”不久前，在一家书店的留言墙上看到这样一句话，深有感触。在我看来，它既是读者的一份自我勉励，也是对文艺工作者创作出更多有思想穿透力作品的期许。

有人曾感慨，一部好的作品，就像一顿丰盛的大餐，“让你的感知、触觉、味觉都能无限地融入进去，真的是一段非常美的历程”。这样的话，或许只说对了一半。对于读者而言，阅读一部作品，无非有三个目的，或是为了实际用途，或是为了消遣时光，或是为了精神成长。知识有可能会过时，消遣随时都可拥有，精神成长却不是一件容易的事情。某种意义上，一部作品，只有让读者实现最后一个目的，才能在滚滚向前的历史长河中留下自己的印记。因此，好作品不仅应该是一顿大餐，更应该是一粒种子，能在人的心灵深处，生出思想之根，发出精神之芽。

好作品难求。这些年来，文艺创作虽然走上了高速路，成绩斐然，但也存在一些不容忽视的问题。比如，有的作品总是在模仿，机械化生产，同质化严重，屡陷抄袭风波；有的则刻意迎合市场，乐于制造文化快餐，内容空洞，缺少诚意；还有的只顾传播，不顾价值，以丑为美，用粗俗替代崇高，价值观念扭曲。凡此种种，看似无拘无束，实则根底薄弱，与其说是在创造文艺作品的多样性，毋宁说是在破坏已有的文化土层。

“凡作传世之文者，必先有可以传世之心。”要想让作品触及灵魂、沉淀思想，创作者首先得挺立自己的精神脊梁。事实上，功利主义往往是滋生粗制滥造病菌的温床。一味想着将笔下作品“变现”，眼中只有数量，却不顾质量，如何能创作出格局宏大、气象光明的好作品来？正如陈忠实在写《白鹿原》时所言，写作就像是蒸馍，馍没熟之前最忌揭锅盖，那样就会“撒了气”。想当年，柳青为了创作《创业史》，从北京来到陕西长安的皇甫乡安家落户，在一座古庙里，一住就住了14年；路遥写《平凡的世界》的时候，在“煤矿一待就是一个冬天，三四个月不出山”，身体撑不住了，“就趴在桌子上，头枕一本书”，往下写，再往下写。时代或许有异，但撇去浮躁，沉潜下来，把心思放在打磨作品上，却是创作一部优秀作品始终无法省略的过程。

鲁迅先生曾经说过，“文艺是国民精神所发的火光，同时也是引导国民精神的前途的灯火”。文艺作为时代前进的风向标，最需要反映社会新风貌，也最呼唤创新。只不过，很多时候，创新并不意味着推倒重来、颠覆过去，而是对传统的创造性转化、创新性发展。没有对筋骨的传承，缺少对精神的延续，文艺的创新是没有底子的。在这个意义上，文艺作品，要向着精神的火光出发，文艺工作者，更当如此。

（《人民日报》，2017年6月20日）

让年轻人敢于拥抱自己的天地

◎彭　飞

找工作不单纯是为了混口饭吃，而能与自身发展兴趣结合起来，变成一种生活方式的选择，其实是每一代人都渴望的理想状态。

年轻人的就业状况，是观察社会经济活力的一个重要指标。近年来，大学毕业生就业竞争激烈，但第一批走出校园的“95后”，感受到的并不都是压力。某知名人才网站根据9万多份有效样本制作了一份《2017年大学生求职指南》，报告显示，在“95后”大学生看来，自我成长是比待遇更值得看重的因素。对于理想工作，55.9%的毕业生选择了“不断学习新东西、获得成长”，居于首位。

“95后”大学生更看重就业质量，不只是观念上的变化，也和互联网时代对工作概念的拓展有关。互联网时代出生的年轻人，发展出来了更多的职业。比如“95后”的就业岗位中，有网络主播、声优（配音演员）、coser（动漫形象扮演者）等新兴职业。他们的就业形态也更加多样化，比如“斜杠青年”，那些拥有多重职业和身份的年轻人，在简历中需要用“斜杠”隔开不同职业；再比如“慢就业”，部分年轻人毕业后不急于找工作，或继续深造，或做自己喜欢的事……当下年轻人在就业中一反常态，某种程度上证明了观念的不断改变。

话说回来，“95后”择业更加个性化，也不太在乎工作的稳定性、连续性等，与我国经济社会的发展阶段有关。这一代年轻人，经过父母的奋斗和积累，生活条件有了显著改善。不少家庭有财力支撑年轻人就业时“三思而后行”，甚至可以负担高昂的试错成本；同时，日趋完善的人才流动机制、先进的信息技术，则为年轻人在不同岗位自由流动、随时进出搭建了“基础设施”。在这个意义上，是财富增长和社会进步赋予了年轻人更大的择业空间。

初出茅庐的年轻人，就可以更勇敢地追求自己的职业理想，从根本上讲是因为社会对自主、自由择业的接纳度、包容度更高了。“95后”不再那么热衷于去大企业、政府机关工作，更愿意找寻新的发展路径，到小微企业容身或者网上创业，是因为这些地方有机会成功，也可以承载他们的人生梦想。在当前这个时代，新的商业模式、新的职业层出不穷，给了年轻人更多选择。社会上都出现了“热干面”研究院、小龙虾专业等新事物，一部分做好了准备的年轻人闯一闯前人没走过的路，再正常不过。

找工作不再单纯为了混口饭吃，而能与自身发展兴趣结合起来，变成一种生活方式的选择，其实是每一代人都渴望的理想状态。以前，工作更多被视为谋生的“饭碗”，但这并非它的全部内涵。今天的“95后”，在吃饱饭之外更追求精神的满足，起码在价值观上是值得鼓励的。

年轻人的自我成长，本身是一个社会化的过程，不能躲进自己的小天地蹉跎岁月。为梦想远航可以，起码要懂得怎么扬帆。“慢就业”也不是不行，但不能漫无目的，甚至沦为“啃老族”。成长和梦想，终究离不开脚踏实地地努力。倘若是沉湎于一夜成名或一夜暴富，而不选择稳定的工作，甚至拒斥工作，那么等于把梦想推进坑里。

找工作是个人的事，而年轻人整体的就业情况却事关国家的未来。年轻人择业不走寻常路，这个要理解；年轻人就业多元化的同时还存在就业难的问题，也要看到。给他们试错的空间，碰壁之后扶他们一把，他们才敢于拥抱自己的天地。给他们更多支点、更大空间，国家和社会发展才会有更多意想不到的创新，而年轻人也才能不负青春，不负这个伟大时代。

（《人民日报》，2017年8月8日）

孔雀翎

◎从维熙

当前，关爱大自然和保护野生动物，已然成为多数国人的共识。之所以如此，因为人类感悟到，野生动物也是地球不可缺少的重要成员。

曾在电视中看见一帧令人心悸的画面：夏日的一天，公园里几位游人手里摇晃着几根美丽的孔雀翎。孔雀翎何以会到了游人手里？正当笔者疑惑不解时，主持人把镜头切换到了公园那几只孔雀身上。原来，那些孔雀身上美丽的尾翼都不见了，一只只孔雀竟成了秃尾巴“鹌鹑”。那场景十分扎人眼球，笔者为逃避这令人伤悲的画面，不得不关上了电视机。

静夜深思，孔雀何罪之有，为何要在它们身上拔毛？我国古代成语中，倒是曾留下“虎落平阳被犬欺，凤凰落地不如鸡”的典故，那是形容失意人在背井离乡后，身价一落千丈，受人欺压和凌辱的典故。不过，电视里那些孔雀，并没有离开公园的鸟类家园，怎么也遭遇到如此欺凌呢？想来想去，得出的结论是：个别人道德滑坡，已然没有了底线，竟然向公园里的孔雀开刀了。

那些从孔雀身上拔下翎毛的人，把彩色翎毛拿回家去，不外是插到自家的瓶罐里，试图为家舍增添光彩。可惜，公园里的孔雀，为此却无法展示其美丽羽裳了。这不仅是对孔雀的侵犯，也是对公共权益的极大侵犯。

孔雀为何物？传说中，它是天宫司舞的女神。对于天宫神话，我们可以不那么在意。然而，面对自然界中那些美丽生灵，又怎么能任意践踏呢？

《史记》记载，孔雀的故乡在云贵高原，早在两千多年前，孔雀就与中国文化结下了深厚情缘。汉时，一首《孔雀东南飞》的长诗流传千古，诗文中把焦仲卿与刘兰芝的爱恋情殇，送进了中国文学的圣殿。虽然时间已然跨越了千年，至今，安徽安庆地区还保留着焦仲卿与刘兰芝合葬的墓穴。到了20世纪，郭沫若先生又以“孔雀胆”为题，表现元末明初权力倾轧的悲剧，剧作中美丽善良的阿盖公主，吃下了父亲给她的毒药“孔雀胆”，就此饮恨离世。

如果说，这些故事距离我们太过遥远，那么，近年来，从南国走出来的

“舞蹈皇后”杨丽萍，其灵魂与美神孔雀融为一体，从她翩然的舞姿中，可以一窥孔雀与中国文化源远流长的不解之缘。

其实，笔者之所以对孔雀难以忘怀，缘于诗人公刘先生一首写于20世纪50年代的诗歌。当时，笔者正在师范学校读书，刚刚提笔抒发心志。有一天，老师出了《国庆之夜》的命题作文，笔者挖空心思，想写出天安门礼花绽放的绚丽情景，可是费了九牛二虎之力，也想不出有意象的诗句。后来，还是诗人公刘先生发表的诗作，打开了一道意象之门。他在描写天安门国庆之夜时，用了“天安门上空，孔雀开屏”之意象比喻。这个超人的想象，让我在深感自己的愚钝之余，开始了文学之路的苦苦登攀。孔雀开屏的美丽彩翼，也萦绕在我充满青春气息的脑海里，照亮了我意象萌发的心田。

因此，在百鸟中，我对孔雀有着特殊的情感。孔雀的家园在东方，期望更多国人能够为保护孔雀、净化孔雀的生存环境而贡献一份力量。祝福美神孔雀大展彩翼，为我们共同的家园增光添彩。

（《河北日报》，2017年7月28日）

说说“嘴皮子”功夫

◎文紫啸

学文之人，“笔杆子”和“嘴皮子”，犹如习武之人的拳脚，乃立身之本。文能妙笔生花，说能舌灿莲花，能写善说，方对得起“文人”的名头。不过，这两者间的地位未必相称。“笔杆子”都知是褒义，任何单位都欢迎“笔杆子”，甚至唯恐数量不够。“嘴皮子”则不然，若评价某人爱耍“嘴皮子”，只动“嘴皮子”，常含着此人华而不实、徒尚空谈、办事不牢之意。

当然话说回来，说一个人“嘴皮子”好，还是在称赞其口才出众。尤其是那些妙语连珠、自然洒脱的演讲者，众人瞩目下，凭“一嘴之力”，引得听众为之振奋、感动、欢笑或哭泣，谈笑间个人魅力尽显无余。我就十分羡慕那些出口成章的演讲者，总觉得人都有嘴一张，说出的话却有千百样，其间的差距或不止会说那样简单。

演讲演讲，演和讲二者缺一不可。所谓演，也就是舞台表现力。语言流畅度、声音语调、手势站姿，每一处都渗透着演的心思。古希腊演说家德摩斯梯尼苦练演讲，嘴含石子朗诵克服口吃，攀登高山增加肺活量，对着镜子校检姿势。这个励志的故事被不断提起，也印证了演的重要性。笔者不久前就参加了单位组织的一次演讲比赛，在打磨稿件的同时也被前辈们反复叮嘱要有些表现力。我自知不是一个在公众舞台很有表现力的人，于是连忙上网查找演讲比赛的视频，发现声音浑厚响亮是必须的，手势、神情也要跟着内容同步到位。何时抬手向前，何时举头凝望，何时握拳在胸，这一分一毫还真是见功夫。电影《国王的演讲》中，乔治六世在治疗师莱纳尔罗格的帮助下克服口吃终于发表了圣诞演讲。但这演讲还是在广播间中完成，若要面对子民众人当场演讲，乔治六世克服的困难怕是更多。

不过演讲的精髓还在于讲，声、台、形、表再棒，关键还要听你的内容是不是真的深入人心，是不是真的让人有收获。印象极深的是大学时孙正聿教授作的一次关于哲学与人生的演讲。孙教授是国内哲学研究的大家，年事虽高但精神矍铄、声如洪钟，思路清晰、旁征博引，他讲“人无法忍受单一的颜色、无法忍受凝固的时空、无法忍受存在的空虚、无法忍受自我的失落和无法忍受彻底的空白。人的这五种无法忍受，意味着人是一种超越性的存在”，“哲学的修养与创造，是人们追求崇高的过程，也是使人们自己崇高起来的过程”。他说，如果以后有志于从事学术，要“平常心而异常思，美其道而慎其行”。要懂得“人格上相互尊重，学问上相互欣赏”。尽管我后来与学术工作无缘，但这教诲让我铭记于心。所谓大师风采，往往就在娓娓道来中让你感悟到智慧的力量，让你愿意一再咂摸那些萦回心间的金句，举手投足、一颦一笑都深印于心。

只是并非所有的演讲都这般令人印象深刻，听得多了，往往发现真正有营养、有收获的演讲少之又少，多见的是空泛的高谈阔论，华美的陈词滥调，一不小心就露出花哨的包装下虚弱得千疮百孔的里子。自己也曾慕名而去或被友人怂恿同去聆听过这样的演讲，到了一听，深感被题目和名头忽悠了。曾看到一则笑谈：一位名人搭飞机到远处演讲，因为言语空洞，废话连篇，听者连连欠伸。冗长的演讲过后，他问听众有何问题提出，听众没有反应，只有一人缓缓起立问曰：“你回家的飞机几时起飞?”虽是笑谈，但如此无聊的“演讲”带来的心神煎熬却是真的。

当然有的演讲并不沉闷无聊，反而现场热烈，拥趸甚多。比如前些年盛行一时的成功学大师、国学大师的演讲。动辄千人的场子，要么是西服革履的男子如同打鸡血般高喊成功“秘诀”、兜售致富良药；要么是身着古服的“大师”，告诉你《道德经》《周易》是企业管理的“圣经”，将一些人尽皆知的古文生拉硬扯出企业治理、经营人脉的深意。这些演讲往往初听感到新奇，细一琢磨便知多为无稽之谈。缺少真见识，没有真营养，甚至用胡编滥造来哗众取宠，顶多算是一场表演，听听尚可，若将全篇内容奉为圭臬，实殆矣。

可见，好的“嘴皮子”，需要我们心中有根博闻广识的“笔杆子”，有双兼听善学的“耳根子”，更要有个逻辑严谨、条理清晰的“脑瓜子”。练好这“嘴皮子”功夫，还是一项顶复杂的工程呢！

（《人民日报》，2017年7月22日）

红尘相看

◎王鼎钧

人常说“看破红尘”，陈楚年说“被红尘看破”。

“看破红尘”是老生常谈，“被红尘看破”就是自铸新词了。人生在世一直为红尘察看而不自觉，猝然说穿，有惊艳之感。

想吾人呱呱坠地即被红尘盯牢，“头角峥嵘”“啼声洪亮”等词语，即是明显确凿的证据。进入社会，老板“用人之智去其诈，用人之勇去其怒，用人之仁去其贪”。然后……红尘一直看你看到末日。

谈到“末日”，想起婚礼丧礼的场面，戚族世姻各路关系济济一堂，大部分人目光炯炯而面无表情。他们来干什么？他们是红尘，来看你，看你的气色、时运、排场，看某公有没有亲自到场，看礼簿上收了多少钱。孟子评论葬礼，有“吊者大悦”之语。4个字泄露了秘密，人家死了人，你高兴个什么劲儿？这并非有新仇旧怨，而是通过办丧事对某人看好，给一个满分。

记得当时我年纪小，大概10岁。学校里演话剧，我在一旁看，训育主任塞给我一把铜元。一对衣衫褴褛的老年夫妇跪在舞台上，诉说日本军队怎样毁灭了他们的家。训育主任给我的任务是当老人说到最激昂处，掏出铜元来撒到舞台上。

那时年纪小，事过也就忘了。年终，成绩单发下来，我的操行是“特优”。依照规定，学生必须以行为表现品德，并经学校贴出布告来表扬，才有条件进入“特优”之列。我并没有。所以，父亲觉得奇怪。

父亲去拜访训育主任，探听“特优”的来历。我这才知道训育主任把铜元交给我的时候，记下了数目，等演员把散落在舞台上的铜元捡起来，他在后台清点了数目，发现铜元一个也没少，我全慷慨地“施舍”了。他很满意。

多年后回想起这件事，才意识到人生在世一直被测试、被估量、被猜防，从出生之日人家听到你的啼哭开始，直到吊者大悦或者为吊者所不屑。孔夫子，有时也是一片红尘而已，他说“后生可畏，焉知来者之不如今也”，他盯上你了。“四十、五十而无闻焉。斯亦不足畏也已。”他把你看“破”了。每次读孔子的这段话，我常想起“黔驴技穷”的故事。贵州的老虎没见过驴，起初看不透，以为是什么神怪，经过一番试探，乃大喜曰：“技止此耳！”结果，老虎把驴子吃了。

其实，“四十、五十而无闻焉”也没什么，只是人还得继续活下去。我的一位老上司曾用“风马牛”三个字来形容“人在红尘”的三个阶段。

第一阶段：风华正茂、马到成功、牛刀小试。

第二阶段：风头出足、马屁拍足、牛皮吹足。

第三阶段：风烛残年、马齿陡增、牛衣对泣。

到这第三阶段，人自然已被红尘看破。大概也就在这个时候，人也就看破了红尘。中国有敬老的传统，但也有“寿则多辱”的名言。多辱者何？红尘向你泼冷水、划界限也。有人为了趋吉避凶，提前看破红尘，以为得计，不幸的是这也并非上策，你抢先看破它，它也立刻跟上来看破你。因此人生在世，总要对红尘“破而不看”，对人喊着“相公厚我”，拖一天算一天，虚应故事，虚张声势，把“大限”尽量延后。

人生在世，压力沉重，所以道家说“劳生乐死”，佛家说“苦海无边”，耶稣说：“凡劳苦担重担的人，可以到我这里来，我就使你们得安息。”时至今日，教堂也非安息之所，你进去以后也许会更累。所以酒馆、戏院无可取代。连丘吉尔都说“酒馆关门时，我就走”，酒馆已打烊，只好离开，可以想见其间的踽踽凉凉。

中国人常说安身立命，什么是安身立命？我看就是与红尘相安，我不破你，你也破不了我。

（《青年博览》，2017年第15期）

书当读在未用时

◎魏　寅

苏东坡担任翰林学士知制诰期间，拟了数百道圣旨。这些圣旨妥帖工巧、铿锵有声，引经据典、譬喻丰富。后来，苏东坡的继任者洪某对自己的文才颇为自负，遂询问当年侍候苏东坡的老仆："我比苏东坡如何？"老仆回答："苏东坡写得并不见得比大人美，不过他从不用查书。"

俗话说，书到用时方恨少。提笔写文章时，有足够多的书籍资料可供查阅，已属难得；不用查书就能下笔，更为难得；若不用查书还能把文章写得出类拔萃，境界自然又高出许多。苏东坡之所以能做到这一点，是因为他平时注重积累，让书本上的东西深深刻印于脑海。这正印证了一首诗所言："读得书多胜大丘，不须耕种自然收。"

会读书，书如甘草；不会读，则书如干草。现实中，有的人恨不能"聚天下之书而藏之"，把书橱塞得满满当当，然而真到用时，却不知从何查起。实际上，藏书不难，能读为难；能读不难，能记为难；能记不难，能用为难。处身快节奏的现代生活，不少人习惯了浅表化、碎片化阅读，能常翻翻书已属不易，更别说"能记""能用"了。正因为如此，有的人一到写作就临时抱佛脚，随意东拼西凑，甚至临渴而掘井，凡事从头学起。究其根源，恐怕不在于平时没工夫读书，而是懒于阅读、缺乏思考。

读书切忌心慌忙，久久为功见真章。要想避免"平日里储备不够、写作时弹药不足"，就应日积月累、勤学不倦，下一番涵泳之功，在阅读中沉潜蓄力。徐特立曾把学习生动地比作打仗：一要"攻坚"，掌握核心知识，往深处钻研；二要"掠野"，涉猎各种知识，向广处延展。不论攻坚还是掠野，关键都需要具备积极主动的态度。反之，如果闭目塞听、固步自封，等到写作任务兵临城下了才去翻书，结局只能是仓促应战，甚至缴械投降。

今天，人类已经进入知识大爆炸的时代。当知识的保质期越来越短、思想的折旧速度越来越快，一个人倘若不读书不学习，面临的将不止写作慌乱那么简单。其实，无论素质基础多好、职级职称多高，个人的知识、本领，并不会随着时间推移而自然增长。对个体而言，倘若缺乏危机感和忧患意识，不能自觉更新知识结构、提升能力素质，一旦遭遇棘手的矛盾问题、困难挑战，就可能陷入少知而迷、不知而盲、无知而乱的困境，更遑论跟上节拍、勇担重任。

马克思曾谈到，自己喜欢做的事是“啃书本”。也正因为如此，他的学问博大精深，“他的头脑就像一艘生火待发的军舰，只要一接到命令，就能够立即驶向任何思想的海洋”。涵养“书卷多情似故人，晨昏忧乐每相亲”的阅读气质，追寻“衣带渐宽终不悔，为伊消得人憔悴”的读书境界，我们就能沐浴在思想的阳光中，为生命不断增加厚度，让人生更显从容。

（《人民日报》，2017年7月28日）

胆怯的意义

◎毕飞宇

有一次我与一位盲人聊天，他说，我们有个共同的特点：胆小。他为此感到羞愧。我祝福了他。他很奇怪，胆子小有什么可以祝贺的？我说，胆怯的意义重大，它是具有生命意义的一个心理特征。

我儿子七八岁的时候胆子就很小，每当他感到恐惧的时候，我会把他拉到一边，说："孩子，恭喜你，你真了不起，你成长了，你有恐惧感了。"儿子最初非常吃惊，他问我，为什么所有的老师都鼓励他勇敢，而我却为他的胆怯感到自豪。

我说，恐惧太重要了，如果你在大白天爬山，你也许能健步如飞，可是，如果是在夜里，当你对外部世界失去判断的时候，你的胆量自然就小了。这是必须的，这就迫使你的每一步都要小心翼翼。如果你在黑夜里爬山也像白天那样健步如飞，你一定会掉下去。这说明了什么？说明了老天爷对我们的爱护，他给了我们一个无比重要的礼物，那就是胆怯。胆怯是上天对生命的提示，它让你保护自己，让你自珍自爱。

人是要往前走的，在往前走的时候，勇气当然很重要，但是，我们首先要弄清楚一个问题：你的勇敢是不是盲目的？生命从不孤立，它和周围有千丝万缕的联系。在这些联系里，有些有益于生命，有些却有害于生命，这就需要我们有理性、能判断。当我们理性地处理了困难，再鼓起自己的勇气，我说，这叫勇敢。相反，你毫无理性，只是草率行事，你只是盲目，我要问：这样的勇敢有什么意义？

恐惧的意义就在这里，它让你停下来，先分析一下外部的局面，找到障碍在哪里，再寻找克服障碍的方案，然后再去行动，这才是有价值的。说到这里我就想说，我们的教育有问题，它不尊重恐惧感，并让胆怯成为道德上的瑕疵，这个很有害。不尊重恐惧感就是不尊重人类的心理，也就是不尊重科学。一味地强调勇敢是盲目的，在我看来，鼓励盲目就是对孩子们的犯罪。

你们也许要说，盲人看不见，所以胆怯是可以理解的，我们是健全人，我们什么都看得见，我们为什么要有恐惧感？我想反问一句：你真的不是盲人么？你能看见你的后脑勺吗？你看不见。这就叫局限。

这个世界上有许多声音，我们听不见，狗却能听见；这个世界上有许多气味，我们闻不到，猫却能闻到；这个世界上还有许多特殊的颜色，我们看不见，鸟却能看得见。简单地说，科学已经告诉我们，这个世界上的许多信息我们人类根本捕捉不到。还有一点更重要，许多精神我们是领悟不到的，许多理念我们是领悟不到的，许多思想我们也是领悟不到的。我们不要以为自己什么都知道了，什么都领悟到了，然后，无比勇敢，无比莽撞，一哄而起，一哄而散，这就比较要命。我们应该对这个世界再谦卑一点，不要那么自信，不要以为我们真理在握。我们每一个人都是有盲区的，这是我写完《推拿》之后最大的感受。

写完《推拿》，我在精神上是有成长的，一本书实在不算什么，我最大的欣慰就是，我心平气和地承认了一件事：我就是个残疾人。在这个世界上，有许多我看不见、听不见、闻不到的东西，还有许多我这一辈子都无法领悟到的东西。夏虫不可语冰，我就是那只夏虫。当然，遗憾也有，作为一个“残疾人”，我尚未建立起一个与残疾人相匹配的心理：我的恐惧感依然不够。

既然每个生命都是有局限的，那么，心平气和地告诉自己吧，举头三尺有神明。而一个好的社会，应该动用一切社会资源，让它的人民免于恐惧，而不是无视恐惧并藐视恐惧。

（《新华日报》，2017年7月7日）

刘震云为何说我们最缺“笨人”

◎张　丰

最近，1978年河南省高考状元刘震云回到北大，为北大国家发展研究院的毕业生作了一场演讲。这场演讲的题目是“我们民族最缺的就是笨人”，赢得了多次掌声。

无疑，台下坐的都是这个国家最聪明的头脑，未来的“知识分子”，刘震云的寄语，可谓意味深长。刘震云所说的“笨人”到底是指什么？他讲了两个亲人故事。

第一个是他的外祖母，身高只有一米五六，但却是方圆几十里割麦子的“头把镰”，速度特别快。她的诀窍是；割麦子的时候腰弯下去后，就不再直起来，一直埋头收割。弯腰割麦，是最痛苦的农活儿之一，如果你直起一次腰，就会直10次。你会割割停停，速度当然就慢了。

第二个是他舅舅刘麻子的故事。舅舅是个木匠，他做的箱子、柜子是周围40里最好的。舅舅打心眼里喜欢木匠这种活路，别人看树是树，他看到一棵树，心里想的却是“要是能给女儿做嫁妆该多好”。他看到的树是木工的材料，这说明，他对工作的思考已经有了某种哲学味道。

把个人故事上升到整个民族国家的精神，刘震云还拿树做比喻：中国马路两边很多杨树，杨树长得快；而欧美发达国家则多是长得比较慢的松树、楠树。由此，刘震云寄语北大毕业生：“树要种松树，做人要做刘麻子；举起你们手里的探照灯，照亮我外祖母没工夫直腰的麦田。”

刘震云希望在座的北大学子更有耐心（像松树而不像速成的杨树），希望他们能像刘麻子一样勤于思考，希望他们像外婆一样埋头苦干，同时保持某种责任感——照亮麦田。在这里，麦田显然是一个隐喻。

“笨人”的对立面是“聪明人”。可为何我们族群中“笨人”少，而“聪明人”多呢？这是因为在现实中，“笨人”容易吃亏，“聪明人”却利用了一些投机取巧的手段，迅速获得了自己想要的财富、资源或者名声。“聪明人”讨巧，

“笨人”吃亏，而社会舆论总是站在“聪明人”一边，久之，就没人喜欢下苦功夫，做“笨人”了。

在我们这个时代，到处都是“聪明人”。“聪明人”割麦子，哪会像外婆一样出那么多力？“聪明人”也没什么耐心等待松树的成长。现在一些城市的“聪明人”，甚至都没耐心等待杨树成长，他们在道路两旁种树，哪一种流行就栽哪一种。但是，我们时代的症结正在于“聪明人”太多了，多到已经有了泡沫。“聪明人”太多的社会，必然是浮躁的。

刘震云说的“笨人”，有点像理查德·桑内特所定义的“匠人”：专注于事物本身，“为了把事情做好而把事情做好”。“笨”意味着没那么迫切地想得到结果，我们不但缺少“笨人”，有时也缺少“笨办法”。最近，上海电影节的一个主题讨论，就是呼唤用工匠精神来应对国产电影的质量危机，可见，在不同的领域，人们都发现了专注的“笨人”是稀缺的。稀缺意味着价值，也许属于“笨人”的时代就要到来了？

（《新京报》，2017年7月4日）

偏 见

◎邓 刚

若干年前，如果看到路灯下坐着4个男人打扑克，我没有任何感觉，要是看到4个女人坐在那里打扑克，我就会觉得有点“太不像话了”。这应该说是偏见。若干年前，我要是看到女人嘴里叼着一支香烟，立即就会反感，联想到电影里暗杀列宁的女特务……当然，这更是偏见。今天坐在客厅里的女人，倘若指间夹着一支香烟，我肯定不会产生女特务的联想了。

生活五彩缤纷，五花八门，总是轰轰隆隆而且变化多端，这使我的见解往往就乱了方寸，有时从偏见走向“正见”，但有时也会从“正见”走向偏见。记得在安装公司当工人时，看到某领导骑着自行车下工地，中午也端着饭盒，与我们工人一起在食堂窗口前排队买饭，我心想，这个干部挺优秀，不禁对他高看一眼。多少年过去，如果我看到某个干部依旧这样，心下就会有些疑问：怎么会这样呢？是不是在作秀？

周末亲友们聚会，大家围着才五六岁的小外甥女赞叹不绝，说她聪明伶俐，绝对是神童。我开始以为小外甥女会唱歌跳舞，或是会背诵唐诗宋词。但上前了解才知道，原来是她在幼儿园交了一个“相亲相爱”的“男朋友”，而且两个小家伙还相互喊对方的父母为“公公婆婆”“岳父岳母”。前不久，那个“男朋友”因搬家而去了另一家幼儿园，和她“分手”了。于是大家围着小外甥女开心调侃，问她是否会伤心，是否会对离去的“男朋友”思恋，令我惊异的是，小外甥女一本正经地回答，用不着伤心，因为她有“备胎”，也就是还有二号、三号“男朋友”在排队呢。亲友们乐疯了，纷纷拍手为“备胎”二字叫绝，又啧啧地喊“神童神童”的。我虽然也随声附和，却暗暗感到她不但不像神童，还有点像小人精。一些亲友见我的反应不太热烈，就撇着嘴笑我老思想、老古董，再也写不出受现在读者喜爱的小说了。

我家旁边有座小洋楼，住着一老得不能再老的老爷子，他不仅四肢僵硬，连五官也僵硬，即使见了熟人打招呼，眼睛转动一下也很困难。所以走路必须由儿女两个人搀扶，完全像在搀扶一具沉重的塑像，使任何人看到这个景象也会不由自主地感到吃力。据说老爷子坚持每天都要下楼散步，逼得女儿甚至辞去工作，儿子在单位请假来护理他，为此，我对老爷子的儿女充满敬意。因为无论风雨阴晴，你都会看到两个儿女艰难并亲切地搀扶着老爷子，在楼间的花园里一步步挪动。后来我知道，这个老爷子是科学院的院士，退休前是一家科研部门的权威，就愈发敬重有加，如此重量级的人物，有着如此孝顺的儿女，真可谓幸福。

一个阴冷的下午，我又看到那对儿女搀扶着科学家老爷子散步，就情不自禁地发出赞叹。没想到几位邻居大妈却嘲笑我："亏你还是个作家，净看表面现象！"见我有点儿纳闷，她们就七嘴八舌地告诉我，你看那哪是儿女搀扶老爹，分明是在搀扶"活期存折"呀！你想想，这个老爷子退休后，享受非常高的待遇，一个月有好几万块钱收入呢！活一天就上千块，儿女们就怕他死了呀……我呆若木鸡地站在那里，任老大妈们冷嘲热讽。我本想大声辩解，因为我不相信如此亲切如此孝顺的动人画面，后面是金钱在支撑。然而，我还是陷入沮丧之中，有一种上当的感觉，似乎是被一个精心编织的骗局戏弄，我甚至有些伤自尊。突然，脑海里涌出一个问号：假如这个风烛残年的老爷子是个没有退休金的农民，从穷苦的农村跑到城里来求助儿女供养，会得到儿女们这种亲亲切切、无微不至的照料吗？

呜呼，是生活出了问题，还是我的脑袋出了问题……

（《今晚报》，2017年5月13日）

学问属于博览群书的人

◎邓伟志

曾有一阵子人们把“秀才不出门，便知天下事”当贬义看。在教条主义盛行的情况下，为了强调直接经验，贬它一下也未尝不可。不过，真正客观地说，“秀才不出门”也确有“便知天下事”的时候。没上过火星的人怎么能知道火星上至今还有流水的痕迹？那肯定是从书本上看到的。今人谁也没有跟司马迁聊过天，没请司马光品过茶，如何能确认历史上肯定有这么两位了不起的史学家？还不是从书本上看到的！学问属于博览群书的人。人的知识有直接知识，也有间接知识，大部分是从书中得来的间接知识。

因此，从古至今人们都十分强调读书。古人提倡“读万卷书，行万里路”，古人奉劝人们“门对千竿竹，家藏万卷书”。这万卷书往哪里放？那就不能不办个书斋了。书斋是文化的载体。书斋建设的状况从来都是文明度高低的标志。在20世纪三四十年代，在中国共产党领导的陕甘宁、晋察冀革命根据地把每年的“五月五日”定为学习节。今天在一些省市也都有读书节。“人均购书量”和“人均借书量”如今仍是评比文明城区的权重颇大的两个指标。

现在有人喜欢从互联网上获取知识。互联网固然是当今的一个不可缺少获取信息的途径，可是别忘了，互联网上的大量知识是从书本上移植过来的。从二者关系这个角度说，书本是源，互联网是流。要知道，跟《史记》和《资治通鉴》本是从竹简、帛书流入纸质一样，今天又从纸质的《史记》和《资治通鉴》正在流入虚拟世界。喜欢刨根问底的学人岂能不问源在哪里！岂能弃源而逐流呢！别以为《不列颠百科全书》被互联网取代了，就以为书斋可有可无了。纸质的《不列颠百科全书》版本依然是书斋、书库里的善本书哩！在今后一个相当长的时间里，将是互联网与书斋、书库交相辉映。

正因为能从书斋中找到推进经济建设、政治建设、文化建设、社会建设和生态文明建设的捷径和高招，眼光敏锐而远大的朱亚夫先生几十年如一日孜孜不倦地研究书斋。他纵观古今，著作甚丰。在这本新书《名人与书房》中，他又写了100多家各有千秋的书斋，琳琅满目，美不胜收。从《名人与书房》中，我们可以看出书斋的分类，书斋的功能，书斋与人类的关系，可以找出书斋演化的规律。

目前，举国上下正在流行的位居“五大理念”之首的是“创新”。要知道，任何创新都是“站在巨人的肩膀上”更上一层、数层楼。这“巨人的肩膀”不在别处，都在书斋中。2015年获诺贝尔医学奖的青蒿素的发明，其出发点也是从古医书中走出来的。愿我们发扬古人“头悬梁，锥刺股”的精神，认真埋头于从实践中冶炼出来的书本，实现万人创新、大众创业。

（《新民晚报》，2017年6月26日）

阅读，让中国更有力量

◎朱永新

在《阅读力》一书中，聂震宁先生基于多年的思考与实践，提出了“阅读力”这一概念。

在我看来，阅读力是一个充满张力的概念。在国际上，包括中小学生的PISA测验等指标性评价中，阅读能力一直是最为重要的项目之一。可以说，阅读力与“智商”“情商”“财商”等概念一样，也是现代人特别需要提升的能力。从更大层次上看，阅读力不仅是一个人的阅读能力，也是社会整体的阅读水平，因而关系到国家、民族的竞争力。

近年来，党和政府高度重视阅读。习近平总书记多次强调领导干部要加强读书学习，要爱读书、读好书、善读书，“真正把读书学习当成一种生活态度、一种工作责任、一种精神追求”。今年的《政府工作报告》再次提出要大力推动全民阅读，这已是“全民阅读”连续第四年被写入《政府工作报告》。而《全民阅读促进条例》，也有望年内正式颁布。提升全民的阅读力，之所以能逐渐成为全社会的共识，正是因为阅读力是一种根本的素养、基础性能力。

阅读力就是精神力。一个人如果没有一定的阅读能力，就很难从精神上得到更多智慧的滋养。可以说，一个人的精神发育史，就是他的阅读史。阅读是一种精神生活，可以提高人的精神力，这影响到对生活意义的理解、人生价值的实现。无论是一个人，还是一个国家或者一个民族，阅读都是精神发育和文化传承的基本途径。

阅读力就是凝聚力。共读共写，一起交流，才能拥有共同的语言和思想，拥有共同的愿景和价值，这样的文化共同体，让一片土地上的人们不会成为生活在同一个屋顶下的陌生人。所以，阅读力也是一个国家、民族凝聚力的重要源泉，一个阅读率低下、阅读力不足的民族，难以在当下世界立足，也难以引领人类的明天。

阅读力就是竞争力。我很喜欢《朗读手册》一书里的一句话：“阅读是消灭无知、贫穷与绝望的终极武器，我们要在它们消灭我们之前歼灭它们。”对于个体来说，阅读是学习的工具，而学习是成功的途径。对于国家、民族来说，在知识快速累积、科技突飞猛进的当下，阅读力意味着对人类智慧经验的搜集、整合和应用，意味着创新能力的培养。所以我们发现，国家越重视阅读教育，国民的阅读力就越好，整体素质就越高，国家的竞争力也就越强。

阅读力就是幸福力。真正的幸福是心灵的宁静与充实。阅读需要专注，在知识的积累之外，也是一种精神的修行。通过阅读感受书香，能满足人类的内在需求，使人获得精神上的陶冶与升华，拥有更充实、更丰盈的生活，从而增加幸福感。书香的涵养，也能形成一个社会的氛围、一个时代的气质，让喧嚣的沉静下来，让浮躁的厚重起来。

阅读最大的意义和价值就是“改变”。我坚定地相信：阅读，让中国更有力量！

（《人民日报》，2017年5月26日）

信口无腔

◎朱大路

一

同治三年（1864），90多岁的董光乾中了进士。但他不是考中的，而是慈禧看他年纪太大，叫他别考了，恩赏给他的。

有人分析说：一、这不属于“买官卖官”；二、属于赤裸裸的权力干涉，说明科举制度下的选拔并非绝对公正；三、体现了慈禧对读书人的人性关怀；四、董光乾有“活到老、考到老”的百折不挠精神；五、董光乾靠“没有功劳也有苦劳”来博眼球；六、使更多年老的考场失意者骤添了靠年龄来投机的幻想……

这就是事物的多义性。多义性符合世界的本来面目。相比之下，那种“非此即彼”“非黑即白”“不是革命，就是反革命”“不是无产阶级，就是资产阶级”之类，是不是太简单了一点儿、太图省力了一点儿？

二

诗人的话，让我寻思一时；哲学家的话，让我品味一生。

同样是写人的颈脖，斯宾塞描写道——“她的颈脖香如楼斗菜令人心醉”；柏拉图议论道——颈脖之所以长在头颅（理性的住所）与胸脯（情绪的住所）之间，是为了避免把理性与情绪混在一起。

多亏柏拉图当年舍弃诗歌而选择了哲学。他的“颈脖论”，是古往今来对人的颈脖的最深刻、最别致的概括！

三

——比如赵烈文。他被曾国藩看中，重金邀请入幕，并请他“参观驻扎樟树镇的湘军水陆各营”。一般人早就受宠若惊了，但他参观后却说：“樟树陆军营制甚懈，军气已老，恐不足恃。”

5天后，传来了湘军某部在樟树溃败的消息。

——比如曾国藩。他受清廷重赏，屡屡被擢拔，多次受到那拉氏召见。一般人早就感激涕零了，但他发现慈禧、慈安“才地平常，见面无一要语”，“皇上冲默，亦无从测之”，“余更碌碌，甚可忧耳”。（均引自《曾国藩九九方略全鉴·冰鉴》）

他默认了赵烈文关于清朝垮台不出50年之论。

40多年后，清朝倾覆了。

这是柏拉图“颈脖论”的胜利！正是赵、曾二位挺直的颈脖，让他们“避免把理性与情绪混在一起”，从而目光如炬、料事如神！

四

也不是所有的料事如神，都能让人信服。

这两天的网上，有人在推荐姜子牙的《乾坤万年歌》。姜老先生真是好眼力，3000年前就预测到后来一个个朝代的兴衰，以及各由哪个姓氏的主儿来掌权，仿佛“唐宋元明清”的顺序，都由他拍板决定。甚至还预料到清朝之后，国民政府定都于南京。

接下来，接下来为何不说了？干脆把今后几百年的轨迹透露一下，也好让大伙儿心明眼亮。

推荐的人诠释说：“后面预言部分，经考究很可能被打乱了……还有待高明之士去整理。”

我并非高明之士，却也识破：这《乾坤万年歌》，是后人假托姜太公之名所伪造。之所以不继续“唱”下去，绝非“被打乱了”，而是谁也算不准将来的子丑寅卯，包括伪造者自己！

五

50年前，我们这块土地上爆发过一场革命。

“革命无疑是天下最权威的东西。”这一命题，当然是不错的。但还有一个命题，同样是不错的：“真理是时间的女儿，不是权威的女儿。”

权威不一定代表真理，真理是由时间判定的。符合实践的认识，才谈得上是真理。50年过去了，必须否定那场革命，早已形成了清晰的认识，“时间的女儿”已经长得结结实实、扳不倒了，那么，又何必费神费脑，再来个撕裂、再争个不休？

六

命题！命题！天上有多少星星，人间就有多少命题！

人是第一重要的——伯里克利的命题。人的本性在于思想或理性——笛卡儿的命题。追求个人幸福或快乐是人的本性——洛克的命题。人人生而平等——杰弗逊的命题。凡压毁人的个性的都是专制——密尔的命题……

瞧这些命题，一个比一个深入，越来越把“人”当回事了。于是乎，一个新的命题，自然而然蹦了出来——

“‘人’字越写越大，是社会越来越进步的标志！”

七

聆听专家的高论——例如军事学家谈战争，经济学家谈市场，历史学家谈古昔，哲学家谈宇宙——有时会让人有迷失感。

作家怎样？作家本身就是干着虚构的行当，雾迷津渡也好，烟锁楼台也罢，都属于文学的境界、题中应有之义，总不会让人有疑惑了吧。

不料这回鲍勃·迪伦获诺贝尔奖，“一批中国作家，在基本上没读过迪伦作品的前提下，就能喷发出那么多意见，说明了我们这个文明时代迷失的深度”（引自《南方周末》所刊李皖的文章）。

这就不仅是迷失，而且形成深度了。

八

赋予“痛苦”一种意义。“痛苦”意义的个人化。回归意义：意义的意义。回归无意义：无意义的意义。无意义的界限。从无意义到内在性……（见《论痛苦》）

当“痛苦”在西方形成一种文化，名词术语堆积如山，被人当作一门学问来传授时，我倒是赞成那位在课堂上拂袖而去的学生所扔下的一句话——

“这些东西辩来辩去有什么用？什么也比不上去给挨饿的人送点吃的来得实在！”

九

“人们有理由活着，就有理由遭受痛苦。”

此乃平平白白的一句表述。但逻辑不能就此止步，而应该继续下去——“有理由遭受痛苦，就有理由揭示痛苦。有理由揭示痛苦，就有理由结束痛苦。”

倘不如此，遭受痛苦就会永远成为人们活着的理由。

特别是，“痛苦要是成为一种有利可图的投资，人们就因此有可能在痛苦上打主意。”——贝尔特朗·维尔热里警告说。

“投资痛苦”，听起来匪夷所思，其实早有人在跃跃欲试了！

十

成了既得利益者，便不肯失去利益了。为了往上爬，便塞钱买官了。欲牟取暴利，便一手毁约了。想损害别人，便散布谣言了……

道德沦丧，让人沮丧。

人遵从道德要求，一要靠法律调节，二要靠良心调节——英国人约翰·密尔的药方，19世纪开出的。“良心感”是“功利标准”的“制裁力”——他说。

法律够不到的地方，良心来帮忙。

十一

“良心发现”，“良心发现”，我们只知道给你扣帽子，你却替我们清扫污浊！

明末儒生刘宗周，“燃一炷香，放一盆水，置一蒲团，交趺齐手，屏息正容，于静坐中默想：自己本人，但一朝跌足，便为禽兽。于是开始反思自己近来有无过错，运用条目，一一对照，直到错误显现，邪念去尽，却成人之本来真面目。”（引自卢敦基文章：《古代儒生怎样开展自我批评》）

而“多取”“滥受”“居间为利”“献媚当途”“躁进”“交易不公”“拾遗不还”等等等等，近百种行为过错，一概归入应革除之列。

“一朝跌足，便为禽兽”——多么经典的“良心发现”！

这样的经典多了，世界就开始干净了。

十二

“牧童归去横牛背，短笛无腔信口吹。”

你比我潇洒呀，牧童小兄弟！我欣赏你的怡然自得，我羡慕你的“信口无腔”！哪天，约个时间，在这青山绿水间，让牛儿在一旁闲适地吃草，咱们合个影，聊聊天，让疲累的人生，显示一点优哉游哉……

（《杂文月刊》，2017年9月下）

“波澜”与“淡定”

◎赵汀生

前些日子是杨绛女士逝世一周年，许多人又忆起那些充满人生大智慧的话语：“我们曾如此渴望命运的波澜，到最后才发现：人生最曼妙的风景，竟是内心的淡定与从容……我们曾如此期盼外界的认可，到最后才知道：世界是自己的，与他人毫无关系。”“保持知足常乐的心态才是淬炼心智、净化心灵的最佳途径。”老人的“淡定”和“知足常乐”，受到不少人激赏，大有相知恨晚和人生顿悟之感。亦有人云：“杨先生努力奋斗一生，到头来却是安逸的人生观占了上风。人生苦短，何必折腾，凡事不必太过在意、认真，过得去就好。”如此解读杨绛，颇引人思索。

其实，要谈好人生并非易事，倘若波澜不兴，又怎知淡定的可贵？杨先生出于名门，与大才子钱钟书结为连理，学贯中西，行走两个世纪，跨越新旧中国，才华横溢，著作丰裕，其人生跌宕起伏，历经波澜，构成一道“曼妙的风景”。她对人生的感悟，是筚路蓝缕后的朝花夕拾，更是“得道成仙”后的俯瞰人间，超越了名利上的“得”与“失”、“进”与“退”、“烈”与“淡”，也不是成功者的矫情和无病呻吟。她所谓的“淡定”，该是人生的一种境界，而非对消极的认同乃至向往，亦非对曾经历波澜而感到不值和后悔。她说过：“一切快乐的享受都属于精神，这种快乐把忍受变为享受，是精神对于物质的胜利，这便是人生哲学。”其积极的人生观跃然纸上。

杨先生在《走到人生边上》中写道：“我正站在人生的边缘上，向后看看，也向前看看。向后看，我已经活了一辈子，人生一世，为的是什么呢？我要探索人生的价值。向前看呢，我再往前去，就什么都没有了吗？当然，我的躯体火化了，没有了，我的灵魂呢？灵魂也没有了吗？”我想，灵魂若是有的，那大约就是杨先生要探索的“人生的价值”，而积极的人生观，是实现人生价值的基石。

如果说人生是一条路，那么我们都是路上的过客，该怎么走呢？有两句话说得好：“不论狮子还是羚羊，都要奔跑；不论贫穷还是富有，都要去奋斗。”“人最可悲的是在本该奋斗的年纪却安逸而不自知。”爱因斯坦也说过：“我从来不把安逸和快乐看作是生活目的本身——这种伦理基础，我叫它猪栏的理想。”消极的墙砖，不论怎么精雕细砌，也垒不成瑰丽的生命殿堂；红尘中人若一味奉出世之淡泊为清高，便抹不去矫情的色彩。人追求一生过一种平淡寻常的生活，这无可非议，也有人说，我的人生哲学就是得过且过，随遇而安，所谓人各有志，这当然也是一种人生选择，但倘若说这样的想法是以杨绛先生的话为依据，则似难苟同。

作为社会前进的一种动力，积极的人生，多会激起波澜，但这并非必然与淡定相斥——即使波澜再惊，风光再险，心灵也可保持平静、纯净、高贵。追崇无为之道，怀揣一颗平常心，亦不可与虚度画等号——尽自己的心力，使社会和他人多得裨益，而非扑身名利场，总为个人荣辱得失而纠结。

知足常乐，可以使人神安气定，身心平衡，乃人生大智慧，若不谙此道，官大官小，没完没了，钱多钱少，都是烦恼。然知足常乐不等于消极常乐。所谓“知足”者，一是“量力而行”，不违背客观规律，去做超出自己所能之事，去追逐根本不可能圆的梦；二是“为在知前”，若某君突然捡到一个金娃娃，于是就天天那么乐着，不再有所追求，此非知足，傻乐而已。有了经付出而获得丰收的“足”，才谈得上真正的“知”。一个人如果尚未“有为”，便追崇“无为”，缺乏锐气，畏惧坎坷，就自以为在杨先生的语录中找到了“知足”的依据，理直气壮地秀起“常乐”，偷起懒来，焉能贴上“智者”的标签？

（《光明日报》，2017年6月2日）

要守住内心的火焰

◎刘　瑜

“任何时候我们都不应该变成坏人，是吗？”电影《末日危途》里，孩子这样问爸爸。

“任何时候。”爸爸答。

与好莱坞其他灾难片相比，《末日危途》最大的特点就是毫无希望。在《天地大冲撞》里，人类靠聪明才智击毁了撞向地球的彗星；在《后天》里，被淹没城市的幸存者最后转移到安全的地方；在《地心抢险记》里，科学家们最终逆转了紊乱的地心磁场……但是在《末日危途》里，阳光已经消失多年，庄稼和树木不再生长，建筑纷纷腐朽，人类几乎灭绝，剩下的“人”已经不再是人——他们像动物那样四处翻找越来越不可能找到的文明时代的遗剩食物：一瓶可乐、一盒罐头……在不能找到这一切时，他们吃人。

在一个毫无希望的世界里，善还是必要的吗？在生命本身都不再有意义时，“做个好人”还有意义吗？

电影里的大多数人以行动做出了回答：像其他动物一样，他们瞪着血红的眼睛，被永恒的饥饿驱使，将眼里的世界分为食物与非食物。他们急迫地向食物扑去，哪怕这个食物有一颗跳动的心脏，跟他们说一样的语言。

但是主角父子的选择不同。他们宁愿饿死也不吃人，甚至碰到垂死的同胞时，孩子坚持说：“爸爸，给他一瓶罐头吧。”

“你必须守住内心的火焰。”这是父子间的约定。

但是，为什么要“守住内心的火焰”呢？为什么要追求美好呢？

我曾和一个信教的朋友就道德的起源进行辩论。在他看来，人类的同情心、爱的意愿、对美好的向往是如此神秘、如此顽强，只能用“神意”来解释。比如所谓“自然权利”，哪有什么“自然”呢？天上怎么会掉下来权利呢？当人们诉诸“自然”时，实际上是在诉诸内心深处的“上帝”。我说，道德哪有什么神秘之处，它完全可以从达尔文主义的角度得到解释：人与人之间一定程度的友爱和善意是一种集体生存策略。“团结就是力量”，这种策略经过几百万年的进化，慢慢内化为一种本能的情感。这和上帝有什么关系呢？

看完《末日危途》，我突然想起这场辩论，并意识到自己的逻辑是多么可怕——也许正确，但是可怕——如果善是一种求生策略，那么恶其实也是。如果都是求生策略，那么，难道善恶在本质上没有区别吗？难道将罐头分给濒死老人的孩子，与那些捕猎同类的食人者，没有区别吗？

不对。

所以《末日危途》本质上是一个哲学考问，直指人类在生存困境面前的道德虚空。把电影里的极端性去掉，它所暴露的就是我们当下的生活本身。它追问每一个人：如何从生命的虚空里打捞“善”的意义？“内心的火焰”，这火焰来自哪里，又为什么在心中噼啪作响？

我至今仍无法领悟，只能在诚惶诚恐中心怀莫名的感激。

（《读者》，2017年第9期）

知耻近乎勇

◎李敬东

历史学家陈寅恪，提倡“自由之思想，独立之精神”。这一名言，对于治学和艺术同等重要。对于艺术而言，与其说这是一种高贵的学术品格，不如说是在因袭前人的时弊中，倡导一种独立超拔的艺术风尚。诚然，风骨卓然的士人，是淡于名利的，是超然物外的，似乎只有这样才能不为物役，不为功名利禄所诱惑。

无独有偶，与李叔同保持一生友谊的夏丏尊，为人善良，慈祥可亲。他和李叔同一样受到学生们的爱戴，他在师范学校任教时，还当过谁也不愿意干的舍监，甘愿为学生们操心服务，学生称李叔同和夏先生是爸爸和妈妈的爱。夏先生原名叫夏勉尊，后来更名勉为丏，是因为当时学校例行选举时，夏先生怕自己被选上，“丏”很容易写成丐，只要选举时，写成“丐”的，都视为无效投票，这是夏先生逃名之一例。那一代的文人，惺惺相惜，在弘一法师的遗墨中，有许多是写给夏丏尊的，仅信札就留有百余通。

相较之下，再看看近年书坛，重名重利的，似乎是一种普遍，有甚者以书法和篆刻当作权利的外衣，沽名钓誉，也不在少数。即便在高校，从事书法教育，也离不开要搞科研，什么是书法科研？包括发表论文，而且指定在国家级核心期刊上发表，或者参加国家级书法比赛，申请相关课题立项。科研变成了一种晋级和升迁不可或缺的砝码，岂能等闲视之。充斥在我们眼前的很多科研，有的是抄袭拼盘前人的著述，炒冷饭，或者花钱找人代笔来完成，造成许多学术垃圾，这种现象在当下愈演愈烈，但出于功利的需要，人人要面对，如今已经积重难返。

据著名语言学家王力的女儿回忆，王力先生那个时代对待科研并不十分注重，如果像今天这么重视科研，王力先生是很难评职的。因为他的学术精力并不在此，更多钻研古代汉语和传统历史相关文化。对于老一代学人来说，他们不止在逃名，知耻近乎勇，学术良知比任何东西都重要。

大家都知晓，中国历史上著名的女皇帝武则天，在她死后，却立了一块没有任何文字的墓碑，这就是今天在西安乾陵矗立的著名“无字碑”。本来，碑碣之制，初创于秦代，当时叫作刻石，是当时的统治者用来记录功德的。以歌功颂德，流芳百世是其真正的目的。可是至唐代武则天去世，她的遗嘱是仅立一个“无字碑”，这在当时是匪夷所思的。无字碑的旁边，至今还屹立着武后撰文纪念唐高宗的纪颂碑，她处在女皇的高位，对高宗不吝其辞，彰显功绩，对自己的墓碑，却不赞一词，功过毁誉，任后人评说吧！

今天，我们依然不得不钦佩武则天的勇气，她觉得给自己颂德是一种羞耻，是一种哗众取宠和自欺欺人。她是明智的，因为她清楚，一个人想把名字刻在石头上，希望后世顶礼膜拜，永垂不朽，的确不是件容易的事。

（《北京晚报》，2017 年 6 月 8 日）

从心所欲不逾矩

◎莫　言

少时，父亲就经常教育我们兄弟：一定要把字写好！人生来相貌丑陋，或出身贫困，那是没有办法的事。但字写不好，则完全是个人的原因。我父亲认为，只要肯下功夫，肯勤学苦练，就一定能把字写好。从书法艺术的角度来说，我父亲的话不一定正确。因为，一个没有艺术天分的人，无论如何努力，也成不了书法家。但即便是没有任何艺术天分的人，只要肯努力，也会把字写得好看一些。而只要字写得好看，即便不名一文，亦可走遍天下。

为了说服我们，父亲还举过很多例子。其中一例说我们的一位先祖，去参加县太爷举办的社饮，因衣衫破旧，被那些身着绫罗绸缎的乡绅慢待。酒过数巡之后，县太爷令众乡绅赋诗写字。乡绅们先是相互推让，继而踊跃献技。我那位先祖在一旁冷笑。有人注意到了，便向县太爷汇报。最后的场面是，我那位先祖将身上的破棉袄甩掉，赤膊捉笔，饱蘸墨水，不是往纸上，而是往那白粉壁上，尽情地挥洒。一时龙飞凤舞，满壁生辉。不但字好，词也好。于是众人刮目相看。我那先祖也被县太爷请坐上席。

我这先祖，有一年，去为青州某大户人家写匾。因东家招待不周，心中郁闷。只写了3个字，尚余一字未写，即呼手腕病发，不能握笔，然后买驴回乡。东家心中大恼，但看看已经写出的那3个字，的确是好得不得了，只好忍气吞声，备厚礼来请。我那先祖却礼数次，终于答应将那剩下的一个字写完。东家请我先祖上车，我先祖道："上什么车？"东家道："去写那个字啊！"我先祖笑道："写一个字，何必跑那么远？"言毕，从炕席下抽出一片纸，用一块破瓦片磨了一点墨，从墙角捡来一支秃笔，蘸墨挥毫，顷刻便成。见东家面有狐疑之色，我那先祖道："拿回去贴上吧，若有丝毫差错，我从今往后就不写字了。"

时隔多日，远隔数百里，只写一个字，如何能保持与那3个字的风韵、气势、大小的统一性？对此疑问，我父亲的解答是："他已经把手'靠'死了！""靠"字是我故乡土语，大意是经过长期训练，手上已经有了感觉。也就是孔夫子所说的“随心所欲不逾矩”。很可惜现在已找不到我先祖所写的字，因而也就无法领略他写得到底有多么好。尽管我没能在书法方面下功夫，但通过我父亲这种讲故事式的教育，还是使我从小就对书法多了一些兴趣，对能写出一手好字的人自然也格外地尊敬和羡慕。

（《读者》，2017年第12期）

令人揪心的两分钟

◎严　峰

6月7日，一段关于河南驻马店一起车祸的视频在网上热传。视频显示，晚上，一个女子在过马路时被一辆出租车撞倒，之后，出租车逃逸，女子躺在马路上。此时，汽车和行人从她身边经过，但没有一辆车为她停下，也没有一个人向她施以援手。

其间，她曾挣扎着抬起头望向路边围观的人群，似乎在呼喊“救救我”，可是没有人，没有人向她走过来。于是，一分多钟后，第二辆车从她身上碾过……

当然，撞倒她并逃逸的出租车司机是可恶的，应受到法律的制裁。

那么那些人，那些从她身边漠然走过的人，和那些开车绕道从她身边经过的人，以及那些拿着手机咔嚓咔嚓拍照、拍视频的人，他们又何尝没有责任?

有朋友说，这不可能是真的，这个被撞的是假人，这或许是哪个自媒体在做社会良心测试呢。

我也宁愿这只是一个测试。可不幸的是，它就是真的!

据驻马店警方通告，这起事故发生在今年4月27日晚7点54分，当地一家联华超市门口的马路上。警方通告中称死者为马某。

虽然当地警方发布信息时说，当时有不少市民报了警。可是，在这种情况下，光报警是远远不够的。因为我们都知道一个常识：躺在马路上非常危险。我们可以停下车，放下手机，为她建起一堵人墙，在这堵墙内，她就不会被二次碾轧。

可是，她死了，就死在众目睽睽之下。

我们知道，苏格拉底是古希腊著名的思想家、哲学家。

苏格拉底因经常质疑学者们，并揭露他们的无知，令那些贩卖自己学问的人特别恼怒。

于是在雅典人大会上，这些人把苏格拉底送上了审判台，并判了苏格拉底死刑。

法国作家让-保罗・蒙欣的《神圣的苏格拉底之死》，写的就是这次对苏格拉底的审判。

苏格拉底在临刑前一天，在和学生西米亚斯的对谈中说道："我们自以为走在阳光明媚的地球表面，实际上大家都生活在被雨水浇注的深邃洞穴里。"

也就是说，有很多事情，我们看不见真相，我们以为自己做对了，其实我们错得离谱。当第一辆车撞倒那个女子时，我们可能因为害怕麻烦就此上身，或者因为别的什么原因，选择了袖手旁观，看上去，她的死对我们接下来的生活也并没有什么大的影响。

其实不然，生活中，我们每做一件事都在多多少少地改变，或者影响着我们的生活。就好比那晚那些站在路边围观的人，他们中有老人，有年轻人，还有孩子。他们都看到了一个女子如何无助地"等"来了第二辆车的碾轧。

看上去，那只是一个意外死亡事件，只是那个女子个人的事。事实上，站在路边的每一个看客、看客的每个家人的一生中都难免会遇上一两件意外事件，而当他们遇上这样的事件时，他们的无助和恐惧和这个女子并不会两样，"我们都生活在被雨水浇注的深邃洞穴里"，而这个洞穴正是由大家的"恶"打造的。

苏格拉底说，当寒冷出现，炎热就消失；当丑陋来临，美丽就转向别处。

（《新民晚报》"评论/专栏"，2017年6月10日）

遭遇“著名”

◎陈鲁名

最近，我在北方一个著名海滨旅游胜地，与一批作家编辑开了几天笔会。会上，听到次数最多的一个词就是“著名”，每有人发言，必被主持人热情地介绍为“著名”，这其中有真著名的，也有假著名的，有著大名的，也有著小名的，反正没有不著名的。你著名，我著名，他著名，人人著名，耳朵都快听出茧子来了。

最后一天安排旅游，我长长松了一口气，心想，总算从“著名”的圈子里解脱了。可是没想到，上了旅游车，还是没有远离“著名”。一个年轻女导游先是介绍说开车的是当地一位“著名司机”，又很自信地介绍自己是一个“著名导游”，今天要带大家去几个“著名景点”，希望玩得高兴。好家伙，一口气用了好几个“著名”，看来，这“著名”是和我们较上劲了。

“著名司机”一路无话，我们只看见他的后脑勺，不知道他究竟“著名”在哪里，或许是指他的开车技术。“著名景点”倒也不算夸张，几个景点各有千秋，或壮阔粗犷，或秀美婉约，既有战火硝烟的历史遗迹，又有名人骚客留下的墨宝，颇多玩味之处，顺便还买了不少导游推荐的“著名特产”，也算是不虚此行。

“著名导游”的表现，可就良莠互见了。热情、敬业、认真、负责，这8个字姑娘还基本上应得起。但是一开口，就露出了文化底蕴不够的弱点，说起来她也是大学毕业，但遣词造句、文化知识还真有点欠缺。沿海边行进时，“著名导游”夸耀说，这里的空气特别清新，含大量负离子，你们要抓紧时间深呼吸。想想看，哪里有这么物美价廉的空气？坐在我旁边的一位著名作家也是大报的高级编辑，出于职业习惯，马上觉得她这句话不妥，就和她开玩笑说：你们的空气价廉有多廉呀？姑娘这才觉得用词不当，脸唰地红了。

车开到一片林区，“著名导游”又介绍说，这里以前是沙滩，电影《沙漠追匪记》就是在这里拍的，全市人民经过20年的不懈努力，终于建成了这样一大片茂密的原始森林。又有一游客忍不住发问：“原始森林？”姑娘十分肯定地说：“对，原始森林，有七八千亩呢！”游客们顿时哄堂大笑起来。

“著名导游”这才发现问题的严重性，一向自我感觉良好的“著名导游”，碰上了一帮以挑毛病抠文字为己任的著名作家、著名编辑，硬碰硬肯定吃亏，于是以守为攻：“你们都是著名作家、著名主编，才高八斗，学富五车，就不要跟学疏才浅的小妹妹较真了。”学疏才浅？大伙善意一笑，也就不再认真理会。

参观完毕，“著名导游”说要领大家去一家“著名饭店”用餐，因修路无法开车去，大家足足走了20分钟才到了饭店。结果饭菜一般、装修一般、服务一般，实在看不出“著名”在哪里。估计是“著名导游”拿了介绍费，才把这一帮“著名作家”引到了这家“著名饭店”。

回到住地，“著名导游”做大首长状，热情地和大家握手告别，并再三强调：你们可不要忘记我这个“著名导游”呀！我不禁大发感慨：今天是一帮“著名作家”在“著名导游”带领下，坐着“著名司机”的汽车，游览了“著名景点”，品尝了“著名饭店”的“著名饭菜”……好家伙，眼见得遍地著名，人人著名，中国真是进入“著名时代”了！

（《大河报》“茶坊”，2017年7月22日）

古村落保护中的文化传承

◎王长宗

在辽阔的燕赵大地上，从燕山脚下到太行深处，再到冀中平原、渤海之滨，都能见到不同年代的古村落。重视古村落保护中的文化传承是一个时代的主题。

只要是古村落，总有其深远的文化内涵。沿太行山走一走，我们可以如数家珍般讲出一连串的古村落，诸如于家石头村、大梁江、小梁江、英谈、王硇（同瑙、碯）村等。每个古村落都有自己传奇般的村史、古色古香的民居、各具特色的地方文化，都是最能勾起浓郁乡愁的地方。比如王硇村，初创于明永乐朝，600年历史，古街古巷、石楼石堡、砖雕石刻、参天古木，徜徉其间，恍惚走进尘封已久的时光隧道。

在笔者儿时的记忆里，古村落是那么美好，童话一般。我外祖父家就在冀中平原上的一个古村落。村子西边是片高低起伏的沙丘，沙丘上杨柳榆槐、红枣鸭梨、桃杏沙果，都是野生野长，世世代代保护着古村落的生态。村子南面是关帝庙，滹沱河故道从庙前经过。村子里街巷纵横，经过了几代几世老年人也说不清。我外祖父家一宅分为南北两院，院中有水井、磨坊，屋檐瓦当滴水上刻着“光绪××年”。半个世纪后，我外祖父的村子已经完全现代化了，没有剩下半点古村落的影子。

每当想起便痛惜万分，常叹那时条件太差了，如果能拍成照片、做成视频、画成图册，保留下来该是一件多么有意义的事情啊！

一切都淹没在历史的云烟之中。

近年来，以旅游开发为主旨的活动在一些地方方兴未艾，于是古村落保护和古村落的文化传承问题就历史性地提到了议事日程。

一般说来，在著名的古村落开展旅游文化开发不是坏事，通过旅游这一载体，活化古村落，在保留古村落风貌的基础上实行功能置换，将村民的居住价值转变为旅游社会价值和大众文化价值，但要谨防旅游开发变为古村落的毁灭。文化遗产是一次性的，毁灭了便不能恢复和再生。古村落是我们民族农耕文明的历史遗产，承载着全民族的乡愁。如果借旅游开发之机对古村落伤筋动骨、大拆大建，甚至修铁路、通公路、建宾馆、造水厂，古村落也许会面目全非了，古村落变成了当代旅游区。这种担忧并非毫无根据。事实上，某些古村落的旅游开发正在出现雷同化、粗俗化的苗头。现状不容乐观。有些地方开发商怀揣热钱蜂拥而至，在追求经济效益最大化的目标下，对古村落的各种文化资源肆意动手，不当使用，不管是什么名人故居、家族墓地、祖先祠堂、明清老宅，想动就动。如此，必然对古村落造成实质性破坏。

对古村落的破坏还来自村民自身。一些村民认识不到古村落的巨大文化价值，反而觉得老房子采光不好，暗、潮、脏，生活不便，不如现代建筑功能完备、生活舒适，老房子说拆就拆。几十年来，目睹了老房子、老街道一处一处地不见了，故地重游再也找不到儿时的记忆。

古村落的保护和文化传承从来没有像现在这样急迫。一些地方的做法就很值得借鉴。乌镇是建古镇形态主题公园，原住民迁出，在古村落搞旅游。浙江省的办法是在修铁路、水库等公益建设中，如伤及古村落，可以在原址建碑，盖个仓库，把村子里的老物件收藏好，对老宅子绘图造册，对牌坊、古居的构件编号、标码，家什、物件、石臼保留，古树移走，连原址的土壤也装几口袋永远保留，作为子孙的纪念。这叫记住了乡愁。还可以利用互联网大数据技术，把古村落文化资源数字化，通过数据监控保护预警。

总之，旅游开发和古村落保护文化传承并不是冰炭不同炉的绝对对立，关键要有机制、有法规、有办法，凡是未做好前期工作、文化遗存未彻底清点的，旅游项目不能仓促上马。旅游项目要在严格的规划和保护措施下开展。开发人员必须经过培训，要懂政策、知法规。要妥善处理旅游开发、原住民脱贫致富改善生活状态与古村落保护的矛盾，形成良性循环。愿古村落的文化传承如同火炬传递，代代延续，永不中断。

（《杂文月刊》原创版，2017年8月上）

别让"神考题"考歪了人性

◎游宇明

与中小学相比，高校的考试相对灵活多样，老师的自主权也更大，大学没有升学指挥棒，老师所出考题只要与学科挂上一点儿钩，有利于学生成长，就没有人说三道四。比如我就不止一次地出过"你最喜欢的当代诗人是谁？为什么""你喜欢的大学的模样"之类的非常规试题，没有产生任何麻烦。

不过，最近看到的一则有关大学考题的消息却让我隐隐有些不安。报载：四川职业技术学院《形势与政策》课程的考试里有这样一道题："本门课程一共上几周，上课地点在哪里？请列举本班一名经常旷课的同学名字。你认为本门课程应该得多少分？并列举原因（原因不少于3项）。"（有关材料请参见2017年6月2日《长春日报》）

这道题目别的方面有无不妥，我缺乏研究，但要学生列举本班旷课者的名字肯定是不应该的。诚然，由于电子媒介的发达和外界诱惑的大幅增加，大学生旷课早已不是一个新鲜的话题，50人的班，专业课缺上一两个人，公共课缺上10个20个人是家常便饭。何况，职业技术学院是大学里层级比较低的，学生的专业基础与学习习惯都相对较差，迟到、旷课的现象肯定更加严重。老师重视出勤率，希望通过某种方式掌握学生的课堂表现，再在分数上体现出来可以理解。但老师要了解学生的出勤有的是办法，比如数了人头之后点名，就是大学里公认的行之有效的方式。数了人头，无须担心有人虚报；点了名，就知道谁来了谁没来、没来的是否请了假，这样，旷课者也就自然而然地暴露在老师面前。在考题中要求学生列举本班一名经常旷课同学的名字，只能说明两个问题：一是该老师平时考勤是不认真的，对班上同学的出勤不了解；二是缺少人文情怀，以小利鼓励告密。

在试题里鼓励学生告密，后果不难想见。其一，会让学生经历情感撕裂。不举报吧，成绩会直接受到影响，万一考试就差这么几分没及格呢？举报吧，又有损同学的友谊，甚至还会使自己遭受集体的冷视。这种情感的撕裂与教育的初衷是相违背的。

其二，它有可能助长恶劣的人性。善良、高洁的人性是社会保持悲悯、温暖的前提，也是公众生出对社会的回报之心的文化土壤，有利于一个国家、一个民族的永久前行。法治社会做事必须遵守这样的准则：一是公平正义，二是光明正大。有了公平正义，公众对社会才不会有负面观感，社会才能和谐稳定。有了光明正大，强势者的行为才会得到有效监督，搞权力勾兑的可能性才会大幅降低。法治社会自然也需要有人举报严重破坏秩序的行为，但这种举报得经过法律授权，并且局限在一定的范围里，诬告还要承担法律责任。如果诱导人们为了那点微不足道的个人利益告密，人与人之间的基本信任就会被破坏，公众就可能常怀恐惧之心，以他人为地狱。

从某种意义上说，神考题考歪人性，比旷课本身更可怕。

（《杂文月刊》原创版，2017年8月上）

《我的前半生》：有“市值”无“价值”

◎赵　晖

电视剧《我的前半生》就是一部浸泡在商业与资本之间的毒药，看得闹心而绝望，不知这部戏究竟想传达一种怎样的价值观。这是一部完全商业化运作的电视剧，以敏感的话题从私密的视角切入，将社会负能量集成化，将人性中的丑合理化，刻意抖落生活中的残酷，再将这种负能量抛给观众和与此有过类似遭遇的人，有伤口的就扒开伤口撒点儿盐，没有伤口的划上一道作为看过此剧的通行证。

如果说悲剧是将美好的东西撕碎给人看，这部剧则构不成现实主义的悲剧，因为它撕碎的东西本来就不美好，为了虐而虐，深度爆料生活中的各种虐，将当下人性的弱点从不同层面赐予剧中人，人设触及道德底线。

剧中，除了老卓，所有的人都不招人喜欢。唐晶虽在事业、友情上让人高看一眼，但在爱情中患得患失，本质上她是不相信爱情的；贺涵简直不是凡间品种，此物只有天上有，而且不明不白就爱上爱人的闺蜜；子君貌似人畜无害的傻白甜，却处处只考虑自己，不对别人真正走心，她对贺涵好也只是因为她心里放不下；陈俊生更是屄的典范，他爱的标志就是是否对自己有利，根本就是个没有生活诗意的人，因貌美而娶子君，因事业而抛妻弃子，这些违背道德的行为被合理化阐释；凌玲城府极深，处处经营，以小白兔的外表掩盖不择手段的老辣；甄珠是历经生活沧桑后的好妈妈，但她将一生寄托在他人身上，靠女儿、靠女婿，而当这些都不能靠，干脆找了个晚情；子群、白光活得真实却处处贪婪。作为大众传播文化的影视剧，总该给人生一点正能量，这部剧却负能量爆棚，商业剧不讲价值只讲市场的准则在这里表现得淋漓尽致。

商业化运作的《我的前半生》大火，网络点击率破50亿，我认为以下原因不得不提：

客观理性地说，这部剧的结构是典型的电视剧结构，故事缓慢道来，单身妈妈逆袭视角与观众视角同步，与她一同应对问题，让观众感觉到，真的还有不如你的人在缓慢进步。

另外，该剧人物关系和整体人物结构是典型的商业化模式，众多三角结构人物关系最终构成了闭合叙事模式。每个人物自带三角关系，无论在生活中还是在职场中，对于商业剧，这是常规戏剧关系的设置，缺乏新意却行之有效，观众明知道是套路，还偏偏欲罢不能。

比如，子君被凌玲抢了老公，唐晶被子君夺了爱人，子群鬼迷心窍发型师甩了膏药白光，甄珠给了崔宝剑前女友响亮教训，就连离了婚的子君在后期剧情发展中，也是惹得前夫陈俊生眼红贺涵……对爱情悲观的创作初衷使得创作者给各种人物关系都安排了第三者，这本身就隐秘的恋情满足了人们的窥视欲，愈隐私就愈让眼球锃亮，观众从一个心灵胡同走进另一个私密胡同。

职场上的人物关系也是诸多三角：贺涵、陈俊生、唐晶，贺涵、罗总、唐晶，贺涵、陈俊生、子君，贺涵、陈俊生、凌玲。不同的三角搅和在一起，彼此钩心斗角，戏剧冲突的正反双方硝烟不断。而这一杆子人物又主要会集在三个场：辰星公司、老卓日料餐厅、子君家，尤其是老卓的日料餐厅，老戏骨陈道明坐镇，中产阶级精致而又高档的日料迎合了观众猎奇的心理，这两个元素使得这个场景百出不厌。而所有的人物则因为这三个场而紧紧地围在一起，触一发而动全身，这绝对是商业剧的范例。

既然剧作是建立在众多三角关系的基础上，那就要不断折腾这个三角，这是虐心剧的标配。中产阶级在以往的电视剧中大都是高大上的，外企、白骨精、豪车这些元素是商业电视剧吸睛必备，可这部剧抖落了一地负能量，将中产阶级的焦虑和你死我活的生存境遇血淋淋地呈现，生活如乱麻，高处不胜寒。剧中会集了各种精致利己主义者，这样的现实多么现实与可悲！

这部电视剧的商业化运作不仅体现在职场生活的迎合上，还更多地爆料婚姻情感中的审美疲劳。婚姻和情感中，放弃还是坚守，谁也不能替你回答。这部剧的创作者是悲观的，婚姻千疮百孔，爱情一文不值。陈俊生的两次婚姻，子君的一次婚姻，唐晶等了十年后的恐婚，甄珠精挑细选的饭票婚……所谓的正常的婚姻生活，在剧中都是奢侈。

以往我们看影视剧总是习惯地找人性照亮生活的那束光，找到一种人性的希望。而这部剧似乎不在意人们看后的道德焦虑，以负能量的反射光照亮商业价值的通道。

（光明网–时评频道，2017年7月28日）

一生只做一件事

◎池　莉

一个人一生可做的事情很多，但世上不知多少聪明人，一生没有搞好一件事。

在很长一个人生阶段里，我只长年岁不长心眼，想来真是痴长。

从前，我外婆家屋后有一座大园子，园子里头长满花木蔬菜和中草药，芙蓉花、鸡冠花、桃树、垂柳、小白菜、香葱、车前草、鸡血藤等混长在一个园子，引得蜂来燕往蝶飞蚓爬，使儿时的我玩得十分着迷。当然，这种私家的园子后来很快就没有了，支援了国家建设。园子变成了一座丝织厂，工厂的围墙抵在我家屋后，整日整夜哐当哐当地响。我不喜欢这声音，我从来就不喜欢工厂。从此，我一直心怀渴望，非常非常想养花种草。渴望与日俱增，可多年来就偏是没有机会，既没有自己的住房也没有自己的一寸土地。十几年熬过去，去年分得一套公寓，奔到阳台上一看，发现竟然留了养花槽。这一高兴，头脑轰地发了热，不知不觉拿业余爱好当了正经事做。一连好些日，提只篮子和小桶，四处挖湖泥。在大大忙了一阵之后，花种上了，草也养上了，菜籽也撒上了。然后，抱着肩来来回回欣赏，倒真有一种了却了某个夙愿的感觉。以后每逢出差或笔会，凡遇上奇花异草，都挺执着地弄点回来栽进盆里。家里厨房三天两头做鱼、肉，也常记得将洗鱼洗肉的水倒入花槽。

可是到了秋季，结果并不理想。葡萄才结了几颗，花儿没开几朵，从庐山植物园特意带回的碗莲之类也都死了。怎么回事呢？

为此，我特意找了《花经》来读，读着读着，心中渐亮。合上《花经》，扔下花铲，淡然一笑：我不再养花了。

实际上，《花经》这本厚书我翻来覆去看的只是前面一小节：序言。序言里简洁地记叙了本书作者之父黄岳渊先生的一段经历。黄岳渊先生在宣统元年的时候本是一名朝廷命官，斯时年将三十。有一日黄先生想：古人曰三十而立，我该如何立人呢？他想，做官要应付人家，做商呢又要坑害人家，得做一件得天趣的事才好，才算立了为人的根本，于是，黄先生毅然辞官隐退。他做什么呢？他购买田地10余亩（时田价每亩约20金），渐扩充至百亩。黄先生从此聚精会神，抱瓮执锄，废寝忘食，盘桓灌溉，甘为花木之保姆。果然，黄家花园欣欣向荣，蒸蒸日上，花异草奇，声名远扬。每逢花时，社会名流裙屐联翩，吟诗作赋。更有文人墨客指点花木，课晴话雨。众人深得启示：既混浊之世，百无一可，唯花木差可引为知己。

据说当时的文坛名人周瘦鹃、郑逸梅等人皆为黄先生的花木挚友。

黄先生养花养出了精神文明，养出了人间知己，养出了《花经》这等好书，恐怕这才叫养花种草！这才叫做了人生一件事！

一件事要做好，岂能凭你心中有一点儿喜欢，有一点儿迷恋？三天浇点儿水，五天上点儿肥？

少年狂妄，自以为聪明。把表面的一些由头借来，实际标榜自己为至情至性之人。这也做做，那也试试，好听人评价个多才多艺。近年来国家大兴经济，文人纷纷“下海”，我也曾与人发议论说作家的智商是足够经商的。最近由读《花经》而获顿悟：人的一生只能做一件事。政客们终身搞阴谋，商人们终身搞欺骗，情种终身搞爱情（比如贾宝玉），黄岳渊先生终身搞花草。一生的时间并不多，一生的精力也不多，要搞好一件事实在不容易。用去一生，搞好了一件事，那也就够可以了。世上不知多少聪明人，一生没有搞好一件事。

总之，我是不敢再说文人经商之类的话了。也不敢再狂热地养花弄草。就连剪裁时装、研究烹调之类的兴趣也淡了下来，兴致所至，偶尔为之，拿得起，放得下，决不长期牵肠挂肚。

应该是不受诱惑的年纪了。傻一点儿，笨一点儿，懒一点儿，冷一点儿，就做一件事——写作——我这一生。

（《作家文摘》，2017年3月14日）

暮成阶下囚

◎凌　河

“朝为座上宾，暮成阶下囚”是坊间刻画一众贪官“跌宕人生”的两句话。此言真是不虚，不是有这样的“老虎”，午前还在给什么研究会“揭牌”，下午就押上了“进去”的飞机吗？不是有这样的墨吏，前一个小时还端坐主席台作他的“廉政报告”，不料中间茶歇就再也没有回来，原来瞬间就“进去”啦，再也回不来啦……

更具戏剧性的，还要数近日中纪委机关报披露的广西北海市水产畜牧兽医局原局长陈全彪被“带走”的情景——北海市纪委去该局召开警示大会，通报陈局长下属梁某的违纪问题，陈局长出面迎接市纪委工作人员，还连表歉意，“梁某出事，我作为一把手有责任，没带好队伍”云云。谁知陈局长在主席台坐定后，市纪委当即宣布，陈全彪涉嫌严重违纪接受组织审查，“会场顿时鸦雀无声，陈全彪双眼充满恐惧，脸色发白，全身发抖，被从会场带走”——据陈局长自己说，“那一刻太出乎我意料了，顿觉灵魂已不在了，大脑一片空白，万万没想到会有这一幕！一下子打乱了预先的防调查心理准备”。

“太出乎意料”的，远非陈局长一人，广州市委原书记万庆良正在省委开会，会至半程，纪委人员出现在会场，将其当场带走调查，“老万走路不太稳，一直由两人携扶”；洛阳市委原书记陈雪枫主持完个会议，正在电梯口神采飞扬地与某常委说话，被突然而至的调查组围住后带走，一切都是那样平静。

自然也有不那么平静的。南京市委原书记杨卫泽正在主持常委会，省委通知他即去开会，“杨卫泽在办公室抽了15分钟的烟。在省委，杨发现中纪委工作人员后，立刻做出向窗户跑去欲跳楼的举动，不过被摁住了”；而国家发改委原副主任刘铁男被带走，是纪委人员按他家门铃，刘还强作镇静地问：“什么事？请在外面接待室等。”当门被撬开后，刘副主任扑通一声跪倒在地，浑身发抖，语无伦次地求饶……

“朝为座上宾，暮成阶下囚”，说的似乎是“突然”，这“突然”的“震慑相当大，不仅不给贪官以任何喘息空间，更给民众以极大信心”。如陈全彪那样，“突然被查后极其反常的动作，鲜明地反映出他们的心理波动，有利于案件侦破”——但是官内官外，也有人说，做官做到这地步，“还有什么意思”呢？

据说还是“很有意思”的，别看墨吏们落马一瞬，是那样“突然”、那么不堪，但他们平日里“朝为座上宾”贪贿之时，却是那样的“富有快感”啊！——某市副市长“坐到办公室就是收钱”，他觉得“工作”是多么“美丽”啊！某地一墨吏贪污300万，天天晚上把存折看一遍，内心充满着“喜悦”；某市一厅官，贪贿千万，均为现金，存于一舍，他每隔两天就要去那里，对着“钱墙”默默地坐上几个小时，谁说他的心里，不充满着欢喜与快感呢……他们平日里捞钱时的快感，当然想不到被带走时的“突然”，而他们落马成为阶下囚的瞬间，恰恰又是在位时的贪腐所朝暮铺就、日积月累的咎由自取——也有人说，“暮成阶下囚”的事已经太多，震慑已经够大，但是贪官们为什么仍然铤而走险呢？看来金钱、房产、股权、美色这些玩意儿，诱惑实在太大了，以至于林林总总的陈全彪们，明知道总会有被突然带走的那一刻，但也不愿金盆洗手啊！他们的灵魂早已不在，他们的大脑也早已一片空白了啊——这一切，能怪“突然”吗？

（《新民晚报》“评论/专栏”，2017年6月17日）

从学术泡沫到小学生作文造假

◎李泓冰

一直在关注韩春雨事件。

这位河北科技大学副教授，一年多前在国际顶级期刊《自然》杂志发表论文，发明了一种新的基因编辑技术，被评价为“具有一流水准的原创性发现”。于是，领导看望、破格晋升，荣誉纷至沓来。

剧情很快便有反转。不少同行指其实验无法重复，甚至有人质疑他学术造假。多么希望韩老师最终能自证清白。然而，最近他的团队声明“撤回这项研究”了，河北科大也称要启动评议其研究成果。

不管怎样，主动纠偏的勇气值得称道。但是，一项曾被某些媒体忙不迭宣布的“诺奖级成果”，如此结局，令人痛楚。

几乎同时，科技部、教育部、卫生计生委、自然科学基金会、中国科协等五部门联合公布《肿瘤生物学》107篇论文集中被撤事件调查结果，称“坚持眼光向内，坚决打击学术不端”。这是否意味着，中国科技界终于要对“学术不端”刮骨疗毒了？

是时候了。哪怕这将有几分尴尬。

据去年10月12日中国科学技术信息研究所统计，我国年产论文高达33.88万篇，被引国际论文数量、国际热点论文数量双双排到世界第三，仅次于美国和英国。发表在最具影响力国际期刊的论文数，连续六年世界第二。

很辉煌，然而又有多少学术泡沫会相继爆裂呢？各高校学术造假事件层出不穷，不但伤害了中国科技界形象，更要命的是给出对下一代流毒深远的恶例。

和一个大学生交流，她有几分惊悚地谈及毕业论文所涉文献查询：“同一论题，不同大学不同作者几乎都在抄来抄去，普遍到令人害怕的地步！要非常小心去查哪一篇才是最早发表的原创，很困难。”她不理解，“公开出版的学术刊物，不难查处啊！如果一旦被查就身败名裂，还能这么有恃无恐吗？”

问到了点子上——因此身败名裂的，与学术不端的基数相比，恐怕是九牛一毛。成本极低、风险极低、收益极大，何“乐”而不为？譬如贩毒，天下都知道违法，逮着了小命都会丢掉，但超高收益还是让人心存侥幸。如果学术造假大行其道，谁还愿意苦巴巴折腾新的东东呢？

创新创新，谁在釜底抽薪？

更惊悚的是，学术不端还在为青少年诚信价值观的建立默默地釜底抽薪。上梁不正，这条假作真时真亦假的链条就不断向下蔓延。对孩子们来说，本须仰望的象牙塔中的科学家形象，出现哪怕个别的学术不端，都会留下一片诚信阴影，更何况眼下已并非个别。

于是我们不再惊奇：国际标准化考试中对中国考生涉嫌作弊的大面积怀疑甚至动辄取消成绩，中国学生申请材料伪造比例之广已成招生官的“共识”，甚至连用学生证购买半价火车票的福利，也有人拿去造假营利……泱泱大国，遍地智者，有多少聪明用来钻空子、走捷径？

能责怪孩子们吗？上级检查，老师教他们集体说谎：作业很少、体育课照上；中高考作文，老师教他们把精心挑选的套路、举例都事先背熟……这都再“正常”不过，几乎每个学校都在上演，有任何风险吗？

是到了在学术和教育领域重拳打假的时候了。不然，崩坍的诚信会重重扼住一个民族创新的咽喉……

（《新民晚报》“评论/专栏”，2017年8月5日）

“王者”限玩：“纸老虎”挡得住“中山狼”？

◎林永芳

7月酷暑之际，游戏《王者荣耀》终于推出防沉迷措施了。我顿感欣慰：瞧，在铺天盖地的负面报道中，在赚得盆满钵满之后，他们终于作出姿态，要为“不顾一切狂玩《王者》”的高烧现象降一降温了（中国新闻网）。

超2亿注册用户、日活跃用户5000万、一月超30亿元的流水——诚如媒体所言，《王者荣耀》已成为社会现象级手游。所以，你得承认，这款游戏，在撬动人性深处贪玩好胜等欲望方面，的确有自己的独门秘籍；在利用“玩瘾”大发其财方面，的确属于不折不扣的“王者”。

而硬币的另一面是，在制造惊悚案例、刺痛大众神经方面，它也是当之无愧的“王者”。君不见，“13岁男孩因玩《王者荣耀》被说跳下4楼，刚醒又想登录游戏”；“狂打手游《王者荣耀》40个小时，广州17岁少年患脑梗险丧命”；“小学生为玩《王者荣耀》‘偷’光家里积蓄”；“小学生为抢夺游戏中‘buff（增益效果）’大打出手”；“砸手机断网，每次输的都是家长；一次次约法三章，一次次毁约，孩子叹息‘中毒’太深无力摆脱”……类似报道不绝于耳，已很难再以“极少数”“特殊个案”来掩耳盗铃了。更何况，数据显示，小学生玩家占据《王者荣耀》用户57%以上。

于是，在汹涌的舆论面前，《王者荣耀》终于推出了以“限玩”为主的“防沉迷措施”——12周岁及以下每天限玩1小时；12周岁以上未成年人每天限玩2小时；超出时间的玩家将被游戏强制下线。

听起来很好很有力。可我不禁好奇：一款软件，靠什么来确认玩家的年龄呢？问了几个认识的孩子，他们说，不就是弹出一个对话窗口，要求填写真实姓名、身份证号码及有效手机号吗？点击“下次再说”就可以继续玩；或者釜底抽薪，把爸妈等成年人的身份证拿来，就可以被认证为成年人，顺利绕开防沉迷系统。我又问：网吧不是“不得让未成年人进入”吗？孩子们说，只有大检查的时候才真不让进，一旦没了检查，都会睁只眼闭只眼，想进就进。

果然，很快就有媒体报道佐证了孩子们的话："防沉迷系统上线首日遭破解！""网上出现名为'解绑经验教程'的帖子"；还有外挂，游戏账号还可以买卖，只要买个成年人的号就OK。

这样的"纸老虎"，能挡得住实实在在的"中山狼"吗？有能力开发出"王者"，却没能力推出真正管用的防沉迷系统，是何故？看看开发者的"委屈"就明白了，人家不是在侮辱公众的智商，而是真不觉得自己有"防沉迷"的责任——据报道，《王者荣耀》制作人公开表示："有人沉迷就怨游戏，我们觉得委屈。"

可这仅仅是"有人沉迷"吗？一两个人无法自控，可以归咎于他本人品行有亏；可当无数人都走火入魔时，你还能说，当事人都有问题，不能怨游戏吗？

明知孩子们心底潜藏着这样的魔鬼，却视之为巨大商机并利用你的智慧和技术想方设法打开魔盒，放出魔鬼，然后说，这不能怪我，要怪就怪孩子们自控力太差，怪家长未能铸一把更好的锁，怪老师未能提供更有吸引力的课程——那么，制毒贩毒者是否也可以如此为自己辩解：不能怪我，毒品本身并无对错，如果上瘾，那是吸毒者自己意志力太薄弱；或者说：谁让厨师拴不住吸毒者的胃、做不出比毒品更有吸引力的菜谱？以这种心态，你能指望他们会在防沉迷上下真功夫？

网上有篇热文，《欲毁一个孩子，就给他一部手机》，套用其中的一句话："把成年人都把控不了的'王者'之类，交给自控力弱、好奇心强、贪玩心大的孩子，无异于给了他们一剂精神鸦片，让他们颓废一生。"

真有心防沉迷，就不该是先拿个糖果让你上瘾、然后夺走糖果不让你吃，而应该是一开始就有所节制，在激发人类贪玩心魔方面不要把力用尽。否则，总有一天这些纵横恣肆的心魔会掳获你家孩子、你至爱亲朋家的孩子。到那时就晚了。

（《杂文月刊》原创版，2017年9月上）

“大水漫灌”式感恩教育

◎何勇海

近日，一段“朔州市实验小学学生，听取感恩教育课程，集体痛哭”的视频在网上流传，网友不认同学校的行为，称演讲者欧阳维建是“洗脑”“文化传销”。该校校长回应称，此举是为了帮助学生学会感恩。朔州市教育局则表示，目前暂不掌握具体情况。欧阳维建表示，自己的行为合法合理，不符合传销特点。

3953个学生，180个老师，外加一些教师家属，如此声势浩大的感恩演讲，本身就很壮观，更不要说数千名学生集体痛哭成一片了，单从组织形式上说，就有被人质疑成“洗脑”的理由。那么，这场轰轰烈烈的感恩演讲，到底是不是“洗脑”与“文化传销”？演讲者认为，“所谓洗脑，得看你洗的是什么脑，如果你的脑袋里面都是脏的、都是垃圾，为什么不洗掉”。此说我还是比较认同的，但洗掉学生的不知感恩的思想，又何必通过“集体痛哭”这种方式？对于感恩教育，如果想要取得更好的效果，完全可以采取润物无声、潜移默化的方式。

所以，最值得反思的，不是这场大型校园感恩演讲到底像什么，是否走样变形，而是如此“大水漫灌”式的感恩教育到底有没有用，给学生带来的感动效应能持续多久。我想，应该是短暂的，来得猛、去得快。演讲者早在事前就做了大量努力，演讲稿写得文采飞扬，追问、反问甚至考问的排比句式，运用得很有气势，演讲时又带着哭腔拼命煽情，感情充沛，响彻整个校园，焉有不触动学生泪点的可能？而且，学生情绪容易互相感染，一人声泪俱下，很容易稀里哗啦哭成一片，这很难说是他们发自内心的愧疚或感恩使然。

学校追捧“大水漫灌”式的感恩演讲，折射出的是感恩教育存在严重的形式化倾向——只讲求形式的轰轰烈烈，不讲求效果的真真切切。当然，“大水漫灌”也折射出感恩教育存在严重的功利化倾向——只追求通过运动式、表演式感恩演讲，或给父母洗脚跪拜父母，毕其功于一役，不想在平时教育中“喷灌”“滴灌”，常态化引导学生感恩父母、感恩社会，这如何能在学生心中真正种下感恩的种子？

（《燕赵都市报》，2017年5月27日）

《二十二》，为历史留住证人

◎江　雪

截至上映第23天，一部几乎没有任何商业噱头的纪录片《二十二》仍在全国各城市播映，吸引着不同年龄段的观众走进影院，了解70余年前一场发生在我国20万女性身上的人道主义灾难。

作为一部聚焦“慰安妇”的电影，《二十二》的叙事平静而克制，被镜头记录的老人们跟所有普通老人一样，吃饭、聊天、微笑、唱歌、给猫娃子喂食、抚育后代，只有在被问及充任“慰安妇”的过往时，才会流露出被岁月掩藏的难过。影片导演郭柯在接受采访时表示，他想让画面温暖一点儿，将那些带有标签的老人，还原为活生生的样子，让她们身上负载的历史，以一种带有温度的方式让后人感知——正如影片海报试图传达的理念那样，一个小姑娘在黑板上描画着上一辈人的样子。

没有意料中的苦难、仇视与宣泄，这似乎是一种多数人期待之外的展示。然而，老人们脸上一闪而过的“难过”，毕竟不能忽视。据上海师范大学慰安妇问题研究中心调查，二战期间有40万妇女成为性奴隶，其中一半是中国女性，日军的“慰安所”遍及中国23个省、市、自治区，仅上海一地就有149处。这些数据，能解释《二十二》中采访的老人缘何北及黑龙江、南至海南，也能解释郭柯此前拍摄的同类题材电影《三十二》，“慰安妇”数量飞逝的起点缘何是“200000”。

作为二战期间日本军队通过各种手段强征并胁迫提供性服务的群体，中国慰安妇一直是日本军国主义极力回避的话题。就在近年，我国相关历史博物馆开馆时，日本官方人士竟对此“感到非常遗憾”，并称“不应过度聚焦过去的不幸历史”，而应“面向未来”。

但是，历史不会因时代变迁而改变，事实也不会因刻意回避而消失。从这个层面上看，无论《二十二》是“温柔的讲述”，还是“凌厉的揭示”，其意义都不仅仅在于通过镜头抢救式地记录这一群体的生活现状，为历史留住最后的证人，更在于通过电影这一传播方式，让“慰安妇”重回我们的视野，让这一话题承载的历史与现实的复杂性充分地呈现在大众面前。

正如参与东京审判的中国法官梅汝璈常被引用的那句话所说，“我不是复仇主义者。我无意于把日本帝国主义欠下我们的血债写在日本人民的账上。但是，我相信，忘记过去的苦难可能招致未来的灾祸”——历史必须得到正视。唯有如此，我们才能更好地认识把握中国抗日战争胜利的精神实质、理解世界反法西斯战争胜利的内在动力，更好地铭记历史与开创未来。

（光明网–时评频道，2017年9月5日）

近水楼台“耻”得月

◎陈鲁民

初夏，杏黄麦熟，鸣蜩嘒嘒，国人又迎来了一年一度的高考。这是一场选拔人才的大会战，事涉每个考生的命运，也关乎国家和民族的未来。要把高考这件大事办好，其中最重要的一个因素就是公平公正，做到考试面前人人平等。说到这一点，我们不妨打开历史卷宗，看看那些先贤是怎么做的，也好见贤思齐。

1946年，清华大学校长梅贻琦的女儿梅祖芬到了上大学的年龄。她品学兼优，心目中理想的学校就是清华大学，结果考试失常，考分与清华的分数线差了两分。同学们劝她找爸爸说说，梅祖芬摇摇头：“没门儿，想都不要想，我从小到大就没得到过他额外照顾，就怕人家说他一点儿不是，我可知道这个倔老头！”她二话不说，老老实实地选择了复读，第二年如愿考入清华外语系。

巧的是，同是这一年，大名鼎鼎的清华大学文学院院长冯友兰的女儿冯钟璞与建筑学院院长梁思成的女儿梁再冰也考清华失利，她们也都坦然地接受落榜的现实，没有请求父辈去走后门。因为她们知道，她们的父辈也都是知耻自重之人，把操守名节看得比生命还重要，绝不肯干出苟且之事。结果是，冯钟璞在第二志愿南开大学外语系念了一年，1947年以同等学力考上了清华大学外语系二年级。梁再冰则不得不“屈就”到了录取分数略低于清华的北大西语系读书，成了终生遗憾。

1947年，北京市教育局局长、著名历史学家翁独健教授的宝贝女儿翁如璧没有考取第一志愿清华大学建筑系，而考上了第二志愿天津大学。平时有点傲气的她大哭一场，非要爸爸帮她想办法上清华。她认为凭爸爸教育局局长的关系，能走走门路。但翁独健说：“正因为我是教育局局长，更耻于那样做。”他劝如璧上天津大学，并勉励说：“只要自己努力，上哪个大学都能出人才。”如璧一看托爸爸转学没门儿，才乖乖地离开北京去了天津。

也正是这些先贤的“迂腐”，不肯变通，铁面无私，近水楼台“耻”得月，才保证了高考制度的可靠，保证了选拔人才的公平公正，保证了大学的公信力，保证了高等教育的尊严。我们一直在羡慕那些已故先贤的学问业绩，却往往忽略了他们的崇高德行。事实上，他们不仅学贯中西、业绩惊人，成为社会名流贤达，而且品德高尚、操守严谨，是做人行事楷模。古人历来崇尚“大上有立德，其次有立功，其次有立言”的“三不朽”，这“三立”皆重要且不易，但最重要的还是立德。尤其是在有人凡事皆去“变通”、“拼爹”明目张胆、“关系”攻无不克的时候，我们愈要认知到这一点，也愈发怀念昔日那些近水楼台“耻”得月的“迂腐”之人，发自内心为其点赞。

（《中国纪检监察报》“丛谈”，2017年6月12日）

慎己所好

◎司马牛

有清一代，皇帝用个膳讲究也是蛮多的，其中就有“吃菜不许过三匙”的家法，皇帝吃哪道菜一旦超过三口，太监就会高喊一声“撤”，这道菜立马就被撤下，而且十天半月之内也不会再出现在膳案上了。

对皇帝定下如此严格的家法，据说是因皇帝的饮食嗜好也是“核心机密”，不能为外人所知，再亲近的人也不行。一是怕有人下毒，谋害皇上；二是怕有人知道后投其所好，用口腹之欲诱使皇帝干出有失体统的事情来。

上有所好，下必甚焉。皇帝也好，官员也罢，对自己的兴趣、爱好、习惯，如果不善节制，就可能被别有用心的人所利用，成为不法之徒腐蚀的缺口，让惯于钻营之人察言观色、溜须拍马，“糖衣”裹着的“炮弹”几乎一打一个准儿。有许多人在金钱美色面前不动心，却因自己的爱好得到一时满足而不知不觉被人下“套”，戴上“枷锁”，一失足成千古恨。

清末杭州知府陈鲁，此人不贪钱财，不嗜烟酒，一向为百姓所拥戴。可此官却有收藏古字画之癖好。于是，为杨乃武小白菜案而企图行贿的余杭知县，就送来一幅唐伯虎的真迹。陈鲁爱不释手，慨然“笑纳”。于是徇情枉法，酿成大错。案发后，陈鲁愧疚难当，悬梁自尽。

相比之下，春秋时代的公仪休就聪慧多了。据《韩非子·外储说右下》记载，公仪休担任鲁相，他爱吃鱼，很多人争相买鱼进献给他，公仪休一概不收。他弟弟规劝说：“你爱吃鱼，却不收鱼，为什么？”公仪休回答说：“正因为爱吃鱼，我才不收。如果收了，一定会有迁就他们的表现；有迁就他们的表现，就将违背法令；违背法令就会罢相丢位。这样一来，我即使再爱吃鱼，也无鱼可吃了。而我不收鱼，就不会被罢相，那么就能长久地靠自己的俸禄买鱼吃。”

其实，“吃菜不许过三匙”也好，公仪休爱吃鱼却拒鱼也罢，实际上说的都是要“慎己所好”。只不过，前者是用家法制约监督，是他律；后者是自省自警，是自律。说到底，慎己所好，他律固然不可或缺，但如同外因是通过内因起作用一样，他律终究也是要靠自律来发挥作用的。更何况，个人所好往往具有某种私密性，他律也难免百密一疏。一个人如果不自律，总想钻空子，制度设计得再缜密，也是会“法令滋长，盗贼多有”。

曾先后拉200多名官员下水，把10多个官员送进地狱的厦门走私大案主犯赖昌星，有一句挂在嘴边的名言：“官场上制度、条例再严我也不怕，最怕的是当官的没有爱好。”这也从反面告诉我们，有爱好无可非议，但关键要管得住自己，慎露个人“爱好”，给自己定下类似“吃菜不许过三匙”的规矩，别动不动就秀自己的爱好，给居心叵测的赖昌星们以可乘之机。

要真正守得住爱好这个“碉堡”，扛得住诱惑，就须始终保持一颗自警、自律、自我约束之心。

（《今晚报》“副刊”，2017年5月25日）

慎防“白开水效应”

◎司徒伟智

每被问及“你养过宠物吗”，我会做苦笑状：“半个世纪前养过，老资格啦，那是同小伙伴下乡捕捞蝌蚪回来养在玻璃瓶。只是‘宠’得够傻，瓶子哪养得活蝌蚪，照例十天半月就呜呼哀哉。”

没想到，时至今日，此风未息。某些朋友竟有在宠物豢养五花八门之余，不忘踏青时节捞来几条小蝌蚪的，说是“让小孩零距离观察动物”。这是媒体报道的。

所幸的是，阻遏的声音大起来了。报道介绍，很多市民不认同“观察动物”说，而批评为糟蹋生命、妨碍生态。

如今的我，“觉今是而昨非”，自然赞成批评方。不批评，还得了？蝌蚪是青蛙的幼体，青蛙是环境的密友。其功绩不仅在扮靓田野，“黄梅时节家家雨，青草池塘处处蛙”，更在消除虫害。须知一只青蛙每天捕捉害虫60条，一亩地蓄养600只青蛙则各类害虫基本敛迹。“稻花香里说丰年，听取蛙声一片”（辛弃疾词），“薄暮蛙声连晓闹，今年田稻十分秋”（范成大诗），蛙声噪而五谷丰，二者紧关联。反之，蛙声息而虫害兴，禾稻遭殃，农夫心焦矣。

因果昭彰，道理易明，然而一种普遍的心理令人放松自律：“反正河里蝌蚪多啦，我就捞几条，没啥影响。”诚然，茫茫湿地，八九条，十来条，在蝌蚪总量中占比何其低也。问题在于，捞蝌蚪者各地多有，比比皆是，不该单个考量，务须综合计算。你几条，他几条，汇拢来浩浩荡荡赴黄泉，蛙声日稀，有目共睹！而且，请关注一个数据即“最小可存活种群”，它表示随着种群的成员数日朘（juān）月削，一旦达到临界值辄有整个种群灭绝之虞。

大概在社会心理学家看来，这就叫“责任分散效应”——面对一项集体责任，当个体各自承担的责任不明确时，容易各抱“少我一个无碍”的侥幸心理而自我减负。德国人林格尔曼早先做过实验，分别由单人或数人拉绳子，测试结果是个人平均拉力为63千克，八人组人均只有31千克，竟不到单人拉时用力的一半。对此类“集体冷漠”，我常觉得还可以起个更形象化的名称，出典在中国古代寓言。它说的是4个朋友会餐，讲定各携一葫芦高粱酒，倒在瓮里一起喝。到头来却各打算盘，都悄悄带一份白开水去混掺，结果是谁也蒙混不了。“白开水效应”，何等幽默而又警醒！

由青蛙想到蛇。蛇也是人的朋友。尤其现时，猫成了娇养的宠物，于是蛇就成为我们对鼠作战的主要助手。可惜，郊野觅蛇难，酒桌觅蛇易，“蛇会自生自繁，我抠几条又怎样?”——竟不知“白开水效应”为何物。

由保护动物想到保护更广阔的环境。“找回手帕取代纸巾”“不用一次性木筷”“用洗脸水拖地板浇花”“冬天开空调减低一度”“废电池交投专用回收箱”，诸如此类，说难不难，却又知易行难，持之以恒者究竟有几何？老爱用“少我一个没关系”自我原谅，还是忘却“白开水效应”。

面对伤痕累累的生态环境，每个人都该秉持“勿以恶小而为之”的理念，容不得再来一点儿雪上加霜了。

让“白开水效应”长鸣在耳畔，社会责任感喷涌在心头。

（《东方网》，2017年5月3日）

“限塑令”别沦为“卖塑令”

◎赵贝佳

两头蒜、一个西红柿、几个小芒果……别看笔者就买了这么点儿东西，超市导购依然尽职尽责地用透明手撕连卷塑料袋将它们分类装好、称重、贴价签。结账时，收银员还会问一句：您需要塑料袋吗？大部分人都选择花几毛钱买个塑料袋，然后窸窸窣窣地装好物品走人。

您还记得吗？9年前的“六一”不仅是儿童节，更是“限塑令”实施的日子。这份“限塑令”明确规定：从2008年6月1日起，在全国范围内禁止生产、销售、使用厚度小于0.025毫米的塑料购物袋；所有超市、商场、集贸市场等商品零售场所一律不得免费提供塑料购物袋。

9年过去了，“限塑令”几乎名存实亡。甚至让人感觉塑料袋的用量比以前更大了：小商铺随便给，大超市从中赚得钵满盆满——手拎袋一律收费，连卷袋则以强制消费的方式转嫁到商品价格中，使“限塑令”沦为“卖塑令”！有些超市甚至根本没准备环保袋，想装东西只能买塑料袋，消费者想环保都不行。还有些商家通过“互联网+”推广塑料袋，付款时扫码关注，就能免费得“袋”。

塑料袋为何屡禁不止？

首先，其“替代品”吸引力不足。相比塑料袋，无纺布等材质的环保袋“颜值”始终没有显著提升，不仅价格更贵，携带也不方便。而塑料袋装完商品还可以装垃圾，哪怕要为此支付点小钱，在消费者看来都是完全可以接受的成本。

其次，监管不力，让“限塑令”空有其名。想当初，超市、菜市场几乎天天有人检查政策的执行效果，商家自然不敢放肆。但塑料袋的生产企业众多，销售渠道和使用场所更是五花八门。随着时间推移，监管部门鞭长莫及，惩罚力度越来越小，检查次数越来越少，最终默许了商家对塑料袋的肆意使用。

最后，政策本身也有局限性。按规定，在所有超市、商场、集贸市场等场所一律不得免费提供塑料袋。但餐厅“打包”剩菜、在线或线下购物，是否也应听“令”行事？就拿快递过度包装问题来说，快递行业一年需要120亿个塑料袋、247亿米的封箱胶带，但回收率不足10%。缺乏明文规定的灰色空间，给了塑料袋继续泛滥的机会。

“限塑令”落空的背后，是白色污染卷土重来。有报告指出，目前全球只有14%的塑料包装得到回收，而最终被有效回收的只有10%。很多超薄塑料袋既没有质量安全标识，也没有可降解标识，若被随意丢弃或不经处理进行填埋，可能200年也无法降解，长期残留在土壤中，会对土质和水体造成极大危害。

除了这些看得见的环境污染，塑料袋还会产生看不见的“精神污染”——如果家里的大人购物时总是买塑料袋，孩子们又如何养成自觉使用环保袋的习惯？如果身边的污染我们都视而不见，将来又如何治理更困难、更棘手的环境问题？

往昔那些布袋子、菜篮子，实际上并没过时，依然能用并且好用，只是大家的观念被现代社会的飞速发展裹挟着向前冲，认为限塑“很麻烦”“没必要”。然而世上没有免费的午餐，算算眼前的生活账，塑料袋为舒适便利加分；如果算笔长远的环保账，滥用塑料袋则为健康家园减分。与其等到不得不付出惨重代价，不如现在就脚踏实地出硬招，减用、限用塑料袋。

一要“堵”，从源头上遏制。既然“限塑令”当初由政府推行，就不能完全依靠商家自觉来实现。环保、质监、工商等部门必须在塑料袋生产的审批、监控、执法环节中出狠招、抓落实，不让违规产品流入市场。

二要“疏”，让政令更加接地气。完善塑料袋销售、使用和回收的全链条制度设计。塑料袋薄利多销，如果适当涨价，大家“扯袋”的手可能就会停一停。如果通过政府补贴，在超市等地对使用环保袋的消费者给予一定奖励，也许能鼓励更多人养成随身携“袋”的好习惯。此外，作为替代品的环保袋大都又贵又笨重。如果能利用新材料技术，做到平价又便携，相信不少人会为其转身。而有些商家已经开始提供上门回收快递包装等服务，既能提高用户满意度，还能提升环保形象，一举多得。

最后，无论是堵还是疏，都离不开公众意识的转变。塑料袋早已融入生活的方方面面，弃之不用并不容易。“限塑令”的本意不是添麻烦，而是可持续。

这是个长期的过程，无法一蹴而就，需要每个人的坚持。希望未来，“限塑”能从政令变为习惯。

（《人民日报》“民生周刊”，2017年6月9日）

要“悟性”也要“记性”

◎江曾培

《中国诗词大会》的火爆，在中小学生中引发了背诵诗词的热情。尽管多数人给予正面评价，但也有人认为诗词大会的背诵竞技形式，倡导的是死记硬背，本质上是记忆力的大比拼，是高考模式的可悲延伸，是对青少年的误导。

青少年读书学习，要不要“死记硬背”，历来有不同观点。以前的私塾是推崇“死记硬背”的，现代兴办新学后，则强调在背诵方法上要先理解，后记忆，认为“死记硬背”是让学生“读死书，死读书”。强调读书要重理解，要从“机械记忆”上升到“意义记忆”是对的；然而，是否就该把“死记硬背”一棍子打死呢？教育实践表明也不可。读书，固然理解了才能更好地记忆，但记忆也能帮助更好地理解，所谓“读书百遍其义自见”。宋代大教育家朱熹倡导“熟读精思”，就提倡先记忆再理解。他在《读书之要》中说：“大抵观书，先须熟读，使其言皆若出于吾之口。继以精思，使其意皆若出于吾之心，然后可以有得尔。”

“大抵观书，先须熟读”，对少年儿童来说，更是不二法则。因为五六岁到十二三岁，是人一生中记忆力最好的阶段，充分利用这个“最佳期”，让孩子“死记硬背”一些经典的语言文学精品，尽管一时不甚了了，但这样的囫囵吞枣在将来会化为养料。明末清初的教育家陆世仪曾说：“凡人有记性，有悟性。自十五以前，物欲未染，知识未开，则多记性，少悟性。十五以后，知识即开，物欲渐染，则多悟性，少记性。故凡有所当读之书，皆当自十五以前使之读熟。”这是因为人在“多记性，少悟性”的少儿时期，充分发挥“多记性”之长，“死记硬背”一些经典作品，是有助于日后的“悟性”增长的。

鲁迅在《从百草园到三味书屋》中，回忆塾师只让学生背书而少作讲解，书屋中的读书声“真是人声鼎沸”。可见书不仅要用眼看，还是要动嘴读的。尽管鲁迅对塾师的教法并不以为然，但当年的“死记硬背”，却正是造就鲁迅这样的国学大师的重要一环。

我幼时读过两次私塾。第一次只有四五岁，老师就要我们背诵《百家姓》《千字文》，一间小小的课堂，整天书声琅琅；第二次读的是《论语》《孟子》，塾师也没怎么讲解，只是每天早上用红笔在书上圈一个段落，对一些生僻字讲两句，要我们下午放学前背熟——如果背得不对，有错漏，还会挨戒尺。尽管这样的背书，当时理解不深，但它还是化作一种养料，对我的成长发挥了潜移默化的作用。我没在大学读过文学，却走上文学写作与文学编辑的道路，不能不说与儿时背诵的经典有关。

自然，读书不能止于“死记硬背”，要在记忆中加强理解；随着年龄的增长，更要注意发展想象力和创造力。但这一切并不是对立的，而是相辅相成、层层推进的。“死记硬背”是人与生俱来的一种记忆形式，婴幼儿依此学会母语，发蒙入学后阅读书籍也不宜将其抛弃。

《中国诗词大会》倡导诵读经典诗词，倡导人们多接受优秀传统文化的熏陶，虽给人留下“提倡死记硬背”的印象，但也没什么不好。而且，在当前急功近利的社会风气下，倡导青少年静心诵读优秀诗词，对其人格的塑造也大有裨益。

（《今晚报》“副刊读吧”，2017年5月16日）

精神的囚徒

◎梅桑榆

一日，我应邀赴某友的家宴，酒过三巡、菜尝五味之后，满桌旧友新朋都变得谈兴大发，或报大道新闻，或传小道消息，或放谈国际形势，或漫议国内时政。而座中的一个披金挂银的女宾却独树一帜，大谈其丈夫孩子家中琐事，且大有垄断话题之势。于大家都觉兴味索然之时，一位男客挺身而出，婉讽曰：“我劝你没事读读书，看看报，关心关心国家大事，不要把自己变成精神的囚徒。”哪知该女士闻听此言，就像被人踩痛了玉脚上的鸡眼，柳眉倒竖曰：“俺老公在这一亩三分地上也算是条龙啦，而俺就是骑在这条龙头上说一不二的凤！本姑奶奶有的是钱，想上哪儿就上哪儿，别说出国旅游，就是美国的宇宙飞船对外营业，本姑奶奶也买得起船票，上太空去转它一遭。你说俺是囚徒？你老婆你孩子才是囚徒！”我见那位男客被她骂得脸上红一阵白一阵，可怜兮兮，便对该女士解释曰：“他说的‘精神的囚徒’，意思是指一个人对外界事物所知太少，思维空间狭隘，精神世界被自己所禁锢，并非说你是被剥夺了人身自由的囚犯。”不料她却凤眼圆睁曰：“你别跟我侃这些大道理，你们还想把我打成思想犯？”该女士一番高论，弄得大家啼笑皆非。

我的解释虽然未能消除该女士的误解，但我想大约可以使读者阁下弄清“精神的囚徒”之含义。可以当此“美誉”者，岂止该女士一人哉！恐怕大家都曾有幸遇到过这样的人物。有些女同胞，结婚之前还知好学上进，一旦结了婚，那求知欲便消失得无影无踪，别说读书看报，凡是有字的纸都懒得看；别说对本职工作之外的知识信息不感兴趣，对本职工作之内的知识信息也同样不感兴趣。结果是一晃多年，毫无长进。毫无长进倒还算好，有的人甚至是年岁愈长，知识愈少，早年学到的一点儿文化，也多半还给了老师。至于什么世界风云、国家大事，更是几无所知。由于日之所思夜之所想，很难超出家庭的小天地之外，因此，她们平时与人闲聊，除了丈夫孩子、家中琐事、张长李短、吃穿打扮，便无话可谈。

“精神的囚徒”之“美誉”，并非女同胞所独享，我们的男同胞中也不乏其人。有些人年轻时颇好学上进，有的人甚至是雄心壮志冲云天，然而他们一旦成了家，或弄到了一个颇为满意的职位，便与前判若两人：好学上进的变得手不染卷，雄心壮志也云散烟消。如果谁再不知趣，与他们闭眼谈什么志向、理想，必然遭到他们的冷嘲热讽。他们日之所思夜之所想，无非是今天到哪里混顿酒，明天到哪里搓场麻，今晚到哪里去“嘭嚓”，明晚到哪里去“卡拉”。这些人与上述女同胞一样，也大多是年岁愈长，知识愈少，精神上狭隘的程度，与上述女同胞不分高低。

从微信朋友圈里所晒的文章图片，也可大致看出一个人的精神世界，其中不乏“精神的囚徒”。

林语堂在《读书的艺术》中道出了一些人之所以成为“精神的囚徒”的原因，他说：“一个没有读书习惯的人是被拘束在他的身边世界中的，在时间与空间上来说，他的生活只是落后在一些日常琐事中，他的接触与交谈只限于几个少数相识的人，他的见识只限于身边的环境。这个小监狱他是无法脱身的。”随后，他给了我们一把打开这监狱之门的钥匙：“但是，他一旦读了书，他便立刻走进了一个不同的天地。”我想，只要不是在精神上甘于自囚的人，都可以用这把钥匙打开监狱之门，为自己的精神插上强有力的翅膀，在广阔的世界中遨游。

（《齐鲁晚报》，2017年6月1日）

国学的走样与走样的国学

◎刘诚龙

领导叫我去参加一个“国学行”，这回国学行，其行走样态果然好看，摇摇摆摆，一队队美女，一身身霓裳，一声声莺歌，美目流慧，胭脂流芳……国学行走中华大地，果然摇曳多姿。中有一美女，尤是巧笑倩兮，仪态万方，惹我心如猫抓，跑去后台，一睹芳容。

不睹则可，惨不忍睹。这位我拟为“旗亭画壁”（因篇幅，不述，您可找度娘）之最佳者，此时不曾双鬟发声，不知何故兮，两唇发气说着令我惊叹的国骂。美女她此时花容失色，帅哥我顿时国学失意。

这就是国学行走中华大地之走姿？“我觉得，传统国学应该贯穿到我们的衣食住行当中。”说这话的，是成都一位叫李里的。李先生国学如何衣食住的，不提，单提其国学之行，甚是网红。每天早晨，其国学造型是这样的：李兄左手牵着牛，右手拿着铲，他的娃背着小书包坐在牛背上，时不时朗诵诗歌，李兄与孩子与国学与牛（或驴）一路同行，一同走台。不，是走街。他行走的不是乡村，而是车水马龙的成都街头。按时下说法，叫作仪式感。河南省平顶山市宝丰县某中学要摆弄国学，凌晨5点叫学生起床，整顿衣裳起敛容，齐声背诵《道德经》；这还不算出格呢，据说该校每天还要弄一场国学节目，超有仪式感：操场上黑压压一片，向孔子行跪拜礼。

这事，若叫辜鸿铭先生来论，他也吃惊：监生拜孔子，孔子吓一跳；国人拜国学，国学要上吊。辜公是孔教保皇派，与他同，我也是国学守旧派。咱们如今弄国学，办国学班，北大老板班是几万几十万；一小二小，小学生呢，收费是几百几千吧。

孔教曰仁，孔班曰钱。孔子班，国学班，一门心思想从国人身上捞钱，非尊孔，非践行国学。儒学曰仁，捞钱便是不仁。我参加那次国学行，古诗古词，古装古束，够古，国学是那般古色古香，妹妹，你真国学了吗？你一出台，挺国学的，你一出口呢？国学模样那么漂亮，国学素养那么肮脏，一身国学皮囊，如何承载国学质量？

牵着一头牛，行走在街头，貌似很国学，其实国学愁。牛要拉屎街头，兄弟可否当环卫工人？汽笛一声牛发惊，儿子甩下来怎么办？实言之，牵着一头牛，在街头行走，只有仪式，并无实际，尤其不合文明之道。叫学生尊师尊孔，尊老尊祖，定然是对的，可是校长先生，你叫学生下跪，这是教学生当公民，还是教学生当奴才？

国学曾弃为敝屣，荒置多年，传统文化有断裂之虞；如今，传统文化断裂还有虞焉（只要是国学，国粹也当国渣的，大有人在），新添一虞是怕断现代文明。10多年前，曾出现一股退学读经热，家长不把孩子送学校，而把子女送私塾，不让读数理化生，只让读经史子集。有个叫郑惟生的，他爸将其当国学小白鼠，不让进学堂，10多年后，长成19岁小伙子，一句英语都不会，只会背《弟子规》，他曾背过1700遍呢。除了会背《弟子规》，他啥都不会了。

国学花枝招展，袅袅娜娜，从传统里走来，走了一些时候了吧，走“国”派还在走。当然可以继续走。只是走国学之路，要走正，莫走偏。偏偏是，很多国人走偏了，一是走偏了好内涵（单重仪式感），一是走偏了精华线（拿糟粕当醇酒），一是走偏了新文明（专去翻老皇历）。

（《讽刺与幽默》，2017年7月7日）

打招呼

◎李良旭

乔迁新居，左邻右舍都是新面孔，大家楼上楼下碰了面，表现得都很矜持，总是一侧身或者一低头就过去了。

妻子对我说：“我们应该主动地和邻里打声招呼，这样大家相互熟悉了，再碰了面，也就不会像陌生人似的了。”我说：“你说得对，远亲不如近邻嘛！”

说到做到。这天一早出门，就见楼上走下来一位年轻的女士。于是，我冲她微微一笑，说：“上班去？”

没想到，她惊悚地看了我一眼，然后低下头，一声不吭地急急忙忙地走开了。

我一下尴尬起来，半天没有挪开步子。

过了几天，我在楼梯口又遇到这位女士和她爱人在一起，就向他们颔首了一下，说：“下班了？”那男人听了，从眼角斜了我一眼，又看了看他妻子的脸，满腹狐疑地从我身边走开了。

过了一会儿，传来那男的声音：“刚才那人你认识？”女的回答说：“不认识！”男的又说：“那他干吗要打招呼？真是莫名其妙！”

这让我忐忑不安，直冒冷汗。

那天在楼道里，碰到一位拎着菜篮子，扶着楼梯，一步三喘的老太太往楼上走去。于是我停了下来，伸出手想去搀扶下老人，顺口说了句：“大娘，您住几楼？我来帮帮你。”

老人抬起头，脸上露出一丝惊愕，连连摇头。看着她一脸警惕，我只好留在原地目送着她颤巍巍的背影。她走了好几级楼梯，还慢慢地扭过头，看了看我有没有跟上来。

这天下楼，看到一位小朋友背着书包蹦蹦跳跳地跑上楼，样子很可爱。就在他一闪身的工夫，我忍不住摸了摸他的头，说：“小朋友，放学了？”

小朋友听到声音，抬起头一脸严肃地看着我，眼神里多了一份戒备和矜持，然后，一步一后地往楼上退去，并做出随时准备奔跑的姿势。

顿时，我感到他多了一份与年龄不相称的沉重和世故。

看来，这主动开口向邻居们打招呼，大家一时还不适应。于是我再下决心，决不再主动向邻居打招呼，免得弄得别人一惊一乍的。

这天，我打开门刚要出去，就见一男子亦步亦趋地上楼。只见他手里拎着个桶，腋下夹着一卷纸，见到我，不知怎么眼神就立刻游离躲闪起来。我想闭口不打招呼，可是没忍住，还是从嘴里冒出一句："下班了？"

没想到，话音刚落，那男子转身飞快地跑下楼去。只听见"咣当""哗啦"几声，他手里的桶打翻了，腋下的那卷纸也掉了。

我好疑惑，这是怎么了？打个招呼吓成这样。低头一看，那桶里装的是糨糊，散落在地上的原来是些小广告单。我这回的招呼没白打，吓走了一个乱贴小广告的。

（《羊城晚报》，2017年6月26日）

“祝你永远不死”算不算吉言

◎周云龙

杭州一小学期末语文试卷上有一道1分的“阅读积累题”，因为答案五花八门，成为网络热搜。题目是：爷爷六十大寿，你会献上什么吉言？报道称，三年级某班，42个学生，18个空着不会，16个答案让人无法直视，有8个答“寿比南山，身体健康”。

那些“无法直视”的答案到底是什么？试举几例：“姜太公钓鱼，愿者上钩”；“岁寒知松柏，患难见真情”；“一寸光阴一寸金，寸金难买寸光阴”；“韩信点兵，多多益善”……

有人认为，孩子们答案的丰富多彩，折射礼仪教育的缺失；有网民提醒，题目出得有问题，孩子没理解什么是“大寿”“吉言”，以为填成语或对联；其中一位网民的点评，我认为很到位：现在的孩子都是“小人精”，平时爷爷过生日早就送祝福了，但当它变成试卷上的题目，卡住了。

是孩子的脑筋不灵光、不会转弯吗？网民的一些跟帖显然有点儿想当然。据说老师对孩子做了追踪调查：为什么会这么写？一说，姜太公和爷爷都是老人，愿者上钩是希望送给爷爷的礼物能够自动上门；有说我希望爷爷的岁数活得越来越大，就像韩信点兵，多多益善；还有说“寸金难买寸光阴”，是希望爷爷能珍惜余下的时光，快乐地度过一生。其实，假如老师在那道填空题后附加一句“同时说说献上这句吉言的理由”，是不是更完整？孩子的答案也变得可理解，而且有妙趣。

所以，看孩子答什么，还要看老师问什么。看孩子答什么，更要看孩子学什么、做什么。那道引发舆论哗然的小学生阅读积累题，最终引起反思的应该是老师，是成人。我们要用孩子的视角、思维，去和他们互动，不要居高临下，也不要望文生义，更不要抹杀、打击。

孩子是天生的语言学家，他们的词汇、句子、叙事方式常常会给成人意外的惊喜，甚至“惊吓”。此时，成人世界的反应应该是宽容、赏识，而不是讽刺、挖苦。为什么好多孩子进入学校之后，语言表达开始渐渐变得无趣、生硬、贫乏？为什么他们最怕作文？为什么小学生一写作文就开始抄袭、仿作课文？那些违背成长规律、教育规律的引导熏陶，可能是主因。

同事的儿子前些天过10岁生日。生日宴上，有人问他，今天你最想感恩的人是谁？孩子脱口而出：外婆。于是这人引导他：此时此刻，你有什么祝福给外婆？小子又是脱口而出：祝她长命百岁，永远不能死！

“死”是很多人忌讳的字眼，而这句“永远不能死”却引发全场爆笑——估计这要让所有亲朋好友记住一辈子。这一意料之外的特别祝福，更令外婆老泪纵横。孩子的妈妈说，儿子两次到殡仪馆去给祖辈送葬，他对死亡有些莫名的恐惧，以前在家里说过他想活到300岁。所以，那天生日宴上原创的祝福，孩子是有观察积累、思想基础的。“永远不能死”，这正是个性表达的魅力。不过，当孩子把这句话作为献给长辈的吉言写进作文、试卷里，老师会有什么评价？符合既定的标准答案吗？我不知道。

经过多重“写作训练”、分数教育的孩子，他们在作文里、在试卷上，还会有灵性的表达、自由的发挥吗？

（《检察日报》“纵横”，2017年7月7日）

“在己体道”及其他

◎彭友茂

大家知道，苏东坡一生，文学才能及成就好生了得，他所有艺术门类都迈入了大师的境界。

这里，不说他在散文方面与欧阳修并称“欧苏”、在诗歌方面与黄庭坚并称“苏黄”、在词作方面与辛弃疾并称“苏辛”，不说在绘画方面他是中国文人画开创者之一，说只说他在书法方面被尊为“宋四家”之首。他的《寒食帖》是个佐证：1082年，46岁的苏东坡被贬官黄州的第三年。这年寒食节，下了一场很久的雨。苏东坡凝望着窗外淅淅沥沥的雨，突然间有了写字的冲动，于是研墨挥毫，写下了《寒食帖》。这纸《寒食帖》，若论诗意才情，在苏东坡3000多首诗词中实在是平平。但那起伏跌宕的书法意象却震撼千古：这张帖，乍一看，字形并不漂亮，时大时小，时长时短，时宽时窄，时疏时密，似乎完全失去了书法所讲究的规矩和法度。但心无挂碍，随意率真，恰恰是《寒食帖》的最大特点。世人之书法皆追求俊挺华美，而苏东坡在经历几番起起落落之后，终于悟道“人间有味是清欢”，所以在艺术上再也不去追求什么法度和规矩：为文、写诗也好，填词、作画也罢，只强调个人心情的自然流露，“我以我手写我心，我以我心吐真情”，清水出芙蓉，一派浑然天成。故此，这纸《寒食帖》，被誉为“天下第三行书”（第一行书是王羲之的《兰亭序》，第二行书是颜真卿的《祭侄稿》）。苏东坡不求法度不循规矩，敢用情放胆，荤素雅俗皆不避，所以为文写诗填词作画便如入无人之境，这就是苏东坡的艺术哲学：在己体道。

苏东坡的“在己体道”，对所有文学艺术工作者的从业之路和艺术研修具有普遍的指导意义。不论你是诗人、画家，是戏剧演员、歌唱家，是摄影师、建筑师，还是雕刻雕塑名流，初始阶段，跟着前辈学，比着大师做，都是必经之路。学到形似神似，几可乱真，也是一种悟性和能力。但学到、钻到一定程度，终究要走出来跳出来，回到自我体现自我。在这方面，郑板桥的故事十分有趣：郑板桥早年很崇拜一位书法家的字体，废寝忘食地临摹。一天夜里，熄灯后他躺在被窝里先用手指在被子上练，练着练着不知不觉在老婆背上练了起来。老婆不高兴了："人有人一体，你体练你体，为什么老在人家体上练?"虽是嗔怪，却使郑板桥猛然醒悟：各人有各人的"体"！有道理。从此，他在借鉴、吸取前人优点的基础上，开始琢磨自己的风格，终于摸索出了"乱石铺街"的六分半体。当年，成名后的齐白石告诫那些刻意临摹自己画作的后生"学我者生，似我者死"，说的也是这层意思。

天下学问不分家。"在己体道"似乎还可以广泛应用到人们的工作、学习和日常生活中。

眼下，食疗养生成了时尚，营养学家们口若悬河，诲人不倦：莲藕含有大量铁质，具有补血作用；燕麦含水溶性纤维β聚葡萄糖，可增加胆固醇代谢，很适合高血脂的人；核桃在国内外享有"养生之宝"的美称，黑芝麻、白木耳、空心菜、白萝卜等等，都有别的果蔬所不能取代的独特作用。一个人若既想补这又要补那，即便一天吃二八一十六顿饭，也难照单全收。健身与此可有一比：网络和健身房的教练们，有的夸赞瑜伽如何如何好，有的说跳广场舞老少咸宜，有的把徒步说成百病皆治，有的列出打太极拳的N种好处……但你分身无术，不便既搂草又打兔子。说到家，你要先明白自己锻炼身体的目的是健身还是瘦身，然后根据自己的力量、体重、身体素质和可自由支配的时间，选择确定属于自己的运动项目。这也是养生健身的"在己体道"。

（《杂文月刊》原创版，2017年8月上）

警惕假乡贤变身新村霸

◎王井怀

在一些地方，伪乡贤与新村霸之间，可能只有一步之遥。这比单纯的村霸现象更引人深思。

在一些集体经济空壳村，有“赌王”靠给村民送钱赢得“大善人”名头，并因此当选村主任；在一些拆迁村，个别村干部暗中煽风点火，挑起村民内斗，然后伪装成民意代表与政府交涉，牟取私利；在一些偏远乡村，城里归来的“小霸王”摇身一变成为村民眼中的“好后生”，当选村干部后迅速招揽小弟一起“坐天下”。

随着农村现代化进程不断推进，尤其近年来党和政府不断采取打击村霸的行动，农村地区传统意义上鱼肉乡里的村霸越来越少。但值得警惕的是，有一些违法分子转而学会乔装打扮，披上了“乡贤”的外衣，斯斯文文干起了违法勾当。

与普通的村霸相比，“新型村霸”的危害更加隐蔽。他们善于经营自我形象，蒙蔽群众，不少人在村内口碑还不错。然而，与传统村霸相比，他们对基层民主建设的破坏有过之而无不及。这些违法分子为一己私利，操纵农村基层政权，绑架民意，有的甚至当上了人大代表、政协委员。如果说传统村霸是基层民主大厦里人人喊打的老鼠，“新型村霸”则更像藏身大梁里的蛀虫，蚕食基层民主自治于无形。

我国传统乡村治理依靠自治，而乡贤在乡村自治中扮演着重要角色。当下，一些农村出现“三空”的情况，人们在呼唤新乡贤的同时，也容易被新村霸钻空子。

出现新型村霸，首先与农村管理空缺有关。在一些地方，基层政府在推进村民自治之时，放松了对农村的管理，致使农村基础设施欠账多，村民之间、村民与政府之间矛盾丛生，客观上为村霸“变形”、破坏基层民主提供了土壤。

其次缘于农村法治空白。一些基层干部坦言，近年来农村法治环境虽然有所改善，但在换届年的乱象较多。对村干部来说，村民选举有时会被宗族势力和金钱左右，一些人上任后便把主要精力用于为个人和家族牟取私利；而村民则容易被蝇头小利收买，对个别村干部的违法行为视而不见。久而久之，一些农村的法治环境越来越差，村民自治也随之变味。

最后缘于农村集体经济空壳化。一些集体经济空壳村财力有限，甚至连一些常规工作都无法开展，不得不对有钱的村霸产生某种“依赖”。有学者指出，在一些农村地区，有钱人通过制造一种“不用家财补贴集体，就没有参政资格”的政治氛围，使普通村民丧失被选举为村干部的机会，进而被剥夺参与农村政治的可能性，严重破坏基层民主。

如何筑起农村的村霸隔离网？这需要全面加强农村建设，夯实农村基础。

其一，要加强农村党组织建设，让党组织成为农村人的主心骨。观察新村霸产生的土壤可以看出，这些村的一个共同点是基层党组织涣散，村干部在村内没有威信，甚至让村霸混进党组织、支配党组织。农村这块阵地，党组织不去争取，便有村霸去侵蚀。基层党组织要硬起来，充分发挥在农村的战斗堡垒作用，成为阻挡村霸染指基层政权的第一道防火墙。

其二，要进一步加强农村法治。当前，规范农村选举的相关法律过于宽泛，在实际工作中常常流于形式，甚至不能有效地预防和制止违法违规行为。基层干部建议完善相关法律法规，加强对村干部选举和任期内行为的约束，防止村霸钻空子。

其三，要壮大农村集体经济。近年来，各级组织对发展壮大集体经济的认识不断加深，但一些政策配套仍不够，扶持政策落实还不完全到位。地方政府要因村制宜，有针对性地提供可行政策。同时，村干部要根据本村的资源禀赋拓展多元渠道增收，减少村集体对个人的依赖，确保全体村民对村务的话语权，从而遏制村霸团伙的发展壮大。

（《新华每日电讯》，2017 年 6 月 7 日）

风雅毛边书

◎路来森

购得止庵校订、北京十月文艺出版社出版的《周作人自编集》毛边本。计五册：《风雨谈》《瓜豆集》《秉烛谈》《秉烛后谈》《药味集》。盖是因了机器装订，书之“天头”齐整，仍未裁；书之“地脚”“书口”，全然毛边。如今，毛边书难得，更难复现前人收藏、阅读毛边书的一派风雅，故，得此书，深喜之。

毛边书，究竟产生于何年代？似乎难下定论。据说，最早始于欧洲，本色的欧洲毛边书，应是“三边不裁”，即天头、地脚、书口均不裁开。鲁迅先生深以为然，他说：“三面任其自然，不施刀削。”国人也大多以此话为标准界定毛边本。想来，毛边书，最初产生的时候，并非刻意为之，也许，只是因为装订者的懒散，或者装订的疏漏，成此种“毛边本”。未料，竟是受到读书人的喜爱，终至成为读书人、藏书人的一种“小情趣”。

鲁迅先生是极喜欢毛边书的，坦言：“我喜欢毛边书，宁可裁，光边书像没有头发的人——和尚或尼姑。”毛边书的魅力，到底何在？可能人说各异。但书评人杨小洲的话，似乎大有道理。他说：“毛边书的原始形态给人以想象和比喻的空间，以此作扩展，将其想象作待字闺中的处女，或将其比喻作不修边幅的村姑，有闺秀之风也有山野之趣，展玩之余尚可吟咏。”言之，似犹未足，于是，又将各种版本的书作一比较，以彰显毛边书的特色：“精装书如同贵族，高雅华丽；签赠本如同贵妇，寄藏私情；限量本如同闺秀，可遇而难求；毛边书如同村姑，朴拙清纯。而毛边未裁又如同处女思春，虽经他人之手却洁身自好完整如初；毛边已裁则如同乡绅之下堂妾，容颜不改风韵依旧，让人顿生浮想，暗生惜香怜玉之情。”

到底，还是因了毛边书的那份朴野自然、引人怀想的情味。

书，终还是要读的。《风雨谈》《瓜豆集》《秉烛谈》三书，此前，已收藏有钟叔河先生出版的单行本，且读过多遍；唯《秉烛后谈》《药味集》不曾读过，于是决定前三书作为收藏，后二书裁之阅读，也好享受一下阅读“毛边本”的乐趣。

前人风雅，据说，装订得好的送人用的毛边本，作者在送人时，常常附带送一把裁纸刀；讲究的，裁纸刀是用象牙磨成的薄片状的刀，便于夹在书中附送的，兼具书签用途。我等，是无此福分的，于是，亲购薄竹片刀一把，以之裁书。裁一页，读一页；读一页，裁一页。觉得，读毛边书，其享受，似乎更在阅读的过程。书的纸质甚佳，刀片切入书页的缝隙中，轻轻地划动，能听到纸裂的清脆的声响，如嘹亮的歌音，回旋弥耳。纸页裁开处，有的，呈锯齿状，参差如山峦起伏；有的似棉绒絮，柔和如风拂心湖。捻起一页页的书页，轻轻地，翻过，翻过，崭新的页面，青山秀水般，妩媚妖娆。视觉，牵动心思，浮想联翩，端的是一番美好的享受。

更重要的是，这种边裁边读、边读边裁的阅读过程，你不能心急，你必须心静，你能在一个缓慢的过程中，享受到那种阅读的悠游自在。所以，从某种角度看，阅读毛边书的过程，也是一个性情修炼的过程，一个助人思考、提高人生品质的过程。虽然有点形而上，而事实也确乎如此。

读毛边书，享受一份朴野，也享受一份人生的风雅。

（《杂文月刊》原创网，2017年9月上）

契诃夫法则

◎严　峰

今年6、7两月，对杭州来说无疑是与“火”脱不了关系的月份。

蓝色钱江一场大火，带走了4个生命，1位母亲和3个年幼的孩子。虽然说这场大火是保姆放的火，看起来只是一起偶发案件，但事实上，这起偶发案件并非不可避免。

且抛开物业和消防不说，单从作案的这个保姆来看，这个保姆是一家正规中介公司介绍过来的。如果这家中介公司在给事主推荐保姆的时候，对求职的保姆能多一些了解，事先告知事主，比如，她在外面因欠债跟人打过几场官司，而且她还好赌，那么，即使事主仍然会请她，也许平时对她就不会这么大意，这样的悲剧也许就不会发生了。

以色列作家尤瓦尔·赫拉利在《未来简史》这本书中，讲到人类发展过程中的两个法则，“丛林法则”和“契诃夫法则”。

“丛林法则”大家都熟悉，什么叫“契诃夫法则”呢？契诃夫有句名言：在第一幕中出现的枪，在第三幕中必然会发射。

按此来分析，中介对求职保姆的情况不了解，或者说了解了，但没有将实情告诉事主，于是，悲剧拉开了序幕，而在这场悲剧的第一幕便埋下了一把“枪”。既然枪埋下了，如果中间没有任何措施，那么按照剧情发展，第三幕中，枪发射了。

就这样，他们离开了我们这个热闹的世界。

可是悲伤还没过去，7月，杭州又起一场大火。这场大火导致40多人受伤、2人死亡。

这场悲剧的原因是一家路边吃食店的煤气瓶突然燃爆。

对伤者和两位死者来说，这就是天上飞来的横祸。特别是两位死者，一位是当时刚好路过此地的一辆公交车上的乘客，一位则是当时刚好行走在这家店门前人行道上的路人。

虽然到目前为止，还没有确切的结论，证明这是一起人为的案件，但我们都不会，也不能把此次灾难当成是完全偶然的，因为究其根源，会有这次燃爆，说到底还是“人为”。

据消防部门调查，此次事件中的当事店铺平时没有按规定从相关部门规定的渠道进煤气，且事发时，消防队员从店铺里搜救出好几只煤气瓶。安全隐患自此埋下。

按照“契诃夫法则”，店家“没从规定的渠道进煤气”“店铺里搜救出好几只煤气瓶”，这些都是这出悲剧里第一幕埋下的“枪”，这样看来，那天的燃爆并非偶然。

要想类似悲剧不再上演，最好的办法就是认真对待生活中的每一次演出，尽可能不在第一幕埋下“枪”。当然，即使我们不小心在演出过程中埋下了“枪”，如果我们能时刻警惕，就一定会在它发射前就发现，并马上清除，悲剧照样可以终结在第三幕来临前。

就好比前段时间在我身上发生的一件事，现在想想，还是心有余悸。

前段时间，我请了一阵子年休，可就在我上班第一天，坐我隔壁的同事告诉我，我鱼缸里的水喷出来，淋到了接线板上，接线板都开始冒烟了，还好他在自己房间看到了从我这边流到他那边的水，他叫人打开我的房门，才发现这惊险的一幕。他帮我关掉了电源，并拔下了接线板的插头。

听他这番话，我吓出一身冷汗，立马打电话给一位很有养鱼经验的同事，将鱼缸和鱼一并送给了他。现在每天下班，我都会仔细检查办公室里的每一处开关和插头，该关的关，该拔掉的就拔掉。

（《新民晚报》“专栏/评论”，2017年8月5日）

给巴黎19区华人抱团的姿势挑挑“毛病”

◎刘雪松

日前，因巴黎警方击毙了一名华人，引发了当地华人的大规模抗议。在华人两个晚上明显动粗的抗争之下，巴黎警察总局局长表态：3名涉事警察已经暂时停职等待接受调查，允许华人举行合法的悼念活动，35名被捕的华人先期释放26人，另9人在延长羁押24小时后，将尽快释放。

破门而入、面对手持一把剪刀的华人刘某，巴黎防暴警察以一枪毙命的方式处警，没瑕疵是不可能的。而华人这次爆发的抗议情绪，除了血浓于水的同胞情谊、对于警方处警方式的强烈不满，还包含着向来安分守已的华人，集体感受到了防暴恐高压之下遭受连带威胁的心理失衡。

作为深受暴力恐怖之害的法国，反暴恐之下的巴黎如临大敌，这从此次报警出动多达50名防暴警察的队伍规模上可以看出。但要说巴黎警方将一名手持剪刀、身高仅有1.6米的刘某一枪毙命是在歧视华人，这个仇恨就拉大了。出事的巴黎19区副区长就是华人。华人在国门之外一吃亏，咱们就给别人戴上种族歧视的帽子，这是自卑心理在作祟。

傲慢处处有，法国也不例外。法国官方在这次华人抗争中表现出来的低效率，与我们在国内时常遇到的情况极为相似。甚至被动、低能的程度比国内一些地方政府部门处理突发事件还要严重。但若以为巴黎这次华人抱团是以硬制硬才尝到了甜头，未免在寻求“出头”的方式上走进了误区。

巴黎19区华人副区长王立杰说：“游行可以，表达不满可以，但不能捣乱，不能违法。”这话听起来很耳熟，跟国内的官腔没多大区别。但这句话出在华人满腔愤怒的情绪当口，作为华人在巴黎19区的要员，实际上这话已经说得蛮狠了。华人信奉的是“打断胳膊肘往里拐”，尤其在国门之外，说这话更容易得罪人、伤感情。

华人这次的表现很讲义气，但是热血沸腾过后，你会发现华人的朴素同情心中，其实更多的还是脆弱的自尊心。

巴黎警方一枪毙命的方式是否失当，应该有真相，应该还公道。但同样，华人在整个案件中的表现，“毛病”也不少。这次引爆整个冲突的焦点，集中在警方与华人家庭之间两个完全不同的版本上。在更多的细节和进展没有完全呈现之前，基于常识来进行推测，死者家属的表述还不能够自圆其说，存在的漏洞似乎更多一些。刘某当时喝醉了酒，女儿事后说他只是“说话声音较大”，这跟警方所说的听到孩子的尖叫痛哭声“不得不”破门而入，可以比照推测。在与邻居发生冲突、邻居已经报警的情况下，喝醉了酒的刘某手里拿着剪刀还从容地“在厨房里杀鱼”，这个细节存在的可能性同样也不太合乎常理。而真正值得质疑的是刘某手上的这把剪刀是否刺伤了警察、有没有构成袭警，是警方面对的场景是否足以需要用击毙的方式来处理。

本来是通过法律诉求来解决的事，巴黎19区华人以数百甚至上千人规模与警方发生冲突的方式去处理，继而引发了又一场激烈的冲突，这个情绪闹得明显过了。有汽车被烧毁，有警车玻璃被砸，这不是一个恰当的感情表达方式，也不是展现抱团力量的方式，而是我们正在告别的那种落后的“中国式”诉求，在巴黎华人身上的呈现。

枪杀华人刘某的涉案警察被停职关押，巴黎官方的姿势是正确的。但这并不表示当地华人的诉求姿势也正确。如果出门在外的华人以为这是暴力抗争的胜利，就很容易因为放大了抱团碰撞的暴力力量，而让这种诉求方式成为习惯。这不仅不会拓展出更大的生存空间，反而会因为粗暴行为，让我们的群体形象在国际上受到更多的提防与限制。

巴黎19区华人第一次面对同胞如此死于警察执法的枪口，血浓于水的情感可以理解。质疑当地警察执法是否过当也是应该的。在这个明显具有争议的案件中，华人确实需要相互帮助、发出声音，需要在巴黎官方不太当回事的缓慢、傲慢节奏中用适当的方式施加压力。

华人之间的抱团相助、情浓于水，是力量，也是形象。但是好的形象、好的自尊自信，同样需要理性、合法地构建。在这个个案上，华人应该抱团去据理力争、据法力争，而不应该据力气去抗争。中国在强大、在进步，中国人走到哪里都应该把群体进步提升的素质同步跟进。华人法治的素养硬，才是真的硬。

（《光明日报》，2017年3月29日）

从儿童节的来历说开去

◎沈　栖

国际性的节日往往与历史上的重大事件或重要人物有着密切的关系。如6月1日的国际儿童节竟然与当年纳粹德国的一次施虐的暴行有关。

1939年3月，捷克斯洛伐克被德国并吞，希特勒在那里成立了一个波希米亚和摩拉维亚保护国，其总督为莱因哈特·海德里希。1942年5月27日清晨，海德里希告别妻儿，前往总督府，准备当天飞往柏林。途中，遭遇到由捷克军情人员组织策划的代号为“类人猿”的暗杀行动，海德里希被炸身受重伤，于6月4日不治身亡。希特勒歇斯底里地咆哮：要采取大规模的报复行动，用千百万人来为海德里希陪葬。按照纳粹此前的规定，占领区一个德国军人被杀，当地人偿命的比例为1：100，而以海德里希这样的纳粹头目做分子，其分母的数字就似乎没边了。

希特勒在捷克斯洛伐克的两大城市——布拉格和布尔诺宣判了1350人死刑，与此同时，选定了利迪策这个捷克斯洛伐克的村庄实施毁灭性的杀戮。因为“类人猿”小组曾在这一地区活动，其中有些成员还是出自利迪策。遵照希特勒的命令，党卫军对利迪策采取以下措施：一是枪毙所有的成年男子；二是将所有女性居民全部关入集中营；三是105名儿童全部用毒气杀死；四是烧毁全部民居及其他建筑物，夷为平地。

盖世太保妄图将利迪策从地球上抹掉的法西斯做法，激起了全世界各国人民的极大愤慨，尤其不能容忍的是全村的儿童惨死于法西斯魔爪。为了悼念这些死难的儿童，呼吁保障儿童权利，1949年11月，国际民主妇女联合会在莫斯科召开执委会，确定每年的6月1日为国际儿童节。

法西斯主义的反人类罪行千夫所指！这一罪行不只是受害国的成年人惨遭灭顶之灾，而且少不更事的儿童们也深陷水深火热之中，作为国家的未来、民族的薪火，儿童们自然成为法西斯分子吞噬的对象。希特勒“灭门”利迪策即是一个显例。其实，当年的侵华日军亦然。无论是南京大屠杀还是东北细菌战抑或长沙、西安等地的屠城，在成千上万赤手空拳的成年男女死于非命的同时，成千上万的儿童也无辜地倒在了血泊之中！

成年男女的死难令人心碎，儿童们如未绽放的花蕾过早凋谢更是令人扼腕！出于对希特勒倒行逆施的抗议，出于对利迪策受难者尤其是儿童的深切缅怀，世界上顿时“惊现”多个“利迪策”：美国伊利诺伊州的斯特恩小镇改名叫利迪策；墨西哥首都附近的圣赫罗尼莫在原来的名字后面加上了“利迪策”；英格兰的考文垂以“利迪策”命名广场；巴西、以色列、智利、南非等国都有“利迪策”村庄或街道。特别是到了每年的6月1日，全世界各国都会以各自的国家仪式和民族形式普庆这一属于儿童的特殊节日。

反对战争，呼吁和平，这已是当今时代的主流。和平不仅能给各国发展经济提供宝贵的时间，也给各国之间的互利共赢提供了巨大空间；不仅造福当代，更是遗泽子孙，给广大儿童健康成长营造一个良好的氛围。——这，理应成为纪念儿童节的题中之义。

（《东方网》，2017年6月1日）

无条件地“传”，有选择地“承”

◎葛剑雄

“传承”应该分为“传”与“承”两个部分，这是两个不同的概念，应当区别对待。“传”需要我们把前人留下来的精神的、物质的文化遗产，尽可能完整地、无条件地保存下来，无论是精华还是糟粕，它都是历史的一部分。“承”应该是有选择性的，有的需要摒弃，有的需要理解后进行科学转换，只有极少部分才能按照原样继承。

我想谈谈对传统文化传承的一些看法。

1. 对于“传”，我认为是无条件的、绝对的，我们要尽我们的可能把前人留下来的精神的、物质的文化完整地保存下来。

我把“传”跟“承”分为两个概念：“传”我认为就是使它保存、流传；“承”，那就是要使它延续、继承。这两个不同的概念，给我们提出了不同的任务，我们也应该采取不同的态度。对于“传”，我认为是无条件的、绝对的，我们要尽我们的可能把前人留下来的精神的、物质的文化，这些遗产都要在我们这一代，尽可能把它完整地保存下来。如果我们再不自觉地保存的话，它们很可能就在我们这一代人手中断绝了。不要去区分它到底是有用还是无用、先进还是落后，有时候还在你争论它该不该保存的时候，可能这个老建筑就倒塌了；这个文化的传人可能就去世了，或者已经丧失了再传的能力了。所以，不争论，先保存下来。

有人担心，你保存了糟粕怎么办？没关系，糟粕也好，显示人类的丑也好，都是我们历史的一部分。你看法西斯当年的奥斯维辛集中营，现在被联合国教科文组织列为世界文化遗产。这也是一种遗产，如果不保存，后人可能很难想象出当年法西斯的残酷。在中国，从宋朝到清朝，妇女都是缠足的，正常的脚变成“三寸金莲”，当然这是一种陋习。但是如果你把有关缠小脚的历史资料，比如当时人们欣赏的三寸金莲这些小脚的鞋都通通毁了，我们的后人包括在座的各位，你们又怎么理解中国历史上曾有过这么一个阶段的审美？

2. 你真把它毁灭了，或者任由它自生自灭，那么等你意识到的时候，也许已经没有办法再深入了解研究，更谈不上继承弘扬了。

还有一些是古代人的生存智慧，我们可能一时无法理解，但你真把它毁灭了，或者任由它自生自灭，那么等你意识到的时候，也许已经没有办法再深入了解研究，更谈不上能够继承弘扬了。比如辛亥革命以后，中国就宣布废除原来的农历，完全实行公历。但是我们慢慢发现，中国的农历并不是当时反对它的人说的是阴历，它是一种阴阳合历。特别是其中的二十四节气，它非常好地使中国那么多的农民能够把握住生产跟生存的节奏，这是一种古人生存的智慧。中国以这么小比例的耕地养活这么多人口，很大程度上，是与两千多年前形成的二十四节气这样一种生存智慧有关的。所以大家知道，最近二十四节气已经被列为世界非物质文化遗产，还有很多我们可能今天还认为是一种迷信，一种不好的习俗，也许它包含了当时的人，他们在特殊的条件下形成的一种生存智慧，那我们不妨把它留下来以后慢慢研究。

3. 古代文化里面，到底哪些是值得我们今天“承”的？

总而言之，我觉得讲“传”的话，那是无条件的。但是“承”呢？那就不同了，我们要继承的，不可能是它的百分之百。首先要理解这种文化，其中哪些部分我们可以照原样继承下来，哪些部分可以经过我们现代的、科学的转换，散发出它的精神实质、它的精华，用新的形式成为我们今天的生活、今天文化的一部分，甚至可以为未来做出贡献。当然完全不适合的糟粕，我们要剔除。但是长期以来，我总觉得我们对这些看法往往只停留在理论层面，没有做出实际的事情来。所以我自己在考虑，我们古代文化里面，到底哪些是值得我们今天“承”的。我们传统文化里讲忠孝节义，现在没有人说孝不好吧！那么这些放在今天，我们怎么来学、怎么来做呢？从孔子、孟子一直下来，为什么这个孝道，这么长时间流行呢？

这几年，我们又重新讲孝了。我看有的农村，把二十四孝图都重新挂上去了。那个“孝”里面，有些今天看来是很可笑的。比如老人生了病，儿子自己割块肉给老人煮了吃，就算你的心完全是好的，那么今天我们也明白人的肉是不能治病的。还有一个冬天老人要吃鱼了，儿子躺在冰上让冰融化然后鱼就出来了。你浇点开水也可以嘛！对吧？你说这叫孝吗？这些二十四孝里面的糟粕部分，模仿也没用的。还有今天讲孝，叫小孩子穿一个汉服啊，跪着磕头啊，但是起什么作用呢？所以这几年，特别我研究中国人口史，慢慢体会到了，孝的本质不是那些表面文章，孝的实质就是要一代一代的人，为家族、民族、社会的繁衍、延续，做出贡献。为什么中华民族，特别它的主体民族——汉族，今天在世界上还是人口最多的民族呢？孝的观念起的作用是不容否认的。很多从春秋战国时候流传下来的故事，包括《赵氏孤儿》，赞扬的都是说保存一个家族的后代是很神圣的事情，它对我们中华民族的绵延的确是起了非常大的作用。

4. 如果我们把传统文化，放在古代一个真实的社会场景下面来认识它的本质，它真正起的作用，这样我们才有可能真正地做到“承”。

那么这个孝道是不是就没有糟粕、没有需要扬弃的呢？也有的。比如说古代讲的“不孝有三，无后为大”，这个“后”是不包括女孩子的，男尊女卑，这就是糟粕。今天，如果说继承传统文化，我认为都应该把它具体化，而不是停留在口头上，停留在盲目的颂扬上。如果我们把传统文化，放在古代一个真实的社会场景下面来认识它的本质，认识它起的真实作用，这样我们才有可能真正做到“承”。在我们这代人里面有选择性地进行合情合理的创新、转换，那么这样的传统文化，就能成为我们今天文化的一部分，融入到我们的生活，并且通过我们传给子孙后代，使它在中国、在世界永远发挥它积极的作用。

（《新华日报》，2017年6月6日）

陶渊明：朴素的欣悦

◎刘小川

陶渊明是东晋大贤，古代真性情的总代表，几乎影响了后世所有的读书人。

陶渊明是晋初大将军陶侃的重孙，其父陶逸做过太守。乱世家道中落，他一生四次求官，“畴昔苦长饥，投耒去学仕”，最后一次做了80多天的彭泽（今属江西）县令。他是庄子般逍遥的人，“性嗜酒，家贫不能常得。宅边有五柳树，因以为号焉。”

逍遥归逍遥，却要养家糊口。陶潜的妻子翟氏生了4个儿子，加上前妻生的长子陶俨，5个吃长饭的，刚吃过饭又想吃，总是嚷嚷肚子饿，半夜“饥”叫。幼子还在地上爬，嗷嗷待哺，长子、次子挑水劈柴煮饭，“穷人的孩子早当家”。老三不念书，大白天歪靠土墙睡觉。这个老三，醒来就要吃梨吞枣……

五柳先生当县令，把官帽挂在官厅的青砖墙上，裹一个滤酒的葛布头巾，赤脚走田埂，格外关心农事，与臭汗淋漓的劳动者打成一片。

“平畴交远风，良苗亦怀新。”苏东坡对此二句崇拜得五体投地：“吾于诗人无所甚好，独好渊明之诗。”陶诗109首，苏轼篇篇唱和……

有一天，州刺史派来了一个邮督，架子扯得大。人未到命令先至：陶渊明必须官衣官帽穿戴整齐，必须迎接到遥远的官道口，必须躬身引路……

陶渊明站在县衙外发了一会儿呆。县令的官帽来之不易啊！公田酿酒的粳稻眼看要成熟了。家里的5个儿子巴望父亲带回好吃的东西。

当了80多天的县官，形形色色的上级脸太难看，于是，他扔了官帽回家。个性本如此，没办法。扔就扔吧！

天没亮就急于逃离官衙，一路上“载欣载奔”。此间的陶渊明四十出头，奔官场已经奔了四次，一而再、再而三地发现自己禀性难移。中年他家境尚好。

我是一直觉得陶渊明很有几分摩登相。诗人为什么如此兴奋？因为他找到了自由。自由与自然息息相通。庄子巴望化为蝴蝶，陶潜羡慕欣欣向荣之木、涓涓流淌之泉、挣脱尘网之鸟、回游故渊之鱼。中国古代大贤，深深懂得植物朦胧的欣悦，绝不会轻易以技术手段去算计她、催逼她，贪婪索取她。尊崇自然，符合天道。

“学而优则仕。”中国的文化先贤都要奔官场，外星人般的老子也不例外，做了国家图书馆的管理员。走向官场又背向官场，几乎是所有文化先贤的宿命。其间生风生雨生雷电，强对流催生强悍的生命个体，化入语言、音乐、书画、建筑、衣饰、美器……几千年笼罩数百亿人的生活方式。

朴素的欣悦，低消耗的快乐，轻松持续一万年，夭夭如也。

陶渊明扔官帽的符号化动作，后世仰望了1600多年。这是利益趋奔与个性自由永不停息的拉锯战。名缰利锁，退一步海阔天空。对中国的文化先贤而言，这叫以退为进，进入自然与审美。幅员辽阔的中华大地，陶渊明的辐射力怎么形容都不为过。房前屋后皆风景，一草一木亦关情。道德醇，风俗厚，人情暖，维系着短暂者（人）的生存，流连日常生活的点点滴滴，一杯酒一支歌一首诗，或是两三句亲朋问候，人就乐起来了，这样的人，何往而不乐?

中国的民间有一种“生活信仰”，绝不亚于这个星球上的任何宗教信仰。农耕文明七八千年，这种生活信仰贯穿了始终，温柔覆盖了南北城乡。

“野外罕人事，穷巷寡轮鞅。白日掩荆扉，虚室绝尘想。时复墟曲中，披草共来往。相见无杂言，但道桑麻长。”庄周陶潜居穷巷，一个编织草鞋，一个扛起锄头，哲思与佳作犹如喷泉，富可敌国也。身在万物之间，在操心操劳的过程中细腻感受万物的涌来，享受持久的微醺、沉醉、癫狂，永远感激造物主的赐予。

是的，艺术让人癫狂。“艺术是生命的兴奋剂”（尼采）。

陶渊明居住的柴桑县（江西九江）上京里，山环水抱，民风朴拙。远眺庐山的香庐峰，夜观星星大如斗，钓鱼弹鸟捉泥鳅，走乡串户话桑麻……中年晚年的陶潜乐得像个孩子，始终保持孩子般的生命新鲜感。至朴者，树立了千百年的好榜样。

缺了陶渊明，中国乡野田园的美感会大打折扣。诗人提纯了普通人的感受，丘山与村落符号化了。

（《成都晚报》，2017年8月2日）

大学生求职身亡带来的几个疑问

◎何　龙

李文星的家人怎么都不会想到，刚刚毕业于东北大学的亲人李文星的求职终点，会是天津市静海区的一个水坑。

据媒体报道，今年23岁的李文星出生于山东德州一个农村家庭，去年刚从东北大学的资源勘查工程专业毕业。李文星通过互联网招聘平台“BOSS直聘”，拿到了一家名为“北京科蓝公司”的公司Offer。7月14日，李文星的尸体在天津市静海区被发现。所谓的“北京科蓝公司”是一家冒名招聘的“李鬼”公司，该公司涉嫌传销。

一个来自农家、好不容易考上985大学、成为一家人希望的大学生，毕业不久就毙命于水坑里，这会给李文星一家人带来怎样的巨大悲痛是不言而喻的。

但李文星求职身亡所带来的不仅是悲痛，还带来了诸多的疑问。

一个传销组织如何能在BOSS直聘上堂皇招聘是最大的疑问。

传销的丑恶、邪恶和罪恶几乎已经家喻户晓。传销组织头目用邪教的洗脑方式骗取信任，用类似黑社会的禁锢方式限制受骗者的自由，最后洗劫受骗者及其亲友的钱财。

传销组织就是水坑，而BOSS直聘却不加审查地给这样的水坑提供了招聘平台！

有报道说，BOSS直聘CEO赵鹏曾经对媒体说：“并没有采取事先审查的原因基于两点，一是没有资源，二是可能也没有资格。”

没资源没资格事先审查却可以给人提供直聘平台，可见网上信息平台的乱象。

这就带来第二个疑问：当直聘平台被人利用，最后导致谋财害命时，平台该担负怎样的责任？

从相关报道得知，天津市静海区是各种非法传销组织盘踞已久的地方，从2004年至今的13年间，媒体对静海官方打击传销的报道几乎未曾断绝。

13年的打击为何无法打败传销组织？这是传销组织太狡猾，还是打击机构太无能或者太无为？传销组织能够在一个地区盘踞10多年，这个地区的管理者该不该承担责任？

还有一个疑问来自我们的防骗安全教育。

街头诈骗，电信诈骗，传销诈骗……在四处有陷阱的社会，我们的家庭、我们的学校该不该把真相告诉学生？要不要进行防骗安全教育？

可想而知，李文星如果受到足够的安全教育，知道网上有很多陷阱，知道传销组织的特征和欺骗方式，知道误入传销陷阱该怎样脱身，那么损失就可能减轻，悲剧就可能中止。

安全教育首先应该始于家长，但许多家庭的文化程度和信息接收程度往往不足以催生安全教育的自觉性，这就要求学校应该补足安全教育课。尤其在学生即将走出校门步入社会时，哪怕过往已有相关教育，仍然还要再次提醒学生在寻找工作的过程中要提防受骗上当。

可是现在有几个大学会在学生毕业时给予就业辅导和安全提示？

培育一个生命不容易，培养一个大学生更不容易，可是当一个鲜活的生命刚刚成长成才时，当一个重点大学的成品刚刚交付使用时，却被万恶的传销组织所摧毁，这种结局怎能不令人扼腕长叹？这些问号怎能不变成感叹号？

（《羊城晚报》，2017年8月4日）

“不愿作弊”和“不敢作弊”不是一回事

◎殷国安

考试不需老师监考，如果一人作弊，全班的成绩都要作废……这样的反作弊考试办法，如今正在东莞理工学院城市学院一个班级施行。（《广州日报》5月24日）

在一些高等学校，考试作弊似乎已成顽疾，如何与考试作弊斗争成了一个课题。何止在东莞的这所独立学院，多地都有“诚信考试”、不设监考人员的探索。这些没有监考人员的考场依靠学生自我约束、自我监督，为破解大学生作弊“顽症”提供了可借鉴的思路。

很多地方推行的“无人监考”是假的。对外号称“无人”，其实不过是以科技代替人力。例如在内蒙古民族大学，学校共有219间教室被改造为电子监控全覆盖的标准化诚信考场，实现了对考试的全程实时监控。考场前端通过广角定焦的高清摄像机、拾音器进行全景采集，后端通过360度旋转加变焦的高清摄像机、拾音器进行音视频采集，网络中心可通过大屏幕实时监控考场。

“科技监考”与“人工监考”有什么不同？我以为，在发现作弊者作弊的作用上，最终的结果并没有大的差异。甚至可以说，人工监考还可能由于监考者疏忽让作弊得逞；而“科技监考”则是全过程、全方位地监视。总而言之，科技监考同样是监考，不能认为无人监考就体现了道德的高尚。

东莞理工学院的无人监考显示了学生的诚信吗？他们的考场也是有监控的。而且，他们还有一个撒手锏，这就是“一人作弊，全班成绩作废”。这个创新班是在大一升大二时重新选出来的，总共31人，在大一时他们的成绩基本都排在各自班级的前5名以内，学习能力和综合素质都很强，约有近一半的同学可以拿到各类奖、助学金。对于这些优秀的学生，出现挂科或者成绩为“0”等情况，意味着所有的“福利”被取消。在这种“株连”政策下，学生自己当然没有作弊的必要，同时出于利益驱动，会死死地盯住他人作弊，防止他们把自己拖下水。

不过，一个学生作弊连带全班成绩作废，这种株连是不合理的，除了“挑动群众斗群众”，没有其他的作用。株连的始作俑者是商鞅，商鞅规定“令民为什伍，实行连坐法”。一人犯罪，株连亲族、邻里。就是后代开明的统治者也不赞成这种对民众的态度，不赞成这种过度的株连。

参加考试的学生不作弊，能证明他们是讲诚信的道德模范吗？他们中的有些人可能是真的坚守诚信，但也有人不过是有所畏惧而已。讲诚信者不作弊是因为不愿作弊，被迫不作弊者是因为不敢作弊。虽然在行动上都表现为不作弊，但后者显然不能成为诚信的样本。

真的倡导诚信考试，可以让自愿不作弊的学生参加无人监考的考场；即使有人作弊了，对他进行处罚，清出诚信考场就是了。这才能测出真正的诚信者。

（《中国青年报》，2017年5月25日）

不止于取财之道

◎朱生坚

曾经我的老师去浙江回来，对我说："你们浙江人个个都会赚钱，你怎么就不会呢?"我忘了自己当时怎么回答的。大概在肚子里嘀咕一句："你怎么知道我不会呢?"

10多年后，我终于有了一个很好的答案。前不久，查理·芒格在每日期刊公司2017年年会上说："我人生的全部经验告诉我，我只有做自己感兴趣的事情才能成功。如果不喜欢的事情还要做到很好，那对人性的要求过高。"对啦，我对赚钱没兴趣，怎么可能做好呢?

熟悉查理·芒格的人或许知道，早在10年前，在南加州大学的演讲中，他也说过类似的话："我可以强迫自己把许多事情做得相当好，但我无法将我没有强烈兴趣的事情做得非常出色。"是不是这老头已经太老，只能重复已经说过的话？ 当然不是。正确的理解是，就像我们所知道的那样，这个世界上，人人都用得上的道理也就这么些而已。

几乎无人不知，沃伦·巴菲特和查理·芒格是全世界投资者的传奇。可是，查理·芒格说，他们用于投资的知识并不深奥，没有什么神秘可言，也就是各个专业的学生在大学一年级所学到的那些基本概念。"我们赚钱，靠的是记住浅显的，而不是掌握深奥的。""我们成功的诀窍是去做一些简单的事情，而不是去解决难题。"

这些基础知识虽然浅显，要充分掌握，并运用自如，谁都知道会有点儿难度的——要按住自己骨子里头那条懒虫，去看那么多书，就已经够难了。不过，数学、经济学和（查理·芒格极其重视的）心理学等等，对每个人的生活总归都有点儿好处。查理·芒格反复强调要跨学科，把各种基础知识综合起来。他创造了一个新词叫"lollapalooza效应"，指几种因素相互强化并放大彼此的效应。

做到以上这些，即便做得没有查理·芒格那么好，无论在哪一个行当，大概都可以小有成就，至少不会落在平均线以下。如果想要达到出乎其类、拔乎其萃的地步，那就还得拼人品、拼修养，包括诚实、自省、自律等等。查理·芒格的偶像富兰克林说：“阴谋诡计是蠢货的伎俩，他们缺乏足够的智慧去以诚待人。”而查理·芒格似乎对人性之恶更为警惕，想得更为周全，他说：“应该尽可能地设计各种防止欺诈的制度，哪怕有些人的悲惨遭遇将会因此而得不到补偿。毕竟，一种让欺诈得到回报的制度将给社会造成很大的破坏，因为糟糕的行为会成为效仿的榜样，形成一种非常难以消除的社会风气。”说到自省，查理·芒格多次援引达尔文和爱因斯坦，要求随时修正，甚至完全放弃自己所喜爱的、即便是历经艰辛得来的理论和观点。他有个“双手互搏”式的悖论：“我觉得我没资格拥有一种观点，除非我能比我的对手更好地反驳我的立场。”

生活中的失败者各有各的原因，而成功者无不是善于学习的人。查理·芒格说过一段非常诱人的话：“我不断地看到有些人在生活中越过越好。他们不是最聪明的，甚至不是最勤奋的，但他们是学习机器。他们每天夜里睡觉时都比那天早晨聪明一点点。”他说，如果你掐着表观察沃伦·巴菲特，你会发现他每天有一半时间在读书；而他们两个人读书之多，“可能会让你感到吃惊”。他还说，他们俩是“我们自己意义上的学者”。跟他的偶像富兰克林一样，查理·芒格也主要靠的是自学。

关于学习，在更高的层次上，他说：“获得智慧是一种道德责任，它不仅仅是为了让你们的生活变得更加美好，而且有一个相关的道理非常重要，那就是你们必须坚持终身学习。”适合给这段话做榜样的是古罗马的西塞罗。他学识渊博，但他还是认为，只要一息尚存，就应该不断学习。在西塞罗看来，试图解决基本问题的哲学研究是一种理想活动，适合所有年纪的人，哪怕是行将就木的老年人。查理·芒格还提示了具体的路径：“我本人是个传记书迷……如果你确实在生活中与已逝的伟人交朋友，那么我认为你会过上更好的生活，得到更好的教育。”

“我非常幸运，”查理·芒格说，“很小的时候就明白了这样一个道理：要得到你想要的某样东西，最可靠的办法是让你自己配得上它。这是黄金法则。”有时候，他会把这里的“某样东西”换成“生活”或“理想配偶”，显然，后者更好理解。在这本《穷查理宝典》（上海人民出版社2010年版）里读到这样的话，我也感到非常幸运。此书编者有言：“对查理来说，成功的投资只是他小心谋划、专注行事的生活方式的副产品。”也是同样的道理。这道理虽然简单，好像又有点儿神秘，让人感觉有点儿靠不住。可是，不管你信不信，反正我是信了。三十年河东转河西，一个人只要活到三四十岁以上，差不多就有机会看到，有些人得到了他们配不上的东西，最终还是会以各种原因失去。按照西塞罗的说法，如果你的生活方式是正确的，那么你到了晚年只会比年轻时更加幸福。

这年头，很多人的小目标是在三四十岁实现所谓财务自由，然后过上幸福的生活。问题是这个小目标里隐藏着一种急迫或焦虑，它就像一块遮羞布，掩盖着贪图安逸享受的心理。查理·芒格说，生活不仅仅是精明地积累财富。他甚至说：“我不知道追求金钱是否值得称道。”尤其是，通过金融投资赚钱，实在不是特别值得提倡。值得称道的是，他说：“我们并不自称是道德高尚的人，但至少有很多即便合法的事情，也是我们不屑去做的。”有所为，有所不为，这才是君子取财之道。

（《文汇报》“笔会”，2017年3月31日）

作者简介里的“糨糊”

◎李　皓

眼下，文学期刊发表的作品多半会附上作者简介，以便读者对作者有所了解，有时候还有助于进一步理解作品。这原本是件好事，可偏偏有人把这个“好经”给念歪了，致使这几十字到几百字的“小传”成了名利场，乱象多多。归纳起来，主要有以下几种。

一是名字造假。有的人偏偏起了个跟某位名作家、名诗人一样的笔名，只是在作者简介里说明自己的原名。如此，编辑可能会误会为名家的稿子迅速编发，对于质量就退而求其次了。还有的作者为了赚取稿费，竟然直接抄袭名家的稿子投稿，只是稿费的汇寄地址是抄袭者的——如果抄袭者跟名家同名同姓，那就更加“方便”了，让杂志社防不胜防。更有意思的是，有的男性作者偏偏起了一个女性化的笔名，专给男编辑投稿，有时还附上一封“暧昧”的附言，套取编辑的好感。难道在他眼里，那些男编辑都是“好色之徒”？

二是身份造假。有的作者故意把自己的职业写成公务员、国企高管、报刊编辑等等，以骗取编辑的好感——比如写上某网站总编、某论坛主编、《××诗刊》副主编等等，网站的民间性暂且不讲，连内部出版号都没有的非法出版物，他们也敢拿出来招摇，有时候还玩一些换发稿子的小伎俩，为人所不齿。

三是年龄造假。我认识一位写诗歌的老者，六十好几了，可每次在简介里都写着“1960年代生人”，致使《诗选刊》以及个别年选都把他编在“1960年代”栏目里。这是一种什么心态呢？后来听说诗坛隐瞒年龄的人大有人在，特别是一些女诗人，无非是为了发稿子或者获奖，听起来似乎值得原谅和同情，爱年轻之心，人皆有之嘛！

四是创作成绩造假。这里面的乱象最多。我们知道，创作系统当数中国作家协会以及省市作家协会最为正宗，其次是中国诗歌学会、中国散文学会等。如果在简介里把这些协会、学会如实写上无可非议，但有的作者根本不是会员，却也大言不惭、毫无愧色地写了上去。再者，还有人竟然把一些山寨协会堂而皇之地写上，号称主席、副主席，贻笑大方。再说发表作品，有的人在简介里胡乱罗列了一大串各级官方报刊的名字，摸准了编辑大都没有闲心去挨个查，而有的把民刊和非法出版物也与公开出版物并列在一起，鱼目混珠。对奖项的列举也如出一辙，县市一级甚至某个乡镇、景区举办的征文，居然冠名“全国”“中国”甚至“世界华文”等等吓人的名头，优秀奖、入围奖也决不放过，让人深感“来头不小”。其实，明眼人一目了然，这样的伎俩太小儿科了。有的作者“著作等身”，其实百分百自费出书，有的用假书号，有的干脆是非法出版物，也胆敢列出“著有长篇小说、散文集、诗集数十部”云云，让人大跌眼镜。

文坛也是个大江湖，各色人等一应俱全，在“作者简介”这个小“糨糊”上做文章只能说明一个问题：尽管文人清贫，但文学圈依然是个名利场，每个人都愿意佩戴一些亮眼的标签。

我在编稿过程中就遇到过，某著名女作家给我发来接近千字的作者简介，让我无言以对。我们通常会要求作者简介在百字以内，但没有几个作者能做到，动辄就是三四百字、四五百字，似乎不写“明白”不写“透彻”，誓不罢休。

索性，如今我主编的刊物轻易不再发作者简介，因为我看到许多人将自己定位为“当代著名诗人”“著名青年作家”，我感到后背一阵阵发凉。而有一个青年诗歌爱好者在某诗刊打工，介绍自己是编审，我问他是职称吗？他说就是审稿的意思。我哑然失笑，编审可是高级职称。

拉拉杂杂，所谓江湖，无非是“糨糊”，这儿粘一处，那儿贴一块，把文学工作者的自我形象搞得面目全非。

习近平总书记曾强调，广大文艺工作者要把崇德尚艺作为一生的功课，努力追求真才学、好德行、高品位，做到德艺双馨，成为先进文化的践行者、社会风尚的引领者。试想，我们的文学工作者，如果在一个小小的“作者简介”里都无法求真务实，那么他的作品质量、格调可想而知。从小事做起吧，先搞明白自己到底是谁，然后再动笔也不迟。

（《光明日报》“周末·大观”，2017年2月24日）

为什么国人的辩论总是不欢而散

◎黑白先生

为什么国人的辩论总是不欢而散？我总结三大特点：

1. 辩论者自以为是真理的化身，从不尊重对方，也不倾听对方的意见，总是自话自说，给别人上课。

什么原因造成的呢？国人从幼儿园开始，都是被动地获取知识。由于教学先入为主，所以造成大部分人的认知特点也是先入为主，习惯把一开始听到的当成自己的固有知识，以后遇到不同说法，就本能地反击。如果对方和他辩论，他又会撇开论题，把争论变成为自己的面子而战，根本不反思对错。这种人口若悬河，看似很有思想观点，其实就是个鹦鹉或者八哥。

2. 辩论者不讲逻辑，偷换概念，关公战秦琼。

很多人的辩论思维，你跟他说1加1等于2，他说不对，因为1加2等于3，他通过偷换概念，转移话题，顾左右而言他，其实纯属狡辩。再比如，你说这个人学习好，他马上回应，好什么好？他小时候还吃过屎呢！或者你凭什么说他好？难道你们合伙欺负我？这种辩论和寻找真相无关，因为他们不喜欢探讨真相，更不喜欢通过辩论达成共识。所以，遇到这种人一定要戒辩，以便节约自己的时间。

3. 离开主题，向对方进行人身攻击，讽刺挖苦，最后演变成口水战和意气之争。结果总是不欢而散。

在很多国人眼里，辩论会被看成和对方吵架。有意思的是，谁说最后一句好像谁就赢了，先闭嘴的那个无论观点立场如何都好像输掉了，哪怕是人家只是觉得已经陈述完自己的观点或者不想再跟对方废一句话的情况下。但是，成千上万个门口，总有一个人要先走。

20世纪初的美国财政部部长威廉·麦克阿杜曾经说："你不可能用辩论击败无知的人。"这在心理学上称为"达克效应"。讲的是一种认知偏差，也就是说，越有能力的人越觉得自己没什么了不起，也就越谦虚；而越无知的人，反而更容易高估自己，觉得自己处处都比别人强，其根源都自以为是，自我感觉良好吧！这个时候，你还跟他磨叽，那是对自己的一种无益损耗。两人认知水平的差异，决定了彼此很难聊到一块儿去。在那些根本不在同一频道的人面前，凡事都想争个明白，其实不过是在自寻烦恼罢了。

尼采说："情谊何须规划，真爱不必宣扬，真理无证明。"其实真理不是辩论出来的，因为真理一直在那里，从未稍离，有时是人不愿意面对它，因为它太清醒、它太残酷，于是宁愿选择习惯性忽视； 有时是人的虚妄自满骄傲蒙蔽了双眼，认不清庐山真面目。但有一点可以肯定的是： 没有人能够逃避漠视真理的惩罚，社会不堪就是真理不扬。

（凤凰网"凤凰号"，2017年9月22日

http：//wemedia.ifeng.com/30731290/wemedia.shtml）

可以抗拒催婚，但别抗拒亲情交流

◎段思平

每逢佳节被催婚——不知何时，这句顺口溜开始在年轻人中流传。眼看春节又快到了，一些还没结婚的单身男女，也开始犯愁了：回家过节，又得被父母和亲戚们频频催婚了，春节俨然成了“春劫”。这不，据报道，为了逃避家人催婚，有人网上发帖寻伴，打算春节外出旅行。甚至还有人买好了机票，准备春节一到就远走高飞。

每逢佳节被催婚，这个现象至少说明两点：第一，相比父辈，年轻人普遍结婚晚了，所以父母会着急；第二，年轻人工作离家远了，所以只有到逢年过节，父母才能与年轻人见面，才有机会催婚。很多年轻人过年想回家陪伴平日难得一见的父母，又害怕遭遇催婚的尴尬，陷入了两难境地。

其实害怕催婚的年轻人不妨想一想，为什么明明知道自己不爱听，父母却总是围绕结婚话题在自己耳边叨叨？这在很大程度上是因为随着我们与父母生活空间的分隔、相处时间的锐减，我们与父母的交集已经越来越少了。父母虽然想跟年轻人交流，却又不知道找什么话题；年轻人把大量的时间用在了工作、交友、娱乐上，也很少主动与父母交流。于是，催婚往往成为两代人唯一的话题和谈话的起点，同时，两代人的谈话也往往止步于此。

因此，年轻人与其抱怨父母“老古董”、老盯着自己的婚姻状况，倒不如反躬自省，多想一想，自己还能为父母做些什么。一方面，父母需要与我们交流，需要了解我们的工作生活状态以及对未来的想法，我们不妨坦诚相告。另一方面，我们必须承认，父母也是有一定虚荣心的，当邻居、同事、同学都抱上孙子时，父母也会着急，觉得自己家落后了，此时的我们能不能在别的方面，为父母找回一点面子呢？

严格意义上来说，当今时代单身的年轻人并不忌讳谈论结婚的问题：平日里开口闭口自称“单身狗”，每年“光棍节”嘻嘻哈哈喊着要“脱单”，看到他人秀恩爱，还要凑个热闹，娇嗔地说一句“又虐狗了”。但为什么偏偏面对最亲的父母时，我们却羞于谈论婚姻的话题呢？一个重要的原因是，亲情交流的渠道长期不畅，我们已经不习惯向父母敞开心扉。因此，我们更不能以“抗拒催婚”为由躲避父母，而要多体谅父母，创造机会陪伴交流。不谈结婚的事，主动谈点别的，难道父母还会不乐意吗？

（《新快报》，2017年1月9日）

读经贵在“入乎其内，出乎其外”

◎王石川

退学读私塾、父母担当读经“家教”、课余“读经班”异常火热……据报道，针对少儿读经不断涌现的讨论，日前在孔子故里山东曲阜举行的第八届世界儒学大会特设“少儿读经利弊得失之检讨”专题论坛，与会专家认为，中国教育正在逐渐回归重视中华优秀传统文化的语境。

“一个不记得来路的民族，是没有出路的民族。”中华文化沉淀着中华民族最深沉的精神追求，是中华民族生生不息、发展壮大的丰厚滋养，读经热、诵典潮，近年来风生水起，已成时尚，这是对传统文化抱持“温情与敬意”。更何况，传承中华优秀传统文化，需要将传统融入当下，融入国民教育、道德建设、文化创造和生产生活，教育是最重要的抓手之一。目前，从戏曲、书法、武术进校园，到新教材增加古诗文比重，无不说明优秀传统文化融入国民教育，既可行可操作，效果也可期可赞。

我们今天读经诵典，是为了找到来时路，是为了探寻中华文化的源头活水，也是为了感受中华民族最根本的精神基因和独特的精神标识。故此，中国教育正在逐渐回归重视中华优秀传统文化的语境，这是好事，也是一次纠偏，令人欣慰。但是，不能一提读经就退学读私塾，也不能陷入读死经的泥淖之中。

如果把读经简单理解为死记硬背，却不知其意，实属本末倒置。媒体曾报道，某读经少年“花了10年时间背诵了30万字的儒家经典，结果竟然连常用字都认不全，一篇80字的作文错字连篇”，这是不折不扣的读经悲剧，却不能让经典背黑锅。还有人读经，以背诵了多少万字经典而自矜，时不时卖弄于公共场合，炫技于亲朋面前，这种小聪明反衬此人并未真正读懂经。《论语》云：“群居终日，言不及义，好行小慧，难矣哉！”大意是，不要整天聚在一起耍小聪明。

今人读经，贵在“入乎其内，出乎其外”。王国维认为，“入乎其内，故有生气。出乎其外，故有高致。”现代人读经诵典，读进去才有可能读得懂，知其深邃，跳出来才能更客观地审视经典，并在审视过程中观照内心，有选择地指导自我。对待古代经典，用业内人士的话就是做到“客观、科学和礼敬”。否则，妍媸不分，全都拿来，像鲁迅所说的那样“随手拈来，大口吞下”，把“新袋子里的酸酒，红纸包里的烂肉”也当成了滋补品，后果自然是“吃得胸口痒痒的，好像要呕吐”。

读经诵典，“怎么读”重要，“读成什么”也重要。在品味与诵读过程中，如果深切领悟到古人那种“先天下之忧而忧，后天下之乐而乐”的政治抱负，“苟利国家生死以，岂因祸福避趋之”的报国情怀，“富贵不能淫，贫贱不能移，威武不能屈”的浩然正气，“人生自古谁无死，留取丹心照汗青”的气节品格，并能把优秀传统文化和民族精神继承和发扬下去，就意味着读出了真意、读出了滋味。

“有没有印度帝国没有关系，我们可不能没有莎士比亚！”曾有英国人如是感慨。但凡对本国历史稍有了解者，都会明白民族文化的分量和意义。今天，只有我们在读经诵典中领悟到传统文化的哲学智慧、中华民族的人文精神，才是真的明白了读经的意义，才能谈得到“传承”与“弘扬”。

（光明网－时评频道，2017年9月22日）

敬 告

由于编选时间仓促、工作量大，未及与所选作者一一取得联系，请见谅。

现仍有部分作者地址不详，为及时奉上稿酬和样书，请有关作者与责任编辑赵维宁联系。

地址：沈阳市和平区十一纬路25号

邮编：110003

电话：024—23284306

E-mail：249972579@qq.com

微信号：zhaoweining10

辽宁人民出版社

2018年1月